Le médecin de Cutler's Creek

*

Un mystère à sa porte

ALISON ROBERTS

Le médecin de Cutler's Creek

Traduction française de
LESLIE BOITELLE-TESSIER

BLANCHE

HARLEQUIN

Collection : Blanche

Titre original :
UNLOCKING THE REBEL'S HEART

HARPERCOLLINS FRANCE
83-85, boulevard Vincent-Auriol, 75646 PARIS CEDEX 13
Service Lectrices — Tél. : 01 45 82 47 47 - www.harlequin.fr
ISBN 978-2-2804-6154-2 — ISSN 0223-5056

Composé et édité par HarperCollins France. Achevé d'imprimer en août 2021.
par CPI Black Print - Barcelone - Espagne
Dépôt légal : septembre 2021.

FSC www.fsc.org MIXTE Papier issu de sources responsables FSC® C159065

Pour limiter l'empreinte environnementale de ses livres, HarperCollins France s'engage à n'utiliser que du papier fabriqué à partir de bois provenant de forêts gérées durablement et de manière responsable.

1.

Impossible d'éviter la collision.

La province d'Otago, en Nouvelle-Zélande, n'avait aucun secret pour Benjamin Marshall. Habitué à avaler le bitume, il savait conduire son ambulance à fond dans les épingles à cheveux, les pentes raides ou les sentiers gravillonnés de campagne. Pourtant ce jour-là, il ne put qu'écraser sa pédale de frein et croiser les doigts lorsque, au détour d'un virage, une voiture arrêtée surgit face à lui, portière béante.

L'impact sourd produisit un bruit horrible. Son pare-chocs arracha la portière avec un hurlement de métal déchiqueté, tandis que la voiture était poussée sur plusieurs mètres. Dans le mouvement, Ben vit quelqu'un gesticuler. Il crut discerner un corps svelte, une longue tresse brune et des bras étrangement gracieux. Des bras qui disparurent à une vitesse alarmante quand la personne touchée bascula dans le fossé d'une conduite d'irrigation agricole.

Hanté par la crainte d'avoir tué quelqu'un, Ben dut se retenir d'aller vérifier tout de suite. S'il ne prenait pas quelques secondes pour sécuriser les lieux, il risquait le suraccident, souvent responsable de morts parfaitement évitables.

Gyrophare allumé, il repartit en marche arrière. Par chance, la chaussée était dégagée, et il se gara de manière à être vu de loin par les autres automobilistes.

À peine sorti, il se mit à courir. Il faudrait vite déplacer le véhicule accidenté sur le bas-côté, mais d'abord, Ben devait s'assurer que personne n'était en train de se noyer dans le fossé.

— Hé ! Où êtes-vous ? cria-t-il. Vous êtes blessé ?

Un silence inquiétant lui répondit. Le genre de silence propre à ces routes de campagne, entourées de fermes à perte de vue et où, malgré le début du printemps, les cimes des montagnes au loin étaient toujours enneigées.

Soudain, Ben entendit le bêlement craintif d'un agneau. Il discerna aussi le reniflement bruyant de quelqu'un qui… pleurait ? Ou qui tentait de se retenir, peut-être.

En deux enjambées, il arriva au bord du fossé. Il n'y avait pas assez d'eau pour recouvrir complètement la brebis qui gisait au fond, mais la bête avait la tête immergée, et cela depuis un moment.

La femme recroquevillée sur la berge se frotta le nez.

— Elle est morte, gémit-elle. C'est ma faute. Je l'ai tuée.

Ben s'accroupit dans les herbes hautes.

— Ce sont des choses qui arrivent. Cette brebis n'aurait pas dû se trouver sur la chaussée. Heureusement que vous n'avez pas fait d'embardée pour l'éviter, sinon c'est vous qui auriez pu terminer dans le fossé et y laisser votre peau.

Tout en lui parlant, il tenta d'évaluer l'ampleur des blessures qu'il avait peut-être infligées à cette femme en la renversant avec son propre véhicule de secours. À moins qu'il ne se soit fait des idées ?

— Vous étiez seule en voiture ?

— Bien sûr.

Pourquoi fallait-il que la réponse soit aussi évidente ? Était-elle *toujours* seule en voiture ? Dans sa vie ? D'un battement de paupières, Ben chassa une curiosité mal placée.

— Où alliez-vous ?

Il fallait qu'il continue de la faire parler. Elle ne semblait pas gênée pour respirer, elle avait bonne mine et, après une brève inspection d'ensemble, il ne décela aucun signe d'hémorragie massive. Son jean et ses bottines avaient néanmoins pris l'eau, comme si elle avait sauté une première fois au fond du fossé pour tenter de sauver l'animal avant de regagner sa voiture.

Ben serait arrivé quelques secondes plus tard, elle aurait peut-être déjà quitté les lieux. Seulement, puisqu'il était là, il devait vérifier qu'elle n'était pas blessée.

Avec son jean trempé, elle avait besoin de se mettre au chaud. Son pull moulant était aussi humide aux manches mais, vu qu'il était en laine, il la protégerait du vent glacé.

— Je me rendais à Cutler's Creek, expliqua-t-elle. Je crois que ce n'est plus très loin d'ici.

Par-dessus son épaule, elle contempla le capot ratatiné de sa voiture. Sa portière, tordue, traînait dans l'herbe. Alors elle ferma fort les yeux, comme si elle n'avait pas envie de voir les preuves de ce qui venait d'arriver. Elle poussa aussi un soupir triste.

— Vous avez raison, dit Ben. Vous n'êtes pas loin. Enfin, vous n'irez nulle part avec ce tas de ferraille. Laissez-moi vous examiner, puis je préviendrai les secours.

Soulagé de ne pas avoir causé d'accident grave, il commençait à s'irriter du comportement stupide d'une femme qui, en mettant un obstacle sur la chaussée, aurait pu tuer quelqu'un d'autre.

— Notre policier local, Bruce, est très doué pour régler ce genre de situation. Vous seriez étonnée de connaître le nombre de touristes qui terminent dans le fossé.

— Je ne suis pas une touriste, rétorqua-t-elle, l'air vexé.

— Dans ce cas, vous n'auriez pas dû laisser votre voiture au milieu de la route.

Ben avait appris à garder son calme en toutes circonstances. Dans son métier, c'était indispensable, car on ne savait jamais ce qu'un patient pouvait cacher – une blessure grave à la tête, par exemple, ou une hypoglycémie. La femme à qui il avait affaire semblait, elle, en pleine possession de ses facultés cérébrales : elle le dévisageait comme si c'était lui l'inconscient. Il inspira profondément.

— Les conducteurs qui auraient emprunté le virage n'avaient aucune chance d'apercevoir votre voiture à temps.

— J'ai essayé de me déporter, mais il y avait le fossé. Et il fallait que je m'arrête. Je venais de heurter quelque chose…

— Vous étiez aussi obligée de laisser la portière ouverte ?

Elle parut surprise. Elle prenait enfin conscience de sa dangereuse irresponsabilité. Elle était même plus que surprise. Les yeux écarquillés, les lèvres entrouvertes, elle semblait plutôt horrifiée.

— Donc… vous êtes blessée ? Vous avez mal quelque part ?

Elle ne mit qu'une petite seconde à recouvrer ses esprits.

— Je vais bien. Inutile de m'examiner.

— Vous venez de vous faire renverser… comme cette pauvre brebis, ajouta-t-il sur un ton gentiment ironique.

— Vous exagérez. Votre véhicule m'a à peine frôlée et, en trébuchant, je suis tombée dans le fossé.

Elle contempla de nouveau sa malheureuse victime.

— J'ai atterri sur mes pieds, ajouta-t-elle. Pas de souci.

— Je suis ambulancier. C'est mon travail de vérifier que vous êtes indemne.

— Moi, je suis médecin. Si j'étais blessée, je saurais me soigner.

Elle se redressa et, malgré ses efforts pour rester impassible, Ben la vit tressaillir de douleur au moment où elle s'appuyait sur sa jambe gauche.

Elle avait les yeux presque aussi noirs que la longue tresse qui pendait sur son épaule. Si noirs qu'ils rendaient son teint plus pâle. À moins que ce soit dû à la douleur.

— Où avez-vous mal ?

— Ce n'est rien. Une simple foulure, je dirais.

— Vous possédez une vision à rayons X, docteur… ?

— Hamilton, lâcha-t-elle presque à contrecœur. Joy Hamilton. Et vous êtes… ?

— Ben Marshall. Coordinateur régional des transports en ambulance.

Elle parut étrangement déconcertée. Ou alors c'était de l'embarras, à présent qu'elle mesurait l'imbécillité de son geste ? D'ailleurs, pourquoi allait-elle à Cutler's Creek ? Était-elle amie avec un médecin des environs ?

— Vous venez voir Liv ? demanda Ben, curieux.

— Qui est Liv ?

— L'épouse du patron de notre hôpital, Isaac Cameron. Fille d'une légende locale qui a dirigé l'établissement pendant des décennies, jusqu'à l'arrivée de Zac, originaire d'Auckland. Elle est chirurgienne esthétique mais, si vous vouliez lui rendre visite, pas de chance ! Elle est à Dunedin, où le bébé est toujours en réanimation néonatale.

Le Dr Hamilton resta perplexe.

— Je n'ai jamais entendu parler de Liv.

— Désolé. À votre allure, je vous croyais tout droit sortie d'une grande métropole.

Et comment ! Elle portait un jean de créateur, des bottines hors de prix et le col de son corsage blanc ornait sagement le haut d'un pull rouge vif. Tirée à quatre épingles, avec sa coiffure si stricte, elle semblait avoir davantage sa place au guichet d'une bibliothèque que dans l'effervescence d'un hôpital. Peut-être avait-elle décroché son doctorat en archéologie ? Ou en philosophie ? Qu'importe ! De toute façon, Ben avait une nouvelle préoccupation : les bêlements de l'agneau devenaient plus forts. Désespérés, même.

— Je connais Isaac Cameron, précisa Joy Hamilton. Nous nous sommes entretenus par téléphone avant que je décide d'accepter…

Elle se tut en voyant Ben chercher d'où venaient les bêlements.

— Oh ! c'est sans doute ce qui a poussé cette brebis sur la route ! s'écria-t-elle, le front barré d'inquiétude. Son petit se trouve quelque part.

Elle fit volte-face pour marcher le long du fossé. Ou, plutôt, boiter péniblement. Les sourcils froncés, Ben tenta d'estimer la gravité de sa blessure, mais elle le fusilla du regard.

— Ne restez pas planté là. Aidez-moi plutôt à chercher !

À la moindre sollicitation, sa cheville lui faisait un mal de chien, mais Joy refusait obstinément de l'admettre. Ben, l'ambulancier, l'aurait sans doute toisée d'un regard insinuant qu'elle était trop bête pour qu'on la laisse sortir de sa grande ville.

Et il n'avait peut-être pas tort. Elle avait tué une brebis. Lorsqu'elle avait pilé après la collision, elle n'avait pas pensé un instant au virage sans visibilité derrière elle et… comment avait-elle pu oublier de fermer sa portière ? Jamais elle n'agissait sans réfléchir aux conséquences. Sur Terre, il n'y avait pas plus prudent qu'elle.

Quoi de plus normal, sachant qu'elle avait passé son enfance à subir les excès inverses de sa mère ? Joy avait appris à cocher chaque case, à n'omettre aucun détail clé, ce qui expliquait en grande partie pourquoi elle était aussi douée en médecine d'urgence.

Jusqu'ici, sa seule véritable prise de risque avait été de se porter candidate pour un poste temporaire dans un hôpital perdu en pleine nature, dans l'île du Sud. Elle n'était peut-être pas originaire d'Auckland, la métropole la plus peuplée du pays, mais Wellington, sa ville natale, en était la capitale dynamique et, pour l'heure, Joy aurait préféré fouler ses trottoirs bondés plutôt que se frayer un chemin dans les broussailles, le long d'une route isolée.

À chaque pas, sa douleur à la cheville s'intensifiait. Il était très possible qu'elle se soit cassé quelque chose, mais Joy gardait un souvenir cuisant de l'ambulancier lui demandant si elle possédait une vision à rayons X. Il avait posé sur elle un regard mi-patient, mi-amusé, comme s'il s'adressait à un vilain garnement. Ou à une simple d'esprit. Ses yeux d'un bleu intense l'avaient troublée.

Elle tourna la tête vers lui. Il était trop loin derrière pour qu'elle puisse l'observer en détail, mais ses cheveux bruns hérissés en pointes et émaillés de mèches claires indiquaient qu'il passait beaucoup de temps au soleil. Si les premières plages ne s'étaient pas trouvées à des dizaines de kilomètres, elle l'aurait imaginé surfeur. Non pas qu'elle ait dû s'intéresser à ses loisirs. À vrai dire, le charme indéniable de ce coordinateur des transports en ambulance ne faisait qu'aggraver la situation.

Non… le pire, c'était son sourire.

Elle connaissait ce sourire-là. C'était celui du genre d'homme à se délecter du non-conventionnel, allant jusqu'à créer le chaos par son incapacité ou sa réticence à suivre les règles. Des hommes que son grand-père n'avait jamais porté dans son cœur, car leurs exploits engendraient souvent de terribles dégâts matériels ou corporels.

« Ils auraient dû respecter les règles, non ? Elles n'ont pas été instaurées par hasard. »

Le genre d'homme dont Joy s'était préservée toute sa vie.

Un *bad boy.*

Signe qu'elle s'approchait de l'agneau, les bêlements s'amplifièrent, mais, dans les herbes folles, on n'y voyait rien.

— Il est au fond du fossé, coincé dans la gadoue, lança Ben derrière elle.

Joy rebroussa chemin et aperçut une boule de poils laineux, les pattes engluées de vase. L'animal la regardait fixement. Devant ses yeux comme deux billes noires et ses oreilles démesurées, elle se sentit fondre.

— Pauvre chou !

Elle se laissa glisser au bas de la pente, sans se soucier de ses nouvelles bottines italiennes, qui disparurent sous l'épaisseur de boue. Elle attrapa l'agneau à bras-le-corps, le délivra, puis, le serrant contre elle, entreprit de remonter.

Hélas, comme elle ne pouvait plus s'aider de ses mains, avec sa cheville blessée, c'était mission impossible.

Elle brandit le jeune rescapé.

— Hé ! Prenez-le.

Comme Ben haussait les sourcils, Joy comprit qu'elle s'était peut-être montrée un peu trop autoritaire.

— S'il vous plaît, ajouta-t-elle à mi-voix.

Un grand sourire aux lèvres, Ben la déchargea de l'animal.

Il allait s'éloigner quand, soudain, il se retourna : Joy n'avait pu retenir un cri de douleur au moment d'esquisser son premier pas pour gravir la pente. L'agneau plaqué sous le bras, il se baissa et lui tendit la main.

Elle n'eut pas d'autre choix que d'accepter son aide : le talus était trop raide pour qu'elle tente une remontée à quatre pattes. À cause de la boue, leurs paumes étaient glissantes, et Joy dut s'accrocher de toutes ses forces. Les doigts de Ben s'enroulèrent fermement autour des siens. Il avait la main large, chaude et puissante. Si puissante qu'il l'aurait sortie de là en un clin d'œil.

Pourtant, il ne se précipita pas et ses gestes, réfléchis, lui parurent même étrangement délicats.

De retour sur l'asphalte, Joy ne put tenir qu'à cloche-pied. Quelle situation gênante ! Trempée, crottée, elle frissonnait sous le vent glacé. Pire, elle allait devoir admettre sa mauvaise foi : elle était bien blessée et il lui faudrait demander de l'aide.

Sauf qu'elle n'eut rien à demander du tout. Ben posa l'agneau, qui, aussitôt, s'écroula sur l'herbe.

— Reste là. Je reviens.

Au moment où Joy crut qu'elle allait s'étaler de tout son long, Ben la souleva de terre sans un mot et repartit vers l'ambulance. Si sa poigne avait paru experte et puissante, ce n'était rien comparé à la sensation d'être dans ses bras. Joy était assez grande pour ne jamais s'être sentie minuscule. Jusqu'à cet instant précis…

De sa vie, aucun homme ne l'avait attrapée ainsi et portée comme un enfant. Son grand-père, qui souffrait du dos, avait toujours évité les charges lourdes. Ses petits amis n'avaient jamais envisagé de le faire, et s'ils en avaient eu l'idée, elle aurait refusé net de les fréquenter.

Bien sûr, Joy détestait se sentir impuissante, mais force était de reconnaître que, sous l'humiliation, elle éprouvait autre chose. Un frisson de… De quoi, au juste ?

De plaisir ?

Non, ce serait inacceptable. Peut-être fallait-il plutôt parler de soulagement, au sens où elle pouvait, un temps, se délester de ses responsabilités, laisser quelqu'un d'autre décider à sa place et la prendre en charge ?

Par chance, ils arrivèrent à destination avant que l'étrange sensation se soit clairement installée. Ben ouvrit les portières arrière de l'ambulance, monta à bord et déposa Joy sur un brancard tendu d'un drap immaculé.

— Où avez-vous mal ?

— À la cheville.

— Il faut que j'ôte cette bottine. Je vais peut-être devoir la couper.

— Non, elle est toute neuve ! s'affola Joy. Vous allez me porter malheur.

Devant la mine interloquée de Ben, elle continua :

— Il y a une fermeture Éclair sur le côté. Quelque part sous la boue… Attendez, je vais trouver.

— D'accord, acquiesça-t-il avant de lui montrer l'oreiller sur la civière. Allongez-vous, je m'en occupe.

Joy parut hésiter, mais il déclara sur un ton sévère :

— C'est mon ambulance, c'est moi qui décide.

Encore une invitation à passer la main ! Cette fois, impossible de résister. Joy posa la tête sur l'oreiller en frissonnant, puis elle tira la couverture jusqu'aux épaules et laissa Ben lui enlever ses bottines. Il déchaussa d'abord son pied indemne, car il était important, quand c'était faisable, de comparer un membre blessé avec son équivalent à l'état normal.

Joy s'en voulut de rougir bêtement. En vérité, elle avait l'impression d'être déshabillée pour autre chose qu'un examen médical.

Au moins, sa douleur à la cheville, encore plus vive lorsqu'il lui ôta sa chaussette humide, eut vite fait de replacer la situation sur un plan strictement professionnel. Joy ne sentit même pas la chaleur des mains de Ben sur sa peau glacée.

— Je ne constate aucune déformation apparente, annonça-t-il.

Le pouls pédieux est bon, le temps de recoloration capillaire aussi. Pouvez-vous remuer les orteils ?

Elle pouvait.

Il tint sa jambe d'une main, son pied de l'autre, et exerça différents types de pressions.

— Est-ce que je vous fais mal ?

— Oui.

— Et là ?

— *Aïe...*

— Pardon. Un hématome est en train de se former. Je ne crois pas que ce soit cassé, mais il faut attendre les radios.

Un frémissement de sa bouche suggéra que, malgré la tentation, il se retenait de refaire allusion à la prétendue vision à rayons X de sa patiente.

— Je pose un pansement compressif, je surélève votre jambe et, ensuite, je vous emmène aux urgences de Cutler's Creek.

Joy ferma les yeux, un gémissement affligé aux lèvres. Ce n'était pas du tout la manière dont elle aurait voulu arriver à son nouveau poste. Soudain, elle rouvrit les paupières.

— Vous n'allez pas laisser cet agneau livré à lui-même ? Avec le cadavre de sa mère au fond du fossé ?

Ben avait déchiré l'emballage plastique d'une bande Velpeau et commençait à lui envelopper la cheville.

— Ne vous inquiétez pas. Avant que nous nous mettions en quête de l'agneau, j'ai prévenu Bruce.

— Bruce... le policier ?

— Lui-même.

Les gestes de Ben étaient rapides et précis. Le pansement était assez serré pour que la douleur diminue déjà de façon significative.

— Que vouliez-vous dire tout à l'heure ? reprit-il sur un ton badin. Comme quoi j'allais vous porter malheur si je découpais votre bottine ?

D'accord, c'était gênant, mais tôt ou tard il apprendrait forcément la vérité.

— Je m'achète toujours de nouveaux souliers quand je change d'emploi. Histoire de me porter chance…

Ben leva son regard bleu perçant vers elle.

— Vous alliez à Cutler's Creek pour le travail ? Du genre… le poste que Zac essaie de pourvoir depuis une éternité ?

— Lui-même.

Joy prit soudain conscience d'avoir utilisé exactement les mêmes mots et le même ton que Ben lorsqu'il lui avait répondu au sujet de Bruce, le policier.

En silence, il fixa le bandage à l'aide d'épingles à nourrice, puis lui installa un coussin sous la cheville. Il semblait ne plus savoir quoi dire sur le fait que, dans un avenir proche, ils seraient sans doute amenés à collaborer. Parce que la perspective ne l'emballait pas particulièrement ?

— Je me demande ce qui retient Bruce…

Ben se redressa et regarda par une des vitres arrière.

— Ah, enfin !

Il ouvrit la portière, bondit de l'ambulance et lança d'une voix forte :

— Qu'est-ce qui t'a pris autant de temps, mon vieux ?

Joy entendit la réponse.

— J'essayais de dénicher un tracteur capable de remorquer la voiture. Greg arrive, mais il ne saute pas de joie à l'idée de faire le ménage derrière un énième touriste.

— Ah…

Avant de refermer la portière, Ben passa brièvement la tête à l'intérieur, et Joy aurait juré qu'il lui avait adressé un clin d'œil.

— Je reviens dans une minute, annonça-t-il avec entrain. Ne vous sauvez pas.

Comme si elle pouvait ! Les paupières closes, Joy tenta de se rappeler pourquoi elle avait cru que sa candidature à un poste de médecine rurale était une bonne idée.

Ah, oui ! Elle en avait eu ras le bol. Marre d'elle-même

et sonnée par un nouvel échec sentimental qui remportait la palme du plus humiliant.

En amour, elle avait toujours pris l'initiative de la rupture – en général, parce que son compagnon finissait par être trop prévisible, inintéressant et, donc, ennuyeux. Là, c'était elle qui s'était fait quitter. Ian, radiologue au sein de son service d'urgence, lui avait préféré une infirmière blonde un peu évaporée qui devait avoir dix ans de moins qu'elle. Au moment de la séparation, il s'était excusé. Il avait même été très gentil, mais ses mots lui restaient encore sur le cœur :

« Tu es une femme adorable, Joy. Magnifique, intelligente et sacrément douée au travail. Mais… tu n'as aucune spontanéité. Je doute que tu aies jamais pris le moindre risque dans ta vie, si ? Je suis désolé, mais as-tu déjà pensé combien… combien cela pouvait devenir ennuyeux ? »

À force de regarder les nouveaux tourtereaux se faire de l'œil pendant leur garde, Joy avait eu l'impression désagréable de passer à côté de certains bonheurs de la vie.

Ses collègues avaient été si étonnés d'apprendre qu'elle prenait un congé pour changer d'air qu'elle s'était demandé s'ils ne pensaient pas tous la même chose que Ian – à savoir qu'elle était la personne la plus ennuyeuse au monde. Son ex avait-il vu juste ? Était-ce sa faute à elle si ses relations amoureuses tombaient systématiquement à l'eau ?

Eh bien, on ne pourrait plus la traiter de bonnet de nuit, alors qu'elle semait le chaos avant même d'avoir franchi la porte de son nouvel hôpital. Tant pis pour les bottines porte-bonheur ! Sa voiture était hors d'usage, elle s'était peut-être brisé la cheville, il y avait une brebis morte dans le fossé et…

Et elle n'eut pas besoin de se rappeler l'adorable minois de l'agneau orphelin, car les portes de l'ambulance se rouvrirent et qu'il apparut, pelotonné sous le bras de Ben, ses longues pattes grêles pendillant derrière lui.

— Je ne peux pas demander à Greg de le prendre dans sa ferme, expliqua Ben en grattouillant l'animal entre ses oreilles ridiculement grandes. La pauvre bête semble avoir la patte cassée.

L'agneau bêla fort, comme pour signifier son assentiment. À la vue de cet homme grand et compétent qui tenait contre lui un animal aussi vulnérable, Joy se sentit toute chose. C'était une situation déconcertante et, en même temps, elle était incapable de détourner le regard.

— Vision à rayons X, hein ?

Oh ! oui, Ben avait des yeux d'un bleu incroyable ! Et leur éclat insinuait qu'il avait beau la trouver un peu nunuche, il ne la considérait pas comme l'être humain le plus ennuyeux du monde.

Au fond d'elle, Joy concéda que c'était plutôt agréable. L'idée lui traversa même l'esprit que, les gens ici ne connaissant rien sur elle, elle pouvait devenir une femme totalement différente. Et adopter un mode de vie plus excitant, en accord avec le choix de sa nouvelle personnalité.

Sans crier gare, Ben lui fourra l'agneau dans les bras.

— Tenez-le-moi. Je dois lui poser une attelle de fortune.

Une minute ou deux plus tard, alors qu'il se servait d'un rouleau de gaze pour plaquer un morceau de carton plié sur la patte avant de l'animal, les portières de l'ambulance se rouvrirent.

Un grand gaillard posa quelque chose à l'intérieur.

— C'est le sac à main du docteur, précisa-t-il à Ben. Je me suis dit qu'elle pouvait avoir besoin de son téléphone ou je ne sais quoi. Je vais sortir ses bagages avant que la voiture soit remorquée et je les apporterai à l'hôpital.

Il croisa le regard de Joy et sourit.

— Bienvenue à Cutler's Creek.

Ben leva la tête vers elle, l'air amusé. Tout comme elle, il avait compris que ses nouvelles chaussures porte-bonheur avaient failli à leur mission.

— Oui, dit-il en réprimant un petit rire. Bienvenue à Cutler's Creek, docteur Hamilton. Vous allez adorer la vie ici !

2.

— Et voilà… nous y sommes !

Souriant, le nouveau patron de Joy, Zac Cameron, se gara devant une vieille grange et indiqua la maison voisine.

— Je conserve des souvenirs merveilleux de ma vie ici et j'espère sincèrement que vous vous y plairez.

Joy contempla l'adorable pavillon avec son bardage en bois, son toit métallique rouge piqueté de rouille et sa cheminée, promesse de bons feux à venir. Au-delà du jardin, la vue était imprenable sur les montagnes, encore enneigées en cette fin d'hiver, et il n'y avait pas un voisin à la ronde.

— Moi qui voulais changer de cadre, c'est le jour et la nuit avec mon appartement de Wellington.

Elle frémit néanmoins à la perspective de dormir dans un lieu si isolé. Comment s'en sortirait-elle, alors qu'elle s'était sentie souvent si seule au sein de son immeuble surpeuplé ?

Zac lui ouvrit la portière.

— Je vous offre un tour rapide du propriétaire et, ensuite, je vous laisse vous installer. Comment va votre cheville ?

— Bien mieux. Sans doute parce que je sais qu'il n'y a pas de fracture.

Le pansement compressif était aussi d'un grand secours.

— Vous voyez ? Je ne boite même plus tant que ça.

— Excellent. Autrefois, nous vous aurions prescrit des béquilles, mais des études ont prouvé qu'une entorse légère guérissait plus vite si on y appliquait un peu de poids. Dans la mesure du raisonnable, évidemment.

Zac souleva un nain de jardin, sous lequel dormait une clé.

— Ici, inutile de s'enfermer mais, la nuit, vous vous sentirez ainsi plus en sécurité.

La porte donnait directement sur la cuisine.

— Betty, qui gère la cantine et la blanchisserie de l'hôpital, a préparé votre lit et vous a rempli le frigo avec quelques denrées de première nécessité.

— C'est très gentil de sa part.

— Quant à Jill, une de nos réceptionnistes, elle a trouvé une voiture à vous prêter, le temps que vous vous arrangiez avec l'assurance. On vous la déposera demain matin.

— Waouh ! Si j'étais en ville, j'aurais déjà de la chance qu'on me conseille un hôtel.

— Les petites communautés sont très douées pour résoudre n'importe quelle situation de crise. Certes, tout le monde connaît les secrets de tout le monde, mais je n'habiterais nulle part ailleurs.

— Être logée est un sacré avantage. Je crois que c'est ce qui m'a convaincue d'accepter le poste.

Zac acquiesça d'un air satisfait.

— C'était l'objectif. Les postes temporaires en zone rurale n'attirent guère, et je ne vous parle pas des offres d'emploi à long terme. Si je ne lui trouve pas de successeur, nous aurons du mal à persuader mon beau-père de prendre sa retraite.

— Oh…

Pendant que Zac ouvrait le réfrigérateur, peut-être pour vérifier de quoi Betty l'avait garni, Joy regarda autour d'elle. Un gros poêle noir, installé à l'intérieur de la cheminée en brique, était surmonté d'un rail qui devait servir à sécher le linge. Une fenêtre au-dessus de l'évier encadrait le paysage de montagne, des casseroles usées pendaient à une étagère et la vieille table en pin était cernée de chaises.

La pièce était aux antipodes de la belle cuisine moderne qu'elle avait chez elle, ce qui la rendait d'autant plus agréable.

Accueillante même. Elle devait toutefois jouer franc jeu avec son nouvel employeur :

— Je n'imagine pas rester ici de manière définitive. Comme je vous l'ai expliqué, je cherche juste à changer temporairement de décor. Je ne peux pas m'engager au-delà des trois mois dont nous sommes convenus la semaine dernière.

— Je comprends. De toute façon, ce n'est pas comme si Don envisageait de nous quitter bientôt. Je crois même qu'il adore être revenu à plein temps. Enfin, on ne sait jamais. Vous pourriez tomber amoureuse de…

Zac s'interrompit quand la porte du fond s'ouvrit sur quelqu'un chargé d'un énorme carton. Le visage du mystérieux livreur était caché par son paquet, mais dès qu'elle aperçut ses bras Joy sut de qui il s'agissait. Ben avait beau s'être envolé après l'avoir remise aux bons soins des urgences de Cutler's Creek, il lui avait fait forte impression. De façon assez troublante, elle se rappela la sensation exacte qu'elle avait éprouvée lorsqu'il l'avait portée jusqu'à l'ambulance. Ou lorsqu'il lui avait ôté ses chaussettes humides avec délicatesse.

Zac termina sa phrase, hilare :

— … de la vie à la campagne. Salut, Ben ! Il y a quoi dans ton gros carton ? Un cadeau de crémaillère pour notre nouvelle collègue ?

— Plus ou moins.

D'un coup, la cuisine semblait avoir rétréci. Ben posa son colis près du poêle et Joy en découvrit le contenu. Le petit agneau orphelin qu'ils avaient sorti du fossé était couché sur un lit de paille, sa patte avant entourée d'un gros bandage élastique.

— J'ai pensé que vous apprécieriez un peu de compagnie, déclara Ben. Et que vous voudriez vous en occuper, étant donné que… disons…

— Que j'ai tué sa mère ?

Le sourire de l'ambulancier s'élargit.

— Laissez-moi vous allumer un feu. La soirée s'annonce glaciale.

Faisait-il allusion à la météo ou au ton sur lequel elle s'était adressée à lui ? Et comment était-elle censée prendre soin d'un agneau ? Ben savait bien que Joy était une citadine pur jus, non ? Essayait-il de la taquiner ? Peut-être sa décision de se mettre au vert avait-elle été une grosse erreur, finalement…

Ce fut sans doute cette pensée négative qui raviva sa douleur à la cheville. Elle tira une chaise et s'assit.

— Vous devriez surélever votre pied, conseilla Ben, tandis qu'il allumait le petit bois déjà entassé dans le poêle. Il serait aussi judicieux d'appliquer de la glace plusieurs fois par jour, le temps que l'œdème se résorbe.

— Souvenez-vous de ne pas trop forcer dessus, renchérit Zac. Même s'il s'agit d'une entorse légère, évitez de courir ou de sauter.

— Aucun problème, le saut est loin d'être ma spécialité, répliqua Joy d'un ton plus sec qu'elle ne l'aurait voulu.

Silence gêné. Décidément, elle ne semblait pas faite pour la campagne. Ce fut Zac qui reprit sur un ton compatissant :

— Ne vous tourmentez pas. Il est presque de tradition ici de faire une entrée fracassante.

— Comment ça ?

— Le jour de son retour à Cutler's Creek, mon épouse, Liv, a vu un avion s'écraser à deux pas d'elle, dans un champ. Sur la route même où vous avez eu votre accident.

Tout compte fait, en écrasant une brebis et en détruisant sa voiture, Joy ne s'en sortait pas si mal.

— Seigneur, balbutia-t-elle. Combien de victimes ?

Ben souffla pour attiser les flammes.

— Juste le pilote, répondit-il, mais la mission était excitante. Je l'utilise encore comme exercice d'entraînement pour mes secouristes. Même si je n'ai pas fait grand-chose d'autre que de regarder le toubib et Liv en action.

— Faux, objecta Zac. Tu as autant participé que nous à lui sauver la vie. Ça, c'était du super boulot, non ?

— Il y avait tout, expliqua Ben à Joy en souriant. Une

victime coincée dans le cockpit, une fracture ouverte avec hémorragie massive, une épave qui explose, une intubation nécessaire et l'hélicoptère des secours qui se pose devant notre nez. Oui… c'était du *super* boulot.

Un soupir d'aise aux lèvres, il alimenta le feu.

À cet instant-là, Joy prit conscience que, tout le temps qu'il parlait, elle avait retenu sa respiration – happée par une histoire où il fallait lire entre les lignes. À vrai dire, la survie du pilote avait été la cerise sur le gâteau. La satisfaction venait plutôt de l'excitation et de la décharge d'adrénaline qui avaient accompagné une situation ultra-périlleuse. L'épave qui explosait ? L'hélicoptère qui atterrissait à quelques mètres ? Joy n'avait jamais vécu un pareil cas de figure et elle n'en avait aucune envie.

Le goût du danger était un autre trait de caractère des *bad boys*, non ? Au même titre que leur tendance à transgresser les règles, à fendre les cœurs et à se moquer de tout, tant ces insouciants invétérés avaient un ego surdimensionné.

Joy dut s'obliger à détourner son regard de Ben.

Pourquoi ces hommes-là avaient-ils le malheur d'être aussi attirants pour des femmes comme elle, qui n'auraient jamais rêvé de briser aucune règle ni aucun cœur ? Parce qu'ils avaient aussi la réputation d'être des passionnés ? Des amants incomparables ? Joy émit un soupir discret. D'accord, peut-être bien qu'elles en rêvaient. À l'occasion…

Elle eut le sentiment effrayant qu'elle n'y couperait pas cette nuit-là et elle ferma les paupières de longues secondes, de sorte que ses deux interlocuteurs ne devinent pas les idées malvenues qui lui trottaient dans la tête.

Par chance, l'agneau bêla bruyamment.

— À propos de Liv, il faut que j'y aille, reprit Zac. Je récupère Milly et nous partons à Dunedin afin qu'elle profite un peu de sa maman et que je fasse un gros câlin à Super Hugo.

— Super Hugo ? répéta Joy, ravie de changer de sujet et de se détacher enfin d'un homme aussi hypnotisant.

— Le petit frère de Milly a pointé le bout de son nez en avance, à vingt-neuf semaines de grossesse.

Face au mélange de bonheur, d'inquiétude et de fierté de Zac, les yeux de Joy s'embuèrent de larmes.

— C'est un guerrier, il se débrouille comme un chef, mais disons qu'il est aussi la raison de votre présence ici. À force de multiplier les allers-retours à Dunedin et de vouloir assurer la continuité des soins médicaux, notre vie est devenue très chaotique. Dieu merci, le père de Liv a élargi ses horaires de travail et il pallie ainsi notre absence.

Il pivota vers Ben.

— Don gère sur place les patients déjà admis et je devrais être de retour vers minuit. J'espère que tu seras en ville au cas où il se passerait quelque chose en dehors de l'hôpital. À moins que tu aies prévu une soirée romantique ?

Une soirée romantique ? Donc, Ben Marshall n'était pas célibataire. Ce n'aurait pas dû être une déception et… ça ne l'était pas, se sermonna-t-elle.

— Non, répliqua Ben. Ingrid est rentrée en Allemagne. Je crois qu'elle en avait assez de pousser les gens du haut d'un pont.

Comme Joy fronçait les sourcils, intriguée, il lui adressa un clin d'œil.

— Elle était employée par une société de saut à l'élastique, expliqua-t-il. Une activité géniale que je vous conseillerais bien de tenter, mais vous disiez tout à l'heure que le saut n'était pas votre truc, c'est ça ?

À la différence de sa petite amie qui, apparemment, venait de plier bagage. Sans prêter attention à son tacle subtil, Joy se concentra sur Zac :

— Je peux revenir à l'hôpital et assurer la permanence.

— Non, vous avez besoin de repos. Demain, vous serez plus opérationnelle et nous établirons un nouveau planning de garde qui nous soulagera tous beaucoup.

L'agneau bêlait toujours. Il s'était mis debout et regardait par-dessus le bord du carton.

Ben se dirigea vers la porte.

— Oui, je sais. Je vais te chercher le lait en poudre et le biberon que le vétérinaire m'a donnés.

Il sourit par-dessus son épaule.

— Avant de décharger son barda, je voulais vérifier que vous étiez contente de prendre soin du petit, acheva-t-il.

— Peux-tu contacter Bruce et voir ce qui est arrivé aux valises de Mademoiselle ? lança Zac. Elle en aura besoin ce soir.

— Je les ai, répondit Ben d'une voix déjà lointaine. On va finir par me prendre pour un livreur, et plus pour un ambulancier.

Joy ne bougea pas de son siège.

Impossible ! Pas à cause de sa douleur à la cheville, qui s'était calmée dès qu'elle s'était assise. Non, elle était sonnée, tel un poisson hors de l'eau. Voilà qu'elle se retrouvait dans une bicoque isolée, avec un agneau orphelin, dont elle venait a priori d'accepter de s'occuper. Pour couronner le tout, l'homme le plus sexy de la Terre allait bientôt repasser le seuil et, Zac parti, ils se retrouveraient en tête à tête, au milieu de nulle part.

Si Joy avait eu l'esprit mal tourné – ce qui n'était *absolument pas* le cas –, c'était la scène d'introduction rêvée pour un fantasme sexuel, non ?

Au secours… Il fallait vite qu'elle fasse quelque chose, n'importe quoi. En vérifiant ce qui se passait sur la planète, elle tomberait peut-être sur une catastrophe naturelle qui lui changerait les idées. Une éruption volcanique, par exemple ? Ou une avalanche qui aurait enseveli des dizaines de victimes ? Ou encore un séisme annonciateur d'un tsunami ?

À présent qu'elle y réfléchissait, elle n'avait entendu aucune notification de son portable. Elle jeta un coup d'œil au fond de son sac à main. Aucune trace de l'appareil. Cela, c'était ennuyeux. Elle n'égarait jamais rien. Bruce le policier aurait-il laissé quelque chose d'important dans sa voiture qui, depuis, avait été remorquée Dieu sait où ?

Une fouille rapide entre les paquets de Kleenex, les pansements adhésifs, les pastilles pour la gorge et autres articles du quotidien se révéla infructueuse.

Joy s'en inquiéta au point de renverser le contenu entier de son sac sur la table. Elle avait besoin de son téléphone ! Cet objet, qui la reliait au reste du monde, lui procurait en outre un sentiment de sécurité, elle qui se retrouvait seule en rase campagne avec Ben, l'ambulancier *bad boy*.

Le nouveau médecin avait l'air dans tous ses états.

Perplexe, Ben observa le bric-à-brac sur la table. Qui aurait cru qu'une maniaque de la propreté viderait son sac de la sorte ? Certes, elle n'était plus vraiment tirée à quatre épingles. Il y avait des taches de boue séchée sur son jean ultra-chic, sur son pull en cachemire et même sur le col de son chemisier. Elle avait aussi les joues rose vif et quelques mèches échappées de sa tresse encadraient son visage.

Franchement, Joy était assez mignonne, même si elle n'était pas du tout le genre de Ben. Son idéal, c'était plutôt Ingrid – grande, blonde, et accro à l'adrénaline comme lui.

Le souci avec les splendides Européennes qui venaient travailler en Nouvelle-Zélande dans le tourisme d'aventure, c'était qu'elles ne restaient jamais très longtemps. Soit elles attrapaient le mal du pays, soit leur visa arrivait à expiration et, hop ! elles repartaient à l'autre bout du monde. Comme Ben avait un seuil très bas de tolérance à l'ennui, c'était pourtant ce qui l'attirait chez elles.

Il posa son sac de lait en poudre à terre, puis aligna sur le banc un pichet en plastique, un agitateur, un biberon et plusieurs tétines.

— Vous avez trop chaud ? demanda-t-il.

— Non, la température est parfaite, répondit Joy. Mais peut-être est-elle trop élevée pour un agneau si jeune ?

— Au contraire, il va adorer. Quand il aura grandi, vous pourrez l'installer dans la grange.

— À quelle fréquence faut-il le nourrir ?

— D'après l'état de dessèchement du cordon ombilical, le vétérinaire estime qu'il a deux ou trois jours. C'est une bonne chose : puisqu'il a pu téter le colostrum de sa mère, vous ne devriez pas être obligée de vous lever toutes les deux heures la nuit ni de l'emmener au travail pour assurer le rythme des repas.

Joy ouvrit des yeux ronds. Quel régal de pouvoir la choquer si facilement ! À la campagne, elle était à mille lieues de sa zone de confort. Et puis, la pauvre se sentait coupable, aussi.

— Toutes les quatre à cinq heures, ça devrait suffire, indiqua-t-il avant de sortir une cuillère-mesure du sac de lait. Vous vous en servirez pour doser la poudre. Voyons…

Il lut les instructions sur l'emballage.

— Il faut mettre deux cents grammes par litre d'eau, ce qui revient à vingt grammes pour cent millilitres, la quantité approximative dont notre petit protégé a besoin en ce moment.

Il versa une cuillerée de lait dans le biberon.

— Voilà qui devrait faire l'affaire, poursuivit-il. Utilisez de l'eau chaude pour diluer et complétez avec de l'eau froide pour arriver à température corporelle.

— Quelle température corporelle ? La mienne ou celle de l'agneau ? Et la cuillère ? Rase ou bombée ?

— Là, elle est un peu plus que rase, mais j'augmenterai la quantité d'eau en conséquence. Il devrait boire à peu près cent cinquante millilitres.

— Il ne s'agit donc pas d'une science exacte, déduisit Joy, l'air pensif, comme si le concept lui était foncièrement étranger.

— Le mode d'emploi figure sur le paquet. Veillez à ne pas préparer un lait trop riche, sinon la pauvre bête sera malade.

À son regard, Ben sentit qu'elle ne le considérait pas comme un modèle de respect des consignes. En fait, sa réaction allait de pair avec l'allure de bibliothécaire-institutrice qu'elle affichait depuis le début.

Ben vissa une tétine, agita le mélange afin qu'il se dissolve au mieux, puis il rejoignit l'agneau, qui tentait d'enjamber son carton. Il tendit le biberon à Joy.

— Allez-y.

Elle s'agenouilla et proposa à boire à l'animal. Quelques gouttes de lait s'échappèrent de la tétine et il donna un coup de tête contre le biberon, qu'elle lâcha aussitôt.

— D'accord, marmonna Ben.

Il s'accroupit et prit fermement l'agneau sous le bras.

— Tiens-toi bien, mon grand.

Cette fois-ci, quand Joy approcha la tétine de sa gueule, il s'y accrocha et téta avec gourmandise.

— Oh…

Les yeux de Joy s'écarquillèrent, non plus de stupeur mais de ravissement. Souriant, Ben se remémora l'époque où, enfant, il nourrissait les agneaux avec le même plaisir.

— Il faut lui trouver un nom, annonça-t-il. Que pensez-vous de « Côtelettes » ?

Joy le toisa avec mépris, mais l'expressivité de ses grandes prunelles noires le frappa.

— Alors, « Shaun », peut-être ? proposa-t-il. En hommage au célèbre mouton de dessin animé ?

Aussitôt, une lueur d'amusement éclaira le regard de Joy. Plus surprenant fut son petit éclat de rire, qui engendra chez Ben une sensation familière.

Bon sang ! Il était *attiré* par elle ?

Non… Il n'eut aucun mal à chasser l'idée de son esprit, tant elle lui paraissait ridicule.

Même le prénom désuet de cette fille ne faisait pas envie. Sa grand-mère n'avait-elle pas une amie appelée Joy ? Ou, plutôt, une vieille voisine qui était la pire commère de la ville. Cette dernière adorait dire du mal et affichait en permanence une mine sévère, loin de l'image enjouée de son prénom.

— Essayez de tenir l'agneau et de le nourrir en même temps, conseilla Ben. Vous saurez ainsi si vous êtes capable de vous débrouiller seule. Puisque… je ne serai pas ici au beau milieu de la nuit.

Il ne put s'empêcher de conclure par un clin d'œil taquin. À moins qu'il cherche à se la mettre à dos pour prouver qu'il n'était pas du tout séduit ? Sans un regard, Joy prit l'agneau, le cala contre son flanc, puis, imperturbable, elle continua de lui donner le biberon.

Et voilà ! insinuait son geste. *On n'a pas besoin de vous.*

Très bien. Ben se redressa.

— Je vais chercher vos bagages dans l'ambulance. Il est temps que je rentre à la station.

Une minute après, il franchissait le seuil avec les valises.

— Où voulez-vous que je les mette ?

— Laissez-les ici. Je m'en occuperai plus tard.

La panse tendue comme un tambour, Shaun, l'agneau, avait presque terminé, mais Joy inclina son biberon afin qu'il aspire les dernières gouttes.

Au moment où Ben posait les bagages, son regard fut attiré par le fouillis qui jonchait toujours la table. Il y avait les traditionnelles affaires de fille, comme un bâton de rouge à lèvres ou des mouchoirs en papier, mais aussi tout un lot de plaquettes de comprimés.

— Vous transportez une pharmacie là-dedans ?

— Ça ne vous regarde pas, mais on m'a prescrit des anti-inflammatoires pour ma cheville.

— D'accord.

Ben ne résista pas à l'envie de prendre un nouvel objet.

— Waouh ! Maintenant, il faut un passeport pour voyager entre les deux îles du pays ?

— Lâchez-le ! s'exclama Joy, affolée. C'est personnel…

Trop tard. Ben le feuilletait déjà.

— J'espère toujours découvrir une photo d'identité pire que la mienne. Bien sûr, ça n'arrive jamais, mais…

Joy jeta pratiquement Shaun dans son carton et, malgré son entorse, elle traversa la cuisine en trombe pour lui arracher le document des mains. Ben comprit pourquoi elle était si pressée… et cela n'avait rien à voir avec une photo ratée.

— *Journey ?*

Elle ne répondit pas.

— Journey Joy Hamilton, énonça Ben. Eh bien, je vois pourquoi vous vous présentez sous votre deuxième prénom. Où vos parents avaient-ils la tête ? Vous êtes beaucoup trop jeune pour avoir été conçue à Woodstock. Peut-être au festival mythique de Glastonbury ? s'esclaffa-t-il. Ou alors ils sillonnaient l'Europe en vieux Combi Volkswagen ?

— Quelque chose du genre. C'est ainsi qu'ils ont été tués, en chutant d'une falaise en Italie. Je n'ai survécu que parce que j'étais solidement attachée à l'arrière, dans mon siège auto.

Ben se rembrunit.

— Oh ! la vache ! Désolé. Je… hum… j'ai vraiment mis les pieds dans le plat, non ?

— Peu importe. C'est ma faute si je n'ai jamais entrepris la démarche administrative de changement de nom. Je ne me souviens même pas d'eux. J'ai été recueillie par les parents de mon père.

— Alors, nous voilà un point commun, répondit Ben, prêt à tout pour rattraper sa bourde monumentale. Moi aussi, j'ai été élevé par ma grand-mère. Et par ma mère, lorsqu'elle nous rendait visite. Je n'ai jamais connu mon père.

Joy ne parut guère impressionnée par le lien qui les unissait.

— Je vous saurais gré de ne pas divulguer mon premier prénom aux quatre coins de la région.

— Ce sera notre petit secret, promit Ben.

Pressé de fuir, il se dirigea vers la porte, puis se retourna.

— Vous savez quoi ? Je ne vous appellerai même pas par votre deuxième prénom, déclara-t-il, avec un sourire penaud. À bientôt, JJ.

3.

— Je vous dérange, Joy ? demanda Zac.

— Pas du tout. Je suis passée voir nos trois patients hospitalisés et je rédigeais mes conclusions. Hannah et les jumeaux me semblent prêts à sortir. Souhaitez-vous les réexaminer avant ?

— J'irai leur faire mes adieux et leur souhaiter bonne chance, mais pas tout de suite. Un malade arrive en ambulance. C'est l'occasion de tester notre service d'urgence fraîchement restructuré, non ? lança-t-il, radieux.

— Avec plaisir.

Joy lui rendit son sourire et délaissa ses notes pour rejoindre avec lui l'unité de soin. Quelques jours après la mésaventure dans le fossé, sa cheville bandée supportait désormais aisément son poids, ne lui causant qu'une gêne toute relative.

Joy apprécia beaucoup moins de sentir, en elle, une certaine impatience. Celle-ci n'avait aucun rapport avec la découverte des urgences que, la veille, ils avaient réagencées en profondeur. Ni avec l'arrivée de son premier patient assez mal en point pour avoir besoin d'une ambulance.

Non… Joy rechignait peut-être à l'admettre, pourtant elle espérait qu'il serait amené par Ben Marshall, resté aux abonnés absents depuis qu'il l'avait laissée seule avec Shaun, l'agneau.

Naturellement, elle ne souhaitait le voir que pour lui donner des nouvelles rassurantes de l'animal. Joy était fière de s'être accoutumée à vivre isolée en rase campagne, mais aussi d'élever un agneau orphelin en respectant, entre autres, à la lettre les horaires des repas. Selon le vétérinaire, venu se présenter quelques jours plus tôt et vérifier comment elle se débrouillait, Shaun se portait à merveille.

En fait, Joy était tombée sous le charme de cette petite boule de poils. Peut-être étaient-ce les bêlements impatients qui accueillaient son retour à la maison. Ou alors le plaisir de lui donner son biberon, qu'il vidait toujours avec gourmandise jusqu'à la dernière goutte. À moins que ce ne soit la manière dont il la suivait partout, comme si elle était la personne la plus importante sur Terre.

La veille, elle avait nettoyé un box de l'ancienne grange et tapissé le sol pavé d'une bonne couche de paille propre, afin que Shaun puisse enfin quitter leur cuisine exiguë.

Ce matin-là, en partant travailler, elle avait aperçu, derrière la remise, un tas de vieilles barrières qui pourraient servir à construire un enclos et permettre ainsi à son protégé de s'ébattre dans l'herbe. Elle aurait sans doute besoin d'aide pour concrétiser son projet, et qui était la meilleure personne à solliciter, sinon l'homme qui lui avait flanqué la pauvre bête dans les bras ?

Elle ne se cherchait pas une excuse pour passer du temps avec Ben.

Si ?

Oh ! Seigneur ! À sa grande consternation, Joy sentit ses joues en feu. Avec un peu de chance, les gens croiraient qu'elle souhaitait faire ses preuves à son nouveau poste, et non qu'elle était gênée de nourrir des pensées osées, voire carrément déplacées, au sujet de Ben Marshall, tard le soir, lorsqu'elle avait besoin d'oublier sa solitude.

Ce serait une bénédiction que Ben amène le patient. En confrontant sa version fantasmée à la réalité, Joy reprendrait sans doute vite ses esprits… et elle se rappellerait pourquoi c'était le genre d'homme à éviter dans la vraie vie.

Quoi qu'il en soit, elle n'était pas près de se laisser distraire, surtout à quelques minutes de traiter son premier cas d'urgence à Cutler's Creek.

Avec Zac, ils enfilèrent une surblouse jetable, des gants, puis Joy admira une salle qui, la veille, était encore sens dessus dessous. Dorénavant, tout respectait un ordre logique, le matériel était clairement étiqueté et, de cela aussi, elle tirait une certaine fierté.

Il était un peu excessif de qualifier la modeste salle d'examen de « service d'urgence » mais, à Cutler's Creek, c'était là qu'on traitait les traumatismes et autres maladies graves grâce à un large éventail de matériel d'échographie, de radiologie, d'électrocardiogramme et de ventilation.

Les patients qui avaient besoin de soins plus poussés pouvaient être stabilisés, puis transférés par hélicoptère ou par ambulance vers un établissement plus grand, doté d'urgences auxquelles Joy était plus habituée.

Deux hommes amenèrent un vieux monsieur assis sur une civière et, oh, mon Dieu ! Joy sentit son cœur s'emballer. Dès qu'elle reconnut les mèches blondes dans la tignasse légèrement ébouriffée de Ben, pire, dès qu'elle croisa son regard d'un bleu stupéfiant, elle vit resurgir les fantasmes étrangement satisfaisants qui peuplaient ses nuits.

Par chance, la tentation ne dura qu'un quart de seconde. Joy la réprima toutefois si fortement que son expression, désormais très professionnelle, sembla intriguer Ben. Il pivota vers son collègue.

— Mike, tu n'as pas encore rencontré JJ Hamilton, notre nouveau médecin.

— Salut, JJ, dit Mike. Je suis pompier et, pendant mes jours de repos, il m'arrive de donner un coup de main aux ambulanciers.

— Voici Albert Flewellan, quatre-vingt-six ans, annonça Ben. Un de nos bons clients. Un voisin nous a contactés, parce qu'on ne le voyait plus dans son potager et qu'il ne répondait pas quand on frappait à sa porte. Il souffre d'une maladie pulmonaire obstructive chronique, aggravée ici par une infection respiratoire. Il a aussi oublié où il a rangé ses prothèses auditives, conclut Ben avec un sourire.

Il se pencha et éleva la voix :

— Depuis quelques jours, vous vous sentez essoufflé, hein, Albie ?

L'octogénaire écarta le masque à oxygène qui couvrait son nez et sa bouche.

— Nous sommes mercredi aujourd'hui, mon garçon… Enfin, je crois… Ou peut-être jeudi…

Joy n'avait pas l'habitude de transmissions aussi informelles. Les complications d'une telle affection chronique pouvaient être très sérieuses. Si la saturation sanguine baissait trop, le patient risquait l'intubation et la mise sous assistance respiratoire. Il pouvait avoir besoin d'un lit en réanimation.

Albert ne semblait pas aussi mal en point mais, fidèle à la procédure classique, Joy réclama des informations complémentaires.

— Quelle était la saturation en oxygène à votre arrivée ? Et les autres constantes vitales ?

Ben regarda Mike.

— JJ vient de la grande ville. Il va falloir être carré, mon vieux.

Sans même jeter un regard à son dossier, il se racla la gorge, puis détailla sur un ton formel :

— À notre arrivée, le patient était assis dans son lit. Toux grasse et essoufflement. Sifflement perceptible. Température à 38,1 °C. Fréquence respiratoire à 36. Tension artérielle élevée à 18/15, rythme sinusal mais tachycarde à 110, deux à trois mots par respiration et saturation à 88, ce qui est un peu bas, même pour Albie.

Le compte rendu était succinct mais clair. Joy se dit que si elle lui demandait les constantes suivantes, normalement prises durant le trajet, Ben les réciterait aussi de mémoire.

— Merci, répondit-elle en attrapant son stéthoscope.

Écoutons un peu votre poitrine avant que nous vous transférions sur la table de soins, monsieur Flewellan.

Albie ôta de nouveau son masque.

— Bonjour. Vous êtes nouvelle ?

— Il a bien réagi à l'oxygène associé à un bronchodilatateur à effet rapide, précisa Ben. En cinq minutes, la saturation était remontée à plus de 90. Nous vous l'avons quand même amené, car, en général, il doit être surveillé quelques jours, le temps que les antibiotiques et les corticoïdes agissent.

Zac ne parut pas s'offusquer qu'un ambulancier prescrive le traitement d'un patient potentiel. Il scrutait plutôt Joy.

— JJ ? Vous préférez qu'on vous appelle ainsi, Joy ?

Occupée à écouter les poumons d'Albie siffler et crépiter, Joy y trouva l'excuse idéale pour se taire. Elle n'avait pas envie de répondre parce que… au fond, oui… elle appréciait l'idée d'être désignée par ses initiales. C'était plutôt sympa. Pas le genre de chose qu'une personne ennuyeuse demanderait. En même temps, elle se crispa. Ben tiendrait-il sa promesse de ne pas divulguer son premier prénom si insolite ?

— Je crois que ça vient de moi, expliqua-t-il à Zac. J'ai eu une mauvaise expérience avec une Joy et on sait tous combien un prénom marque les esprits. C'est une longue histoire. Un jour, je te barberai avec ça.

D'un discret signe de tête, Zac déclina la proposition. Joy, de son côté, avait terminé les examens préalables du patient.

— Voulez-vous qu'on l'installe sur la table, JJ ?

Il suffit d'un coup de menton, à la fois pour que le patient quitte sa civière et que le changement d'identité de Joy soit entériné. Parfait. Nouvelle vie, nouveau nom. Pourquoi pas ? Au moins, les considérations personnelles n'avaient plus lieu d'être et elle pourrait se consacrer entièrement à son métier de médecin.

Elle regarda les ambulanciers installer Albie. Ben releva le haut de la table et cala un oreiller supplémentaire dans le dos du vieil homme pour l'aider à mieux respirer. D'un geste rapide et efficace, il rebrancha les fils du moniteur d'ECG et plaça un nouveau tensiomètre brassard.

— Une radiographie de la poitrine permettra d'éliminer une pneumonie, un pneumothorax ou un épanchement pleural, reprit sèchement JJ. A-t-il des antécédents d'insuffisance cardiaque congestive ou d'arythmie ?

— Il est sous inhibiteur de l'ECA et diurétique pour soigner un peu d'hypertension et d'insuffisance cardiaque droite, l'informa Zac. Je vous ressortirai son dossier, mais en général, Albie se porte bien entre deux crises. La précédente avait eu lieu au début de l'hiver, ce qui remonte maintenant à quelques mois.

— Vous n'avez plus besoin de nous, je pense ? reprit Ben qui, tout en remettant son rapport médical à Zac, sourit à JJ. À moins que je puisse encore vous aider ?

Oh ! ce sourire ! Pendant une fraction de seconde, elle resta envoûtée. En fait, il lui insufflait une chaleur immédiate, digne des puissants rayons du soleil. Par chance, elle se reconcentra aussitôt. Au travail, elle ne se laissait jamais distraire.

Et elle n'allait certainement pas lui rendre son sourire.

— Un jour, si vous êtes en sous-effectif, je vous conseille d'appeler Ben. Il est aussi compétent que n'importe quel confrère que vous pouvez côtoyer aux urgences.

La recommandation de Zac était de taille et, d'un hochement de tête assorti d'un bref coup d'œil, JJ lui signifia qu'elle en prenait bonne note. Pourvu que ce ne soit pas considéré comme une invitation à lui sourire de nouveau ! En parallèle, elle se redressa. Elle aussi devait gagner sa place à Cutler's Creek.

— Nous pourrions proposer à M. Flewellan une canule nasale jusqu'à ce qu'il ait besoin d'une nouvelle dose de bronchodilatateur, suggéra-t-elle. Avec un débit de deux à quatre litres par minute, ce serait beaucoup plus confortable.

— Bien sûr, approuva Ben.

Il se dirigea vers une paillasse et s'arrêta net.

— Où est passée la boîte ?

— Dans le placard « Voies respiratoires », devant vous. Étagère du haut, avec les autres types de masques. Vous remarquerez aussi que tout est étiqueté.

JJ s'enorgueillissait d'avoir rendu la pièce plus fonctionnelle. Dans une seconde ou deux, Ben lui décocherait sans doute un regard admiratif. Elle sentait d'ailleurs déjà poindre sa propre réaction au coup d'œil tant attendu de l'ambulancier. Un élan de fierté encore plus vif, car c'était Ben Marshall qu'elle avait impressionné ?

En réalité, il resta bouche bée lorsqu'il ouvrit le placard et qu'il scruta les rayonnages. Il lança un regard incrédule à Mike, qui repliait la couverture de la civière, puis à Zac, qui haussa les épaules et dit en souriant :

— Nous finirons par nous habituer. Et il faut admettre que tout semble plus optimisé. On croirait la version miniature d'un véritable service d'urgences, et non plus une modeste salle d'examen qui essaie de s'en donner l'air.

— Tu parles d'une efficacité si on est pressé et qu'on ne retrouve plus rien, marmonna Ben. Et le jour où, après une intubation ratée, il nous faudra en urgence un plateau de cricothyroïdotomie ?

— Placard d'à côté, répondit calmement JJ.

Elle était déçue qu'on ne loue pas ses efforts mais n'en laissa rien transparaître. C'était même une bonne chose. Elle s'était dit qu'en remplaçant la version fantasmée de Ben par la réalité elle désamorcerait la tension gênante entre eux. Eh bien, son espoir s'était matérialisé plus tôt que prévu. Non seulement ce n'était pas le genre d'homme avec lequel elle entamerait une relation personnelle, mais il présentait aussi quelques défaillances d'ordre professionnel.

— Celui étiqueté « Respiration », précisa-t-elle. Étagère du milieu, avec les plateaux de drain thoracique et de trachéotomie. Les nécessaires à perfusion, les seringues et les solutions intraveineuses sont rangés dans le placard suivant. Tout a été trié selon les consignes de base d'évaluation médicale que, j'en suis sûre, vous connaissez sur le bout des doigts.

JJ était consciente d'avoir émis un commentaire assez condescendant, mais elle était un peu contrariée.

— Prenez quelques minutes et vous constaterez que ce classement vous permettra de dénicher, intuitivement, tout ce que vous cherchez.

— Mouais…

Alors que Joy était plus agacée que jamais par son ton dubitatif, Ben sortit une canule nasale, qu'il inséra délicatement dans les narines de son patient avant de coincer les tubes derrière ses oreilles.

— Vous êtes entre de bonnes mains, Albie, annonça-t-il d'une voix forte. En revanche, vous avez intérêt à filer droit.

Le vieux monsieur sembla avoir entendu, car il leva le pouce en direction de Ben, qui partait aider Mike avec la civière.

Soudain, Albie eut une quinte de toux. Le temps que JJ vérifie que les chiffres à l'écran ne signalaient aucune détérioration subite, Ben avait disparu sans dire au revoir. Eh bien, il ne semblait guère apprécier les changements qu'elle avait introduits aux urgences. Ou était-ce carrément sa propre personnalité qui le dérangeait ?

Au fond, elle s'en moquait. C'était même une bonne chose d'ajouter « légère impolitesse » aux défauts de Ben Marshall. Le fait d'être aussi ravie d'allonger la liste mentale de ses mauvais côtés était quelque peu inquiétant, mais elle saurait s'en accommoder, sans que cela interfère dans sa nouvelle vie.

Elle ne laisserait aucun détail concernant l'ambulancier local – et peut-être le seul ambulancier compétent de la région – lui gâcher l'existence.

Ben devait reconnaître que cela l'agaçait.

Bizarrement, il se surprenait à penser assez souvent au

nouveau médecin de Cutler's Creek. Comme à cet instant précis, alors qu'il filait à vive allure sur les lieux d'un accident.

JJ Hamilton était un peu trop maniaque. Trop organisée. Non, mais qui étiquetait les rayonnages de masques à oxygène, pourtant parfaitement identifiables à travers leur emballage ?

Le plus horripilant, à vrai dire, c'était qu'elle le considère, lui, comme agaçant et qu'elle refuse de tomber sous le charme. Elle n'avait pas bronché lorsqu'il l'avait rebaptisée par ses initiales. Elle avait aussi relevé le défi de prendre soin d'un agneau orphelin, source considérable de stress qui s'ajoutait à la nécessité de s'acclimater à une nouvelle ville, un nouvel hôpital, et de dénicher une nouvelle voiture.

Selon Greg, le vétérinaire que Ben et Mike avaient croisé au pub la veille au soir, JJ se débrouillait très bien avec son jeune protégé, qui vivait désormais heureux dans la grange et grossissait à vue d'œil. Elle avait rempli le dossier d'assurancc en un temps record et fait le choix judicieux d'un 4x4, idéal sur les routes de campagne. Elle avait aussi réglé le cas du vieil Albert Flewellan, qui avait quitté l'hôpital avec un nouveau traitement médicamenteux et du matériel d'oxygénothérapie à domicile.

Selon Albie, elle était ce qu'on avait fait de mieux depuis l'invention des tartines, alors que Ben la comparait plutôt à une vilaine démangeaison dans le dos, impossible à atteindre. Elle avait la fâcheuse tendance de s'inviter dans son esprit aux moments les plus incongrus, quand, par exemple, il apercevait des agneaux dans un enclos ou – comme ce jour-là – lorsqu'il était appelé sur un accident de la circulation et qu'il réfléchissait à l'endroit où garer son ambulance afin qu'elle protège au mieux les secouristes arrivés sur place.

Ben fut presque surpris de n'apercevoir ni Zac, ni le Dr Donaldson, ni même JJ. Il s'agissait d'une intervention prioritaire, impliquant d'éventuels blessés graves, et le drame s'était produit plus près de l'hôpital que du poste d'ambulances ou de la caserne de pompiers. Les renseignements concernant son degré élevé d'urgence avaient dû être envoyés sur les téléphones des médecins en même temps que Ben avait été bipé.

Leur absence n'avait cependant pas grande importance. Son collègue Chris et lui ne seraient bientôt plus seuls. Bruce, le policier, était en route et Mike les talonnait de près avec des pompiers bénévoles.

A priori, quelqu'un était prisonnier de l'épave et ils pourraient avoir besoin du matériel de désincarcération. Ce serait à Ben d'évaluer la nécessité de moyens supplémentaires, par exemple un hélicoptère. Il était donc assez perturbé de sentir son attention dévier ainsi.

Il y avait une autre raison logique pour laquelle JJ occupait son esprit. Quelques jours après la collision qui avait détruit la voiture de la jeune femme, voilà que Ben partait sur un accident impliquant aussi un seul véhicule. La différence était qu'au lieu de s'arrêter sur le bas-côté le conducteur avait dérapé sur le gravier, perdu le contrôle, et qu'il s'était retourné, défonçant la clôture barbelée avant d'enchaîner les tonneaux et de terminer sa course sur le toit, au milieu de la pâture.

L'unique voiture sur la chaussée appartenait à la dame qui s'était arrêtée et avait averti les secours, laissant sagement ses feux de détresse allumés.

Ben la remercia et lui demanda de rester, le temps de confirmer aux prochains véhicules d'intervention qu'ils étaient arrivés au bon endroit. Il se tourna ensuite vers Chris.

— Il doit y avoir un portail plus loin. Je préfère approcher en voiture afin que nous ayons le matériel à portée de main.

— J'en vois un au bout de la rangée de cyprès, indiqua son collègue avant d'attraper la radio. Je vais expliquer à Mike où nous sommes.

Ben l'entendit parler au pompier, mais il avait déjà l'esprit ailleurs. Pas encore sur ce qu'il risquait de trouver à l'intérieur de l'épave, même si, une fois qu'il serait dans l'enclos, son professionnalisme reprendrait vite le dessus.

Non, c'était encore à JJ Hamilton qu'il pensait ! Elle aussi aurait pu mordre le gravier si elle avait braqué trop violemment pour éviter la brebis. Sa voiture serait peut-être partie en tonneau si, au détour du virage, Ben avait heurté l'arrière de plein fouet au lieu d'arracher juste la portière.

Comme dans un film de cinéma, il visualisa la scène : le corps de JJ projeté en l'air, puis son soulagement de la retrouver consciente et à peu près indemne.

Étrangement, il se rappela aussi sa curiosité, plus vive que pour l'évaluation normale d'un blessé. Il s'était, par exemple, demandé pourquoi JJ lui avait rétorqué être toujours seule.

Il n'avait pas non plus oublié sa propre surprise la première fois qu'il avait croisé son regard. À cause de ses prunelles d'encre ? Ou avait-il pressenti que JJ hanterait bientôt sa vie ?

Le temps que Chris se démène pour faire pivoter une vieille barrière métallique dans les herbes hautes, le cerveau de Ben laissa surgir une nouvelle pensée, comme s'il cherchait à résoudre l'énigme du siècle.

Les yeux de JJ. Leur noirceur infinie. La manière dont ils s'étaient illuminés de bonheur la première fois qu'elle avait donné le biberon à Shaun. Ce spectacle incroyable qui avait poussé Ben à sourire. Et à la taquiner au sujet du futur nom de l'agneau.

Le choc de se dire qu'il était peut-être attiré par elle.

Heureusement, il put enfoncer la pédale d'accélérateur, lancer son ambulance sur de vieux sillons d'engin agricole et chasser, par la même occasion, ses pensées malvenues.

Évidemment qu'il n'était pas attiré par JJ !

Et, même à supposer qu'il l'ait été un quart de seconde, leur dernière rencontre avait tout balayé. Ses conquêtes devaient, comme lui, apprécier l'aventure et la décharge d'adrénaline engendrée par l'imprévu. Or, il était évident que le Dr Hamilton compartimentait les moindres aspects de sa vie, au point d'y apposer sans doute des étiquettes.

En plus, son véritable prénom – Joy – rappelait à Ben la patience de sa grand-mère envers la commère d'à côté. Le souvenir de son adorable aïeule lui était revenu en pleine face et il souffrait d'avoir perdu, depuis une éternité, la seule personne qui l'ait jamais vraiment aimé.

Pour ne pas ruminer un passé trop déprimant, Ben avait appris à mettre ses pensées sous cloche. L'essentiel était de rester sans cesse en mouvement. De ne jamais rechigner à explorer de nouveaux horizons, y compris avec les femmes.

Son obsession lancinante vis-à-vis de JJ s'expliquait peut-être par le fait qu'il n'avait pas comblé le vide du départ d'Ingrid.

Dommage que ce médecin soit si peu son genre ! Et qu'elle le trouve si agaçant. Quand la personne convoitée ne séjournait pas plus de deux ou trois mois sur place, il était impossible de s'ennuyer ou encore de se voir réclamer plus qu'on avait à offrir.

Chris regagna l'ambulance et ils pénétrèrent dans l'enclos, en route vers l'inconnu et une situation potentiellement compliquée. Dopé par l'adrénaline, Ben ne pensait plus qu'à une chose : relever un nouveau défi.

Découvrir si le conducteur malchanceux de la voiture était en vie. Et tout mettre en œuvre pour que cela continue.

4.

Incroyable ! Non seulement le conducteur était en vie, mais il était conscient et alerte.

Ben se présenta par la vitre fracassée.

— Comment vous appelez-vous ? demanda-t-il.

La tête en bas, coincé contre son siège entre les airbags dégonflés, le jeune homme était loin d'être à l'aise, cependant il respirait plutôt bien et n'aurait probablement pas besoin de renforts spécialisés.

— Nathan.

— Vos poumons vous font-ils souffrir ?

Ben prit son pouls au niveau du poignet.

— Non… tout va bien…

— Avez-vous perdu connaissance ?

— Pas que je sache…

— Vous souvenez-vous de ce qui s'est passé ?

— Je pense, oui… Tout est arrivé très vite.

— Avez-vous mal ailleurs ?

— À la jambe… Impossible de la remuer.

Ben pointa sa lampe torche à l'intérieur du véhicule, vers le plancher devenu plafond.

— C'est parce qu'elle est coincée sous le tableau de bord.

Nathan avait son jean taché de sang mais, là encore, rien d'alarmant qui fasse redouter une grave hémorragie.

— Les pompiers vont nous aider à vous extraire de là.

D'un coup d'œil par-dessus son épaule, Ben vit leur camion se frayer un chemin entre les gros rochers de l'enclos.

— J'ai bousillé ma voiture, hein ? gémit Nathan. Et je ne l'avais… que depuis… dix ou quinze jours.

Sa position acrobatique commençait à affecter sa respiration. Ben sentit aussi son haleine chargée.

— Vous avez consommé de l'alcool, mon vieux ?

— Pas depuis hier soir. Boire ou conduire… il faut choisir.

Ben croisa le regard de Mike, qui inspectait la voiture en réfléchissant à la meilleure manière de désincarcérer leur patient. Les gens nourrissaient souvent l'idée fausse qu'on pouvait faire la nouba jusqu'à l'aube, puis se lever et être assez sobre pour prendre le volant sans risque.

— Vous n'aviez pas non plus attaché votre ceinture ?

— J'ai oublié, admit Nathan, penaud. Vous n'allez pas… me passer un savon, j'espère ?

— Pour nous, l'essentiel est de vous sortir de là. Vous parlerez à Bruce plus tard… Nous allons d'abord vérifier qu'on peut vous poser un collier cervical, puis Chris ici présent vous donnera un masque à oxygène, car il est un peu difficile de respirer la tête à l'envers, non ?

Nathan se plaignit de nouveau.

— Ma jambe… Elle me fait un mal de chien…

— À quel niveau sur une échelle de 0 à 10 ?

— 11… non… Aaah ! Plutôt 12.

— Autant ? Ne vous inquiétez pas. Je vais vite vous poser une perfusion d'antalgiques dans le bras.

— Ce serait cool…

La voiture tressauta quand Mike tira sans ménagement sur la portière opposée.

— J'ai réussi à l'ouvrir suffisamment. Ben, peux-tu t'occuper de ton patient de ce côté, le temps que nous enlevions sa portière et que nous redressions le tableau de bord ?

— Bien sûr.

— Parfait, approuva Mike avant de se tourner vers son groupe de pompiers bénévoles. Allons chercher des cales pour stabiliser le véhicule. Ensuite, il me faudra les écarteurs.

Pour Ben, ce ne fut pas une partie de plaisir de se faufiler dans l'habitacle afin de mettre le collier cervical à Nathan.

Il n'y avait pas non plus la place de poser facilement une voie veineuse. Sa première tentative fut un échec. La deuxième ne fut pas plus concluante, car, au moment où il insérait la canule, un crissement de carrosserie déchiquetée fit sursauter Nathan.

— Ne bougez pas, lui conseilla calmement Ben. Il va y avoir un peu de bruit, car nous sommes obligés de découper la voiture pour vous sortir de là. Chris, peux-tu me donner de quoi recouvrir ça et une autre canule, s'il te plaît ?

La pose d'un cathéter ne servirait pas qu'à administrer un antidouleur à Nathan. Ben voulait une bonne perfusion au cas où l'état de son patient se dégraderait. La tache de sang s'étendait peu à peu sur son jean et il n'avait aucune idée de ce qui se passait dans le bas de la jambe de Nathan, masqué par le tableau de bord défoncé. Le délai de désincarcération était aussi une grande inconnue et, en cas d'hémorragie persistante, plus il faudrait de temps pour trouver une veine, plus la manœuvre deviendrait ardue, à mesure que la pression artérielle diminuerait et que les veines se contracteraient.

L'équipe d'intervention comptait davantage de bénévoles que de salariés comme Mike et lui, mais ces gens-là adoraient aider leur communauté en assurant les services d'urgence. Ils suivaient chaque formation proposée et, dès qu'il les voyait se frotter aux différents protocoles de secours, Ben était fier de leurs compétences et de leur engagement.

La portière du véhicule accidenté fut découpée, le tableau de bord écarté pour libérer la jambe de Nathan, puis une foule de mains gantées de cuir s'approchèrent du blessé pour l'installer sur une planche et le faire glisser doucement jusqu'à la civière.

— Attention aux tubes !

Trop tard. La ligne de la poche à perfusion se prit dans un lambeau de métal. Ben avait beau l'avoir fixée à l'aide d'un sparadrap, il n'avait pas eu le temps de poser un bandage par-dessus et il suffit d'une légère secousse pour arracher le sparadrap, puis la canule. La quantité de sang perdue était toutefois moins préoccupante que l'hémorragie à la jambe, qui s'était aggravée depuis qu'on avait dégagé Nathan de sous le tableau de bord. Le drap de la civière fut vite trempé et Ben avait même sa chemise tachée par endroits.

— Chris, fais-lui un point de compression au bras. Je m'occupe de sa jambe.

— Je peux vous aider ? proposa Mike.

Ben découpait ce qui restait du jean de Nathan.

— J'ai besoin d'un grand morceau de gaze et de deux ou trois pansements. Il faut stopper le saignement.

Heureusement qu'il avait injecté un antalgique, car il sentit un os fracturé crisser lorsque, d'une pression assez forte, il tenta d'enrayer l'hémorragie.

Nathan cria de douleur, mais il n'y avait, hélas, aucun moyen rapide d'augmenter la dose.

Chris appliqua un autre sparadrap sur la trace de piqûre au bras.

— Tu veux le set de perfusion pour une nouvelle voie ?

Ben entoura la profonde entaille à la jambe d'un bandage aussi serré que possible.

— Non. Rapporte-moi plutôt une attelle. Je vais rester à l'arrière de l'ambulance et surveiller une reprise éventuelle du saignement, mais nous sommes proches de l'hôpital. Il sera plus facile de gérer le problème là-bas.

Ben dut balayer de son esprit la pensée que sa décision offrirait à JJ l'occasion de frimer avec sa réorganisation des urgences.

Dès qu'il eut fixé solidement l'attelle et le pansement compressif, il annonça :

— On charge et on y va.

— J'ai envie de vomir, balbutia Nathan, livide.

Mike lui tendit un bassin et une serviette. Trop tard ! Il adressa à Ben un regard compatissant quand la civière fut chargée à l'intérieur de l'ambulance.

— Ne respirez pas trop profondément, murmura le pompier. Vous pourriez vous sentir mal.

Une fois les portières arrière refermées, l'odeur nauséabonde s'amplifia mais, pour Ben, c'était presque la routine. JJ éprouverait sans doute plus de difficultés, se dit-il en chemin. À Cutler's Creek, ce genre de ménage-là n'était pas assuré par un bataillon d'infirmiers et d'agents hospitaliers.

Quelques minutes plus tard, JJ ne parut toutefois déstabilisée ni par la puanteur ni par l'apparence physique de son patient. Elle regarda Ben et Chris le transférer sur la table de soins, puis écouta attentivement leurs transmissions.

— Nathan Brown, vingt et un ans. Après une sortie de route, sa voiture a effectué un tonneau et terminé sur le toit, le coinçant à l'intérieur. Il avait un score de Glasgow à 15 à notre arrivée, n'a probablement pas perdu connaissance et ne semble pas avoir été blessé à la tête.

Ben reprit son souffle avant d'énumérer les constantes vitales qui, à son grand étonnement, s'étaient toutes révélées normales.

— La désincarcération a duré vingt-cinq minutes, conclut-il en glissant un oreiller sous la nuque de Nathan. Il a reçu cinq milligrammes de morphine pour calmer la douleur de sa fracture tibia-péroné.

JJ s'approcha du jeune homme.

— Sur une échelle de 0 à 10, à combien estimez-vous la douleur ?

— 10, répondit Nathan.

D'un regard, elle eut l'air d'insinuer que Ben n'avait pas injecté une dose suffisante d'antalgiques. Il se justifia :

— À ma décharge, il l'avait d'abord évaluée à 12, donc il y a du progrès.

Elle vérifia l'écran de contrôle, signe qu'à ses yeux le pouls et l'état de santé général de la victime ne reflétaient pas l'extrême souffrance annoncée. La tension était juste un peu basse. JJ retroussa aussi légèrement le nez au moment d'inspirer de nouveau.

C'était un aveu discret de l'odeur fétide que Nathan dégageait, mélange d'alcool et de vomi. *Mignon, cet infime frémissement de lapin*, songea Ben, jusqu'à ce qu'il se rende compte que cette image-là resurgirait bientôt dans sa tête aux moments les plus incongrus, lui rendant la jeune femme encore plus agaçante.

De son côté, elle ne le vit pas froncer les sourcils, car elle s'était tournée vers Debbie, l'infirmière, qui s'apprêtait à découper ce qui restait du jean de leur patient.

— Peut-être pourrions-nous trouver une blouse à Nathan. Histoire de… nous débarrasser de ses vêtements ?

L'intérêt de JJ se porta de nouveau sur l'écran.

— La tension est un peu faible, marmonna-t-elle avant de lorgner le drap souillé. Pertes sanguines estimées ?

— Difficile à dire, admit Ben.

Même une petite quantité de sang pouvait paraître impressionnante dès lors qu'elle imprégnait un tissu.

— Moins de cinq cents millilitres, je dirais, avança-t-il.

Du coin de l'œil, JJ sembla lui adresser une deuxième remontrance sur la prise en charge de Nathan. Avait-elle envie d'étudier leurs procédures opérationnelles normalisées concernant le contrôle des hémorragies sur site ? Peut-être ignorait-elle la difficulté de stopper une hémorragie externe quand on n'avait pas accès à la partie du corps blessée ? Ou quand les pompiers mettaient du temps à extraire la victime et qu'on ne pouvait pas s'approcher suffisamment pour effectuer, par exemple, un point de compression ?

Il ne s'agit que d'un bref regard, mais Ben prit conscience de l'allure débraillée qu'il devait avoir avec sa chemise souillée de sang. Il y avait aussi fort à parier qu'il ne sentait pas la rose. Enfin, cela faisait partie du métier, non ? Et il savait qu'il était un sacré professionnel. Il n'avait pas besoin qu'on le toise avec une mine sévère d'institutrice.

Ben était officiellement agacé, mais fallait-il s'en étonner ? Après tout, on parlait du Dr Journey Joy Hamilton. Une citadine très collet monté et férue de protocoles.

— Nous avions posé une voie intraveineuse, expliqua-t-il calmement. Manque de chance, elle s'est arrachée au moment où on extrayait Nathan de son véhicule. Je n'ai pas voulu perdre de temps sur place à la remplacer.

Inutile d'ajouter qu'il lui avait fallu plus d'une tentative pour insérer le cathéter. JJ, qui avait remarqué les pansements adhésifs recouvrant les différents points de ponction, fixa un garrot sur l'autre bras de Nathan.

D'une efficacité redoutable, elle inséra une canule, ôta le garrot, qui claqua d'un coup sec, et découpa un morceau de sparadrap pour fixer la nouvelle voie. Face à elle, Ben eut l'impression que, par ses gestes, JJ prenait encore un malin plaisir à dénigrer ses compétences. Même sa façon d'attacher le cathéter et la poche à perfusion était rapide et professionnelle. Évidemment ! Dans un environnement contrôlé, tout était plus simple. Le robinet à deux voies permettait, par exemple, de prélever sans douleur un échantillon de sang ou d'injecter un médicament. La façon dont le regard de JJ croisa le sien fut une confirmation superflue de son jugement.

Vous voyez ? semblait-elle le narguer. *Voilà comment il faut faire. Fastoche...*

— On y va, Nathan. Pendant que nous examinons votre jambe de près, je vais vous redonner des analgésiques. S'il y a plus qu'une fracture simple, nous devrons vous transférer dans un hôpital plus grand.

Le cas échéant, JJ serait contrainte de demander à Ben comment procéder, car elle n'avait jamais abordé le sujet avec Zac, et, ce jour-là, il était absent.

Ben ne sautait pas non plus de joie à l'idée d'être aux urgences. Il l'avait presque fusillée du regard, tandis qu'elle installait la poche à perfusion. Était-il vexé qu'elle remplace la voie intraveineuse qui s'était arrachée ?

Eh bien, il faudrait qu'il ravale sa fierté ! Elle n'avait pas critiqué son travail. Elle faisait juste ce qu'il y avait à faire… et cela incluait une prise de sang. Il était flagrant que leur patient avait bu plus que de raison et, à coup sûr, Bruce, le policier, voudrait connaître son taux d'alcoolémie.

Ben était-il contrarié de rester planté là, à la regarder s'activer, alors qu'il aurait été plus utile en remplaçant lui-même le cathéter ? Son collègue avait presque terminé de nettoyer la civière. Il était donc fort possible qu'il parte, peut-être encore sans dire au revoir ? Hors de question. JJ était le seul médecin de garde et, même si elle pouvait se débrouiller, elle préférait que Ben l'aide à prendre les radios. Au besoin, qu'il organise le transfert de Nathan.

Au moins, lorsqu'elle ôta le bandage compressif à la jambe, elle put apprécier la qualité des soins.

— Excellent contrôle de l'hémorragie. L'entaille, pourtant assez profonde, ne suinte même plus.

— Vous allez suturer ?

— Tout dépendra du résultat des radios. Si Nathan doit passer sur la table d'opération, inutile. Nous nous contenterons d'un pansement bien propre et nous vérifierons que l'attelle supporte le trajet.

Elle esquissa un sourire.

— Là-dessus, je m'en remets à votre expertise, ajouta-t-elle.

D'un haussement de sourcil, Ben lui signifia que sa tentative pour apaiser la tension larvée entre eux avait échoué. Elle décida d'être plus directe.

— Pourriez-vous m'épauler avec les radios ?

— Vous êtes seule avec Debbie ? demanda Ben, une lueur d'inquiétude dans le regard.

— Oui. J'ai persuadé Don d'accompagner Zac à Dunedin pour rendre visite à Liv et au bébé. Je leur ai garanti qu'il n'y aurait pas de problème.

— Ah ! C'est donc pour ça que vous n'avez pas répondu au message concernant l'accident ?

— Je pensais qu'on me prévenait juste de l'arrivée d'un nouveau patient. J'étais censée vous rejoindre sur place ?

— Zac vient toujours, s'il n'est pas occupé à autre chose. Le Dr Donaldson aussi. Surtout si je ne suis pas de service ou s'il s'agit d'un appel prioritaire, synonyme de potentiels cas graves.

JJ eut l'impression que c'était au tour de Ben de la blâmer, ce qui lui parut injuste.

— En fait, j'étais sur une petite opération chirurgicale.

Debbie, qui actualisait les constantes, sourit à Ben et lui dit :

— Drainage d'un hématome sous-unguéal. Franchement, le vieux Harvey White devrait cesser de charrier des briques. Hier, il en a encore lâché une sur son orteil et, aujourd'hui, la douleur l'empêchait de marcher.

— Pas possible…

Ben lui rendit son sourire. Ils semblaient connaître le patient bien mieux que JJ et celle-ci se sentit mise à l'écart, au point d'en éprouver une émotion désagréable. L'envie, peut-être, d'appartenir à une communauté ? De connaître ce genre de connexion, où on se comprend sans se parler ?

Lorsqu'il refit volte-face vers JJ, Ben se renfrogna, mais une pointe d'amusement continua d'éclairer son regard.

Se moquait-il parce qu'elle avait choisi d'ignorer une possible urgence vitale pour drainer un ongle douloureux ?

— Qu'avez-vous utilisé ? lâcha-t-il. Une aiguille ou un trombone ?

Sans répondre à sa question, elle haussa les épaules.

— Il est temps d'aller à la radio, non ?

Les clichés de la vilaine fracture de Nathan nécessitaient l'avis d'un chirurgien orthopédiste.

— Quelle est la procédure habituelle en matière de transfert ? demanda JJ, tandis que Nathan somnolait sur le lit.

— Si le patient est dans un état grave ou en urgence absolue, nous contactons les secours aériens, expliqua Ben. Leur hélicoptère peut atterrir à l'hôpital. Si la situation est moins critique, nous le transportons par la route. En général, nous nous arrangeons pour qu'une ambulance parte de Dunedin ou d'Invercargill et nous la rejoignons à mi-chemin.

Il se tut, l'air grave, comme s'il allait communiquer une information cruciale.

— Les deux villes sont à trois heures de Cutler's Creek en voiture, reprit-il. Notre véhicule sera donc indisponible pendant ce temps, en comptant le retour.

JJ acquiesça en silence. Il serait excessif de solliciter un hélicoptère pour évacuer Nathan, mais… oh ! Ben la mettait-il en garde sur le fait qu'en son absence elle devrait assumer l'ensemble des urgences extérieures ?

Aucun souci ! Zac lui avait montré où était rangée la trousse de secours. Elle pouvait aussi emporter le défibrillateur de la salle d'examen.

Ben ne lui laissa toutefois pas le temps de répondre.

— Nous disposons d'un véhicule de réserve : notre ancienne ambulance. Je peux demander à un bénévole de prendre le volant. Nathan est assez stable pour se passer d'escorte médicale.

— Parce que, selon vous, je ne saurais pas gérer ?

— Avez-vous déjà effectué une sortie en ambulance ?

— En quoi cela serait-il différent ? Spécialisée en traumatismes d'urgence, je suis formée à traiter toutes sortes de cas.

— Dans les services d'une grande métropole, bien sûr. Là où il est facile de suivre les organigrammes des protocoles de soins à la lettre. Même dans un établissement aussi modeste que celui-ci, tout est à portée de main et *étiqueté*.

Ça, c'était une attaque directe. Et Ben n'avait pas terminé :

— Vous aurez sans doute plus de mal à poser une voie sur une victime qui a la tête en bas et à vous faufiler à l'intérieur d'une épave de voiture pour travailler. Surtout à la campagne, où les renforts spécialisés arrivent de trop loin pour qu'on puisse compter dessus. Vous vous direz peut-être même qu'il n'est pas évident de maîtriser l'hémorragie et que votre patient risque de perdre plus de sang que vous ne l'auriez souhaité.

Ben s'était-il senti critiqué lorsqu'elle avait demandé une estimation des pertes sanguines ? Tentait-il de lui faire comprendre qu'elle n'avait pas sa place à Cutler's Creek ? À moins qu'il ne lui lance un nouveau challenge, comme quand il l'avait laissée seule avec un agneau orphelin et un sac de lait en poudre ? Peu importe. JJ s'étonnait juste de vouloir autant faire ses preuves auprès de lui.

Non, peut-être qu'elle souhaitait juste faire ses preuves, point. Montrer qu'elle était capable de relever des défis. Qu'elle ne rentrait pas sagement dans telle ou telle case, ce qui aurait été typique d'une personne terne et sans imagination. Ennuyeuse, même…

— Voilà exactement ce que vous devriez faire, conclut Ben.

— Quoi donc ?

— Vous rendre compte. Quitter votre zone de confort. Nous accompagner en intervention sur le prochain cas grave ou, en attendant, participer à une de nos séances d'entraînement. Si le cœur vous en dit, naturellement.

Oui, il la mettait au défi. Et JJ était plus que partante !

— Avec plaisir. Appelez-moi dès que l'une ou l'autre occasion se présentera. Sous réserve que je sois disponible, bien sûr.

Inutile qu'il ajoute quoi que ce soit. Un cas aussi bénin qu'un orteil douloureux ne serait pas une excuse valable. Le regard de Ben frétilla, signe qu'il avait compris que, chez JJ, le message était passé.

Un instant, elle eut l'impression qu'il s'établissait enfin entre eux une espèce de connexion. Qu'ils étaient sur le point d'échanger un sourire. De poser les bases d'une amitié sincère, qui sait ?

La situation les troubla peut-être tous les deux, car ils se détournèrent pile au même moment.

— Restez parée à toute éventualité, prévint Ben. Vous pourriez être amenée à mettre en application tout ce que votre formation vous a déjà appris.

5.

Sa formation n'avait jamais rien englobé de tel.

Et JJ Hamilton n'aurait sans doute pas choisi l'alpinisme comme activité de loisir. En revanche, une chose était sûre : depuis le début de l'ascension, elle bataillait ferme. Avant même d'avoir atteint cette partie escarpée du parcours, hérissée de rochers imposants, elle était déjà hors d'haleine. Ben put d'ailleurs constater ses efforts pour s'accrocher à une pierre lisse et passer à la prise suivante.

On sentait que, malgré son entorse récente, elle donnait le meilleur d'elle-même.

Ben, qui n'avait aucune envie de redescendre la pente avec deux victimes, lui tendit la main et l'enroula aussitôt autour de la sienne, sans qu'elle puisse refuser son aide.

JJ agrippa ses doigts avec une fermeté étonnante et il n'eut aucune difficulté à la hisser jusqu'à lui. En fait, elle était légère comme une plume, sans doute parce qu'elle poussait à fond sur ses jambes. L'aisance et la rapidité avec lesquelles elle le rejoignit firent qu'elle se retrouva soudain tout près de lui. Si près qu'il l'entendit ahaner et qu'il lut la surprise dans ses prunelles noires.

Tout s'était passé si vite qu'il ne lui avait pas lâché la main, et ils avaient beau porter des gants de protection, il sentit le galbe et la chaleur de sa paume, comme s'ils étaient peau contre peau.

Enfin, ce n'était pas que de la chaleur. Là-dessous couvait un feu ardent qui n'avait rien à voir avec leur température corporelle.

Sidéré, Ben desserra son étreinte. Il dut résister à l'envie de frotter sa main à quelque chose, histoire de se débarrasser d'une sensation étrange qui lui remontait le long du bras et envahissait son corps. Il avait aussi toutes les peines du monde à rompre le contact visuel.

— Tout va bien en bas ? lança Mike.

Les autres membres de l'équipe de secours en montagne de Cutler's Creek avaient disparu derrière les rochers.

Combien de temps Ben et JJ étaient-ils restés immobiles ?

Sans doute pas plus de quelques secondes, mais la jeune femme respirait dorénavant calmement, signe que l'instant avait peut-être duré plus longtemps.

Trop longtemps…

— Venez, reprit Ben, soulagé de détourner enfin le regard. Pas question de lambiner.

À présent qu'ils avaient négocié le passage par-dessus les rochers, il pouvait accélérer, car le chemin devenait plus aisé.

— Ce sentier de Twin Rocks me sert à la fois de terrain d'entraînement et de test d'aptitude physique pour les gens qui souhaitent devenir sauveteurs bénévoles. Quand on est assez sportif pour effectuer le parcours sans difficulté particulière, on saura se sortir de toutes les situations, même les plus imprévues. Si j'arrive dernier, c'est la honte.

Il ne put s'empêcher de lorgner derrière lui, mais c'était par pure conscience professionnelle : il devait s'assurer que JJ gravisse la dernière portion du trajet en toute sécurité.

Confrontée à une situation qui la poussait dans ses ultimes retranchements, JJ affichait une formidable détermination. Au fond, il importait peu que Ben ferme la marche. Ses camarades savaient qu'il veillait sur elle.

Ben ralentit. Pas assez pour insinuer qu'il voulait faciliter la tâche à son élève. Il adaptait juste la cadence afin qu'elle ne s'effondre pas. Il n'avait aucune envie non plus de saper une opiniâtreté qui, en certaines circonstances, pouvait se révéler décisive. Il savait enfin que la condition athlétique d'une citadine ne suffisait pas, en général, à relever un pareil défi en extérieur.

Il esquissa donc un demi-sourire et marmonna :

— Vous faites du bon boulot.

Du bon boulot ?

JJ était en train de mourir sur place ! Elle sentait ses joues en feu, ce qui expliquait peut-être pourquoi ses poumons la brûlaient autant. Son cœur battait à tout rompre et de longs filets de sueur lui coulaient dans le dos. Les muscles de ses jambes étaient prêts à lâcher et sa cheville, pourtant bandée, ne lui avait jamais fait aussi mal depuis qu'elle avait accepté de suivre Ben Marshall sur une intervention prioritaire ou de participer à une de ses séances d'entraînement, « légendaires » selon Zac.

« Vous aurez ainsi une idée de votre condition physique, l'avait-il avertie. À moins que vous ne rendiez l'âme avant. »

Pour couronner le tout, Ben s'était de nouveau montré très distant.

Certes, il l'avait aidée à escalader un rocher devant lequel son corps meurtri aurait sans doute déclaré forfait, mais, aussitôt après, il avait eu une réaction quasi épidermique et lui avait brusquement lâché la main.

Il y avait aussi sa manière de la regarder, qui rappelait le jour où ils avaient discuté du transfert de Nathan. Quand JJ avait cru qu'une connexion s'était enfin établie entre eux et qu'ils pourraient devenir amis.

Ce n'était pas demain la veille, hein ? Au mieux, elle pouvait espérer prouver ses talents d'urgentiste auprès de la population de Cutler's Creek et ainsi se faire accepter. Trouver sa place. Si elle le souhaitait, bien sûr.

En fait, le nœud du problème était peut-être là. JJ voulait démontrer qu'elle pouvait être qui elle avait envie d'être. À trente-cinq ans, elle n'était, avec un peu de chance, ni trop vieille ni trop ancrée dans ses habitudes pour choisir un chemin susceptible de lui embellir la vie.

Mike, le pompier, applaudit quand JJ et Ben rejoignirent le groupe. Massés à l'ombre de la falaise, les autres participants enfilaient leur baudrier et triaient des cordes.

— Bravo ! La première fois, c'est toujours une galère.

À bout de souffle, JJ sourit jusqu'aux oreilles.

— Voici donc Twin Rocks, annonça Ben.

Il ne regardait pas JJ mais, à l'évidence, elle était bien la seule à découvrir l'endroit. Il enchaîna :

— Il s'agit d'une paroi rocheuse d'un bloc, même si son énorme brèche centrale donne l'impression qu'il y en a deux. Ces cent cinquante mètres d'à-pic ont été truffés de goujons qui permettent de descendre en rappel et offrent plusieurs niveaux de difficulté, selon le couloir sélectionné. Les gens débarquent de toute la Nouvelle-Zélande pour s'y frotter et il n'est pas rare qu'on nous demande de secourir un blessé coincé quelque part sur la paroi. Il ne suffit donc pas d'arriver ici pour sauver la victime.

Enfin, l'air grave, Ben pivota vers JJ. De toute évidence, elle n'était pas au bout de ses peines.

— Nous pratiquons souvent la descente en rappel, qu'il s'agisse d'un alpiniste à récupérer ou d'un véhicule qui, après une sortie de route, aurait basculé dans le vide. Il faut accéder au patient, le stabiliser et l'évacuer d'une manière ou d'une autre.

Logique ! Décidément, JJ n'en finissait plus d'apprécier le grand professionnalisme de Ben. Le fait que des habitants de la région s'entraînent dur et soient prêts à risquer leur vie pour accomplir de périlleux sauvetages forçait aussi son admiration.

— Vous assistez aujourd'hui à une des formations censées nous garder le plus affûté possible, continua Ben. Mes gars maîtrisent les bases de la descente en rappel. Vous allez donc devoir mettre les bouchées doubles. Quand nous serons au sommet, je vous lancerai un baudrier et vous pourrez y aller.

Cet entraînement de haut vol avait été un défi incroyable à relever, mais il n'avait pas été terrifiant. Jusqu'à présent.

JJ refusa de laisser transparaître son envie furieuse de déguerpir. Il existait forcément une devise dont elle pourrait s'inspirer. Du genre « À vaincre sans péril, on triomphe sans gloire » ? Ou « Sens ta peur et vas-y quand même » ?

Elle pouvait réussir.

Peut-être…

C'était comme un point de non-retour et elle était prête à sauter le pas. Soudain, les commissures des lèvres de Ben se relevèrent, puis l'ensemble du groupe éclata de rire.

— Ben adore cette blague, expliqua Mike. Rassurez-vous, vous vous formerez ailleurs à la descente en rappel.

— Et pas après vous être coltiné cinq kilomètres d'ascension, renchérit Ben.

— J'y serais allée, répondit calmement JJ.

— Je sais.

Oh ! Était-ce une lueur d'admiration qui brillait dans son regard ?

— Ce que j'aimerais, en revanche, si vous l'acceptez, c'est que vous jouiez le rôle de la victime. Vous voyez la saillie là-bas ? Une fois munie d'un casque et d'un baudrier, vous vous y installerez. Mes sauveteurs grimperont au sommet et établiront un plan de bataille pour vous évacuer sans risque, évaluer vos blessures, puis redescendre la piste, au pied de laquelle une ambulance vous attendra sur le parking.

Malgré la fatigue, la douleur et le sentiment d'avoir ralenti les autres, JJ eut hâte d'entrer dans la peau du personnage.

— De quelle nature sont mes blessures ?

— Voyons, répondit Ben en souriant, si nous partions sur un problème à la cheville ? Une méchante entorse ? Non… une fracture.

— Je suis consciente ?

— Oui. Vous souffrez le martyre et vous êtes frigorifiée. Ça fait des heures que vous êtes bloquée sur votre petit promontoire, à guetter les secours. Les conditions météorologiques se dégradent, raison pour laquelle on ne vous a pas envoyé d'hélicoptère.

— Mes antécédents médicaux ?

— Vous êtes jeune et en parfaite santé.

— D'accord. J'ai encore une question…

— Je vous écoute.

— Comment vais-je grimper là-haut sans *réellement* me casser la cheville ?

— Suivez-moi.

Au moment de longer le groupe, Ben s'adressa à Mike :

— Emmène tout le monde au sommet et occupez-vous des cordages et des nœuds. Je vous rejoins vite. Ce sera plus réaliste si vous ignorez où se trouve la blessée.

Le temps que JJ atteigne son à-pic rocheux, les apprentis secouristes s'étaient volatilisés dans les méandres d'une autre voie escarpée. Elle eut l'impression d'être seule au monde avec Ben.

— Enfilez ce baudrier, dit-il. Ainsi, votre sauveteur pourra vous attacher à son propre harnais et assurer votre sécurité.

JJ acquisça.

— La sécurité, c'est la vie.

Pour l'instant, la sécurité était toutefois le cadet de ses soucis, car Ben était si près d'elle qu'elle en avait des papillons dans le ventre.

— Il y a trois sangles, indiqua-t-il. Une pour la taille et une pour chaque jambe. Attention, rien ne doit être entortillé.

Il secoua le baudrier, puis s'accroupit.

— Passez la jambe gauche par ce trou.

JJ n'eut aucun mal à peser de tout son poids sur sa cheville indemne pour s'exécuter. En revanche, au moment de lever l'autre jambe, elle fut obligée de s'appuyer sur l'épaule de Ben. Ses joues s'empourprèrent avant même qu'il commence à remonter les sangles le long de ses cuisses.

— Je peux me débrouiller.

— Alors, remontez-les bien droit. Le plus haut possible. Comme elles sont fabriquées dans une matière élastique, elles ne devraient être ni trop serrées ni trop lâches.

Ben attrapa les extrémités de la ceinture et inséra une des sangles dans la boucle du milieu. Il serra bien fort, puis glissa un doigt dessous et le fit courir sur le ventre de JJ.

Seigneur ! Elle crut sentir une traînée de flammes sur sa peau.

— Le plus important est de vérifier que cette partie-là reste bien au-dessus des hanches, insista-t-il. Vous serez alors en sécurité, même la tête à l'envers.

JJ avait déjà l'impression d'avoir la tête à l'envers. Elle n'osa pas regarder Ben en face lorsqu'il fixa la ceinture en la passant dans la seconde moitié de la boucle.

Après quoi, il lui tendit un casque. Elle le posa sur sa tête mais rencontra quelques difficultés avec la jugulaire.

— Laissez-moi faire.

Les paupières closes, JJ leva le menton. Les doigts de Ben effleurèrent la peau délicate de sa mâchoire, qu'elle n'avait jamais considérée comme une zone érogène. Jusqu'à maintenant…

Elle rouvrit les yeux quand la boucle claqua, signe que Ben avait terminé. Surprise ! Il ne s'écarta pas. Il la dévisagea même et, alors que le temps semblait s'être arrêté, JJ eut la conviction qu'il pouvait lire dans ses pensées.

Qu'il avait compris qu'elle rêvait d'être embrassée. Par *lui*… Que, pendant une fraction de seconde, c'était peut-être la chose à laquelle elle tenait le plus au monde.

Le miracle aurait pu se produire si Mike n'avait pas crachoté dans la radio :

— Tout est prêt, chef. Tu penses nous rejoindre bientôt ?

Ben ne lâcha pas JJ du regard jusqu'à ce qu'il empoigne lui-même son émetteur et réponde :

— Je mets notre victime en position. Vérifie le baudrier de chacun et la qualité des nœuds autobloquants. Que personne ne s'élance avant mon arrivée.

— Message reçu.

— Allez, au travail !

Sans un regard pour elle, Ben conduisit JJ à l'endroit où elle devait se tenir sur la saillie rocheuse.

Au moment de lui emboîter le pas, elle sentit son estomac brûler d'un feu de plus en plus vif. À cause de la peur, peut-être ?

Ou avait-elle compris que son attirance déplacée, qu'elle croyait cantonnée à un drôle de fantasme nocturne, allait bientôt franchir les frontières de sa vie intime ?

Ce ne serait pas un problème, sauf que…

Sauf que, dans cet étrange moment hors du temps, elle aurait juré que Ben avait fait plus que lire dans ses pensées : il avait personnellement songé à l'embrasser.

Et il en avait eu envie autant qu'elle.

6.

Queenstown.

Nichée sur les berges du lac Wakatipu, à l'ombre des spectaculaires Alpes néozélandaises, cette petite ville de l'île du Sud était souvent considérée comme la capitale internationale du tourisme d'aventure et c'était l'endroit préféré de Ben Marshall. Pas seulement à cause de ses excellents bars et restaurants, de son panorama époustouflant ou même de sa population jeune et dynamique, constituée essentiellement d'étrangers venus chercher du travail là où le salaire était soit un bonus, soit un moyen de recevoir sa dose d'adrénaline.

En fait, Queenstown avait été la plus grosse métropole à côté de laquelle Ben avait grandi et il s'y sentait comme à la maison. Parmi ses premiers jobs d'été, il avait ainsi piloté des jet boats sur les rapides de la rivière Shotover, ou encore été moniteur de ski dans le massif des Remarkables, et son excitation d'avoir découvert la liberté de l'âge adulte dans une ambiance aussi exaltante était un souvenir cher à son cœur.

En dehors de Cutler's Creek, Queenstown demeurait au centre de sa vie sociale et il y avait fort longtemps qu'il n'avait pas apprécié, en front de lac, cet agréable bar à tapas, également réputé pour sa cave à bières.

Ben savoura une gorgée du seul verre qu'il s'autoriserait à boire lors de sa soirée de congé. Ce ne fut qu'au moment d'essuyer, du bout du pouce, la mousse au coin de ses lèvres qu'il vit sa camarade de jeu imiter son geste… avec la langue.

Il détourna le regard et se racla la gorge.

— C'était une excellente idée de venir ici, Heidi. Merci de m'avoir envoyé un message.

— Tout le plaisir est pour moi, répondit la Suissesse avec un accent français aussi sexy que ses longs cheveux platine, ses yeux bleus et ses jambes interminables. Depuis qu'elle a déménagé, Ingrid me manque beaucoup, et je me suis dit que tu devais te sentir aussi seul que moi. Il y avait une éternité que je ne t'avais pas vu en ville.

Ben caressa la condensation à l'extérieur de son verre.

— J'ai une vie bien remplie, sans doute.

— Ton village croule sous les accidents incroyables ?

— Pas trop, je l'avoue. Le truc le plus excitant de la semaine était même une mise en scène. À l'entraînement, nous avons sauvé une victime coincée sur une falaise. Elle s'était cassé la cheville lors d'une descente en rappel.

— Vous vous êtes servis d'un... Comment ça s'appelle déjà ?

— Un mannequin ? Non, nous avons demandé à quelqu'un qui, en réalité, n'avait pas de fracture. Elle s'était quand même fait une entorse il y a peu, ce qui l'a bien aidée à jouer la comédie.

Et tout n'avait peut-être pas été feint. JJ avait sans doute vraiment souffert après s'être débrouillée comme un chef sur les kilomètres de sentier escarpé.

Elle n'avait pas non plus bronché à l'idée d'être installée sur une saillie rocheuse et de remettre son destin entre les mains de sauveteurs encore en formation – non seulement lorsqu'on l'avait descendue de la falaise mais aussi quand il avait fallu l'attacher au brancard et refaire le trajet en sens inverse, notamment sur la portion rocailleuse du parcours.

JJ donnait peut-être l'image d'une femme prudente, qui organisait son environnement au cordeau, mais elle ne manquait pas de courage. Loin de là.

— Donc... la prochaine fois, d'accord ?

— Pardon ?

Ben n'avait pas écouté un mot de ce que Heidi avait dit.

— La prochaine fois, je pourrai faire la blessée ? Venir jouer avec vous ?

Waouh ! N'importe quel homme digne de ce nom aurait rêvé de voir ainsi briller les grands yeux bleus de Heidi.

Elle descendit de son tabouret et glissa une main dans celle de Ben.

— Si tu as fini de manger, on marche un peu ?

Jusqu'à chez elle ?

Ben accepta avec plaisir. C'était bien ce qui l'avait poussé à venir passer la soirée en ville, non ? Heidi avait raison, cela faisait trop longtemps.

Tandis qu'ils s'éloignaient du centre animé de Queenstown, la lune brillante se refléta sur l'onde du lac. Heidi n'habitait pas loin mais, sans trop savoir pourquoi, Ben se surprit à ralentir, puis à s'arrêter complètement.

Elle crut qu'il voulait apprécier la vue.

— C'est drôle, non ? susurra-t-elle avec un sourire. Je viens de l'autre bout de la planète et j'adore ces montagnes, qui me rappellent tant mon pays natal.

Elle lui tenait toujours la main lorsqu'elle pivota pour capter son regard, et il parut très clair qu'elle attendait un baiser.

Au lieu de s'en réjouir, Ben sentit son estomac se nouer. Il avait déjà vécu la scène quelques jours auparavant, non ?

Dans les yeux de JJ.

Bon sang, son plan ne fonctionnait pas ! À son grand désarroi, il avait toujours envie d'embrasser JJ.

Il pensa qu'en se rabattant sur Heidi le tour serait joué. Son désir monterait forcément, car elle était son idéal féminin – et l'exact opposé de JJ Hamilton.

Raté ! Son piètre stratagème était même un échec cuisant.

— Désolé, marmonna-t-il en interrompant le baiser peut-être le plus décevant de sa vie. J'ai la tête ailleurs.

— Pas de souci. La prochaine fois, peut-être ?

— Peut-être.

Ben s'excusa d'un sourire et lâcha la main de Heidi. Une

minute plus tard, il lui disait au revoir et partait rejoindre sa voiture. Une profonde impression de malaise lui étreignait la poitrine. On aurait dit une espèce de tristesse.

Comme s'il savait qu'il n'y aurait pas de prochaine fois ?

— Queenstown ?

— Oui, mon endroit préféré au monde. J'y possède une maison de vacances depuis vingt ans. Et aussi une place de bateau en front de lac. Ah…

Venu en consultation à Cutler's Creek, le spécialiste, Nigel Shaw, n'hésita pas un instant lorsqu'il poussa la porte de la cuisine de l'hôpital.

— Betty, j'espère que c'est votre fameuse soupe de légumes qui me chatouille les narines ?

— Et vos croque-monsieur favoris, docteur Shaw. Fromage-moutarde.

— Vous me connaissez par cœur.

— Venez vous asseoir. Vous aussi, docteur Hamilton.

— Merci, ce n'est pas de refus, répondit JJ en posant ses livres. Docteur Shaw, j'aimerais vous parler de deux ou trois patients que vous avez vus ce matin en cardiologie.

— Aucun souci. Vous recevrez mon rapport complet par mail ce soir mais, d'ici là, certains cas vous préoccupent-ils particulièrement ?

Sur la table trônaient un pot à couverts et un distributeur de serviettes en papier. Peu importait le nombre de gens qui se présentaient à midi, Betty avait toujours de quoi les nourrir et le sourire aux lèvres. En quelques semaines, JJ avait déjeuné avec ses collègues médecins – Zac et Don –, Bruce – le policier –, plusieurs pompiers, des bénévoles et, bien entendu, Ben.

Elle cligna des paupières, comme pour couper court à d'éventuels fantasmes mal placés. Juste après son regrettable face-à-face avec Ben à Twin Rocks, elle avait adopté un plan de bataille auquel elle refusait de déroger.

— Oui, je pense à Shirley Keen, répondit-elle. Ses palpitations l'angoissent beaucoup.

— Pour une patiente avec un IMC de 35, l'électrocardiogramme était normal. J'ai prescrit un bilan sanguin afin d'éliminer un possible déséquilibre en potassium ou en magnésium. Le déficit en magnésium est étonnamment très fréquent.

— Vous a-t-elle apporté son journal de bord ? Je lui avais conseillé de noter tous les facteurs de risque, tels que la caféine, l'exercice physique ou encore l'alcool.

— Elle m'a dit qu'elle avait oublié.

— De l'apporter ou de le remplir ? Oh ! tant pis ! Je suivrai son dossier de près. Ce n'est pas votre problème.

JJ huma d'un air ravi son bol de soupe.

— Ça a l'air succulent.

— Les croque-monsieur arrivent, annonça Betty. Et il me reste une marmite pleine de soupe.

Nigel Shaw ne voyait aucun inconvénient à manger et à discuter des patients en même temps.

— Si vous en sentez Shirley capable, nous pourrions envisager une surveillance électrocardiographique sur vingt-quatre heures. Vous repérez ses épisodes de trouble du rythme et vous m'envoyez les résultats à Dunedin. Votre service d'ambulances serait-il en mesure de s'en charger ?

— Absolument. Nous avons ici le meilleur des ambulanciers.

Nigel remercia Betty d'un signe de tête lorsqu'elle servit les croque-monsieur.

— Ben ? Je le connais. Il était venu à Dunedin pour suivre une formation sur les traitements thrombolytiques en milieu rural. Vous avez de la chance qu'il soit encore des vôtres. Je crois me souvenir qu'il souhaitait devenir sauveteur du ciel.

— Oh ?

Chez JJ, l'idée que Ben ait pu ne pas être là eut l'effet d'une bombe. C'était fou, car elle faisait de son mieux pour se le sortir de l'esprit !

Après leur séance d'entraînement, elle s'était rendue à

l'évidence qu'elle ne possédait pas les qualités athlétiques des randonneurs d'escalade mais, en plus, qu'elle n'avait aucune idée des compétences en extérieur qui, professionnellement, pourraient lui être utiles en milieu rural. Elle s'était donc fixé un programme ambitieux visant à améliorer sa condition physique et ses connaissances.

Nigel prit un croque-monsieur.

— Donc… y a-t-il un autre patient qui vous tracasse ?

— Thomas Sefton. Il a beaucoup plus qu'une simple angine de poitrine. Sa polynévrite l'empêche de faire de l'exercice, mais il craint qu'un antalgique à base d'opiacés crée une dépendance.

Nigel sourit.

— Il a quatre-vingt-treize ans. Où est le problème ? Si vous voulez, j'irai rediscuter avec lui. Je ne rentre à Dunedin que lundi, car j'avais envie de passer un long week-end à Queenstown. J'imagine que vous vous plaisez à découvrir les charmes de la région ?

— Je vous avoue que je n'ai pas exploré grand-chose. Dès mon arrivée, je me suis fait accaparer par un agneau que j'élève au biberon. Maintenant qu'il ne prend plus que deux repas par jour, je pourrais m'évader quelques heures.

— Accompagnez-moi ce week-end. Je vous montrerai les environs. Un tour des vignobles, peut-être. Ou une croisière sur le lac ?

À l'aide… Ce cardiologue de passage à l'hôpital était-il en train de flirter ? Voire de lui proposer un rendez-vous ?

— Enfin, si vous avez du temps libre. C'est vrai que je n'ai pas vu Zac de la matinée. Ni Don.

Soulagée d'éluder l'invitation, JJ répondit :

— Don est là. Il a dû oublier l'heure du déjeuner. Zac, lui, se trouve à Dunedin, comme deux ou trois fois par semaine. Liv et lui ont eu un bébé prématuré.

— J'en ai entendu parler.

À voir la mine inquiète de Nigel, la situation lui tenait à

cœur. C'était un garçon bien, comprit JJ. Et, avec sa moustache parfaitement taillée, il n'était pas désagréable à regarder. Il était même pile son genre.

Alors, pourquoi l'attention qu'il lui portait l'indifférait-elle autant ?

— Je ne sais pas trop quand Zac a prévu de rentrer, donc impossible de faire des projets de week-end. Le but de ma venue est, avant tout, de compenser ses absences.

— Je comprends. Je me consolerai avec la pêche et la randonnée de brousse, mes passe-temps favoris.

Des plaisirs charmants et sans risque, nota JJ. Sans doute aimait-il aussi lire d'intéressants ouvrages documentaires. Ou regarder les grands classiques du cinéma. Au fil des minutes, elle aurait dû tomber sous le charme.

— Je pratique moi-même la marche, dit-elle. Avec Shaun.

— Un ami ?

— Non, l'agneau dont je vous parlais. Il me suit partout et, chose étonnante, en balade, il est d'excellente compagnie. J'essaie de travailler ma condition physique.

D'ailleurs, lorsqu'il deviendrait trop facile de pratiquer sur terrain plat, JJ laisserait Shaun à la maison et retournerait s'entraîner à Twin Rocks. Quelle humiliation d'avoir fini hors d'haleine devant Ben et d'avoir eu besoin de sa main secourable pour enjamber les rochers !

— Excellente idée, approuva Nigel avant d'esquisser un sourire. Même si le professionnel que je suis vous trouve déjà parfaite.

Oui, c'était bien du flirt. JJ détourna le regard et changea vite de sujet :

— J'apprends aussi les techniques de survie en brousse.

Sous son journal de bord apparut la couverture de l'autre livre qu'elle avait apporté.

— C'est bourré d'informations en tout genre. En ce moment, je lis un chapitre sur la manière de traverser une rivière sans risque.

Après s'être essuyé la bouche et les doigts, Nigel sourit à JJ.

— Je vais vous laisser. À moins que vous n'ayez un autre cas à me soumettre ? Il fait beau et, si je termine ma paperasse assez tôt, j'irai passer une heure ou deux sur le lac.

— Non, ça ira. Profitez-en bien. De toute façon, j'ai votre adresse mail. Si l'état d'un patient m'interpelle, je vous contacterai.

— N'hésitez pas.

À en juger par son sourire chaleureux, Nigel serait ravi d'avoir de ses nouvelles, même si cela n'avait aucun rapport avec la médecine.

Surtout si cela n'avait aucun rapport…

Le grand ponte à peine parti, Betty débarrassa la table.

— Vous auriez pu tomber plus mal, murmura-t-elle à JJ d'un air entendu. Il vous aime bien.

— Betty… Je ne sais même pas s'il est célibataire.

— Il l'est. Je crois qu'il y a un an sa femme est partie avec son professeur de yoga.

— Mmm… je me demande pourquoi, lâcha JJ, amusée.

Elle imagina la joie de sa grand-mère si elle apprenait qu'elle fréquentait un cardiologue séduisant et respecté. Quelqu'un de sûr. Aux antipodes d'un *bad boy* qui avait le goût du risque et de la transgression.

Et hop, voilà qu'elle revoyait la fameuse lueur dans les yeux de Ben ! Celle qui, selon elle, prouvait qu'il avait eu envie de l'embrasser.

Aussitôt, son maigre début d'attirance pour un autre homme s'évanouit.

— Madame en a peut-être eu assez de la pêche, lança-t-elle avec ironie.

Betty rejoignit son évier en riant.

— Si vous passez devant le bureau du Dr Donaldson, prévenez-le que le repas va refroidir.

— Inutile ! lança Don. J'ai croisé Nigel, qui m'a informé que j'étais en retard pour le déjeuner.

Il n'était pas seul.

— Moi, je m'incruste, annonça Ben. Ah, Betty ! Votre soupe est aussi irrésistible que vous.

JJ se leva de table. Rester bavarder avec l'objet de ses fantasmes ne faisait pas partie de ses nouvelles résolutions. De toute façon, elle devait retourner travailler. Elle fut néanmoins un peu trop prompte à prendre ses livres et l'un d'eux lui échappa des mains.

Ben se baissa pour le ramasser.

— Techniques de survie en brousse ? lut-il avant d'ouvrir à l'endroit du marque-page. La traversée de rivières ?

— Bah ! C'était à la maison. Zac l'y a peut-être oublié. En fait, on ne sait jamais quand ce genre d'informations pratiques peut se révéler utile.

— Que faites-vous demain ?

— Quoi ? Pourquoi ?

— Parce que je vous en apprendrai davantage sur les passages à gué que n'importe quel manuel.

— Elle ne fait rien, intervint Don. Du moins, pas à l'hôpital. Je suis de garde.

— Vous organisez une séance d'entraînement ? se renseigna JJ. Sur la manière de franchir un cours d'eau ?

— Maintenant, oui, déclara Ben, taquin. Mon après-midi s'annonçait ennuyeux à souhait et je ne supporte pas de rester les bras ballants, alors pourquoi pas ? Comme vous le disiez, on ne sait jamais… Un jour, ça pourrait nous sauver la vie. Je passe vous chercher à 13 heures ?

Sans attendre de réponse, il alla chercher un bol de soupe.

— Betty, si vous n'étiez pas déjà prise, je vous épouserais.

La cuisinière s'esclaffa.

— Il y a trente ans, mon garçon, vous n'auriez pas eu l'ombre d'une chance.

L'écho de sa bonne humeur fit sourire JJ au moment où elle quittait la pièce. Du coup, elle ne s'étonna pas que sa journée se soit aussi subitement illuminée.

— Où sont les autres ? fit JJ, l'air étonné.

Excellente question.

Ben haussa les sourcils en silence. Peut-être avait-il eu besoin de le découvrir lui-même lorsqu'il avait écarté de sa liste les bénévoles susceptibles d'être intéressés par une formation aux techniques de survie en brousse.

JJ plissa le front, perplexe.

— Vous m'aviez parlé d'un cours sur la traversée de rivières, mais il n'y a personne à part nous. Allons-nous les attendre ?

— Je n'ai jamais dit qu'il s'agissait d'un cours collectif, si ?

— Euh... non.

Était-ce simplement de la méfiance que Ben lisait dans les grands yeux noirs de JJ ? Ou autre chose ? De l'étonnement ? Voire du plaisir ?

À l'idée qu'elle se réjouisse d'être seule avec lui en montagne, il frémit d'impatience et s'avoua enfin que c'était ce qui l'avait poussé à monter un plan pareil. Cette femme-là lui faisait tourner la tête. Au vu de son rendez-vous désastreux avec Heidi l'autre soir, elle chamboulait même sa vie.

JJ contempla le sac à dos qu'il était en train d'enfiler.

— Auriez-vous prévu de partir huit jours ?

Ben jeta un coup d'œil à sa minuscule besace.

— Avez-vous une tenue de rechange complète là-dedans ? Une bonne housse de protection ? Une trousse de secours ? Une lampe torche, un briquet et un canif ?

JJ ouvrit des yeux ronds, comme si elle ne s'était pas figuré à quel point la traversée d'une rivière pouvait être une épopée. D'un coup, l'inquiétude l'envahit.

Au lieu de s'en agacer, Ben trouva l'idée charmante. Il pourrait ainsi veiller sur elle. La garder saine et sauve en même temps qu'il lui enseignerait les notions clés.

— Pas de souci. J'ai emporté tout le nécessaire.

— Moi, j'ai pris à manger, annonça JJ, le sourire empli d'espoir. J'ai préparé des sandwichs au fromage et à la moutarde, car j'ai adoré ceux de Betty hier. J'ai aussi une thermos de soupe, au cas où le fait d'avoir les pieds mouillés nous donnerait froid. Bon, ma grand-mère serait atterrée : ce n'est que de la soupe de tomate en boîte.

— La préférée de mon enfance, commenta Ben. Et quelque chose que mamie conservait toujours dans un placard.

Le sourire de JJ se figea. Ben devina que c'était parce qu'il avait parlé au passé.

— Elle est décédée quand j'avais quinze ans.

— Oh… je suis désolée.

Il se détourna.

— C'est de l'histoire ancienne. Il arrive souvent qu'on perde ses grands-parents, non ?

— Moi, j'ai la chance d'avoir encore ma grand-mère. Mon grand-père est mort il y a quelques années.

Ben acquiesça, mais il n'avait pas envie d'aborder le sujet. À vrai dire, il avait oublié que, bizarrement, ils avaient tous deux été élevés par leurs aïeuls. Parce qu'il avait préféré chasser de son esprit le moment particulier où s'était établie une connexion spirituelle avec JJ ? De la même façon qu'il tentait, à cet instant précis, de refouler son désir ardent de l'embrasser ?

— Bon…

Le ton était un peu brusque, mais Ben commençait à se dire que son idée de formation était peut-être une erreur.

— Allons-y.

Il réussit à faire le vide en lui à mesure qu'ils remontaient la rivière jusqu'au site où il aimait former ses bénévoles. Cours d'eau typique de Nouvelle-Zélande, elle était constituée de chenaux qui s'entrecroisaient avant de se jeter dans la mer. Ceux-ci offraient plusieurs niveaux de difficulté, du gué facile et peu profond jusqu'à des zones d'eau vive, plus en amont, qui pouvaient donner du fil à retordre aux sauveteurs les plus chevronnés.

JJ sembla l'écouter avec plaisir lorsqu'il expliqua comment

choisir le meilleur endroit pour franchir une rivière sans encombre.

— Observez le cours d'eau depuis le plus haut point possible de la berge. Il faut estimer la profondeur, le débit, mais aussi déterminer si le lit est constitué de galets, de gros rochers ou s'il y a le moindre danger, comme des rapides, des branches immergées ou des courants latéraux.

En chemin, il s'arrêta plusieurs fois et incita son élève à sélectionner ce qu'elle considérait comme un lieu sûr.

— Ici. Non... ça ne convient pas : les berges à pic indiquent des eaux trop profondes. Et puis, on risque de ne pas pouvoir remonter de l'autre côté. D'ailleurs, que se passe-t-il si on est emporté ?

— Il n'est pas prévu que vous vous fassiez emporter. C'est une initiation à la traversée de rivières. Je ne vous lâcherai pas.

Lorsqu'ils arriveraient sur un gué plus ardu, Ben lui montrerait comment rester à l'abri ou se laisser flotter au gré du courant.

Sa méthode d'apprentissage impliquait d'enrouler son bras autour du sac de l'autre et de s'accrocher soit à une bretelle du sac en question, soit à un vêtement.

Hélas, même le principe d'apprendre à JJ à marcher à petits pas, à ne pas trop lever les pieds et à se concentrer sur la berge opposée pour ne pas être désorientée, ne suffit pas à lui faire oublier que ses mains touchaient le corps de la jeune femme.

Ce fut peut-être la raison pour laquelle il ne la tenait pas assez fermement lorsqu'elle dérapa sur un rocher. Ils venaient d'attaquer une deuxième traversée, cette fois avec de l'eau aux genoux et un courant plus marqué.

Il honora sa promesse de ne pas la lâcher mais, malgré ses efforts, il ne réussit pas à les maintenir debout.

Emportés par un débit puissant, ils furent trempés jusqu'aux os avant que Ben se rétablisse et hisse JJ sur un îlot situé entre deux bras d'eau.

JJ toussa d'avoir bu la tasse. Transie, elle tremblait comme une feuille et la peur la faisait paraître beaucoup plus jeune qu'elle ne l'était en réalité.

Elle semblait si vulnérable que Ben sentit quelque chose fondre en lui. Liquéfié de l'intérieur, à l'image de l'eau qui dégoulinait de ses cheveux et de ses vêtements, il avait même les yeux qui picotaient.

— Tout va bien, dit-il à voix haute en serrant JJ contre lui. Tout va bien. Vous êtes en sécurité maintenant. Je vous tiens.

7.

Jusqu'où le cauchemar était-il allé ?

JJ n'avait pas eu peur quand son pied avait dérapé, car c'était arrivé trop vite. Stupéfaite de chuter dans la rivière glacée, elle n'avait pas eu le temps de s'affoler. Ce ne fut qu'au moment où elle sentit le courant la maintenir sous l'eau et qu'un énorme caillou la frôla qu'elle prit conscience du risque de noyade.

Alors, non seulement la peur se manifesta, mais elle se mua aussitôt en terreur.

Ce sentiment effroyable ne dura qu'une fraction de seconde, peut-être deux, car Ben la tenait toujours solidement. Son sort était entre ses mains et elle avait eu raison de placer sa confiance en lui, car voilà qu'elle était de nouveau hors de l'eau. Saine et sauve. Ben la serrait dans ses bras et, pour être franche, JJ ne s'était jamais sentie autant en sécurité de sa vie. Insensé, non ?

En tout cas, assez fou pour qu'elle éclate de rire lorsqu'elle s'écarta et leva les yeux vers lui.

— La t-traversée de rivières pour d-débutants, hein ? bégaya-t-elle en claquant des dents. J-je détesterais suivre vos f-formations avancées.

— Vous êtes la première personne que je laisse tomber à l'eau. Désolé.

— Je n-ne m'accrochais pas assez fort. Et j-j'avais le regard b-baissé…

— Vous êtes frigorifiée. Venez ! Avec un peu de chance, mes vêtements de rechange n'ont pas été mouillés.

Les chenaux à négocier pour regagner la berge devinrent

de plus en plus accessibles. Ben tenait JJ d'une main de fer mais, au bout de dix minutes, elle avait si froid que ses doigts refusèrent de coopérer en agrippant la bretelle du sac. Même ses jambes ne la portaient plus.

— La v-voiture… est encore l-loin ? demanda-t-elle.

— Nous ne repartons pas à la voiture. Avec le vent qui se lève, vous tomberiez en hypothermie. Il y a une cabane plus près. Le confort y est sommaire, mais nous pourrons allumer un feu et enfiler des habits secs. Dites-vous que c'est un entraînement aux techniques de survie, acheva-t-il avec un sourire.

Le refuge se composait d'une pièce unique, où trônaient deux vieilles chaises en bois, une table minuscule et un poêle ventru. Enfin, ils purent échapper aux rafales glacées.

— Déshabillez-vous, ordonna Ben en ouvrant son sac. Bonne nouvelle, malgré notre bain forcé, les housses de protection ont fait leur travail. Je peux vous prêter un bas de survêtement et un sweat-shirt. Au besoin, j'ai aussi une couverture de survie.

— Et vous ?

— Il me reste un pantalon, mais je vais d'abord faire du feu. Moi, je porte des sous-vêtements thermiques en laine mérinos. Enlevez tout ce qui a pris l'eau. Votre lingerie séchera vite. Le temps que nous nous réchauffions et que nous grignotions un truc, le reste sera au moins en état d'être remis pour regagner la voiture.

JJ entendit à peine la dernière phrase. Il voulait qu'elle ôte ses *sous-vêtements* ? Alors qu'elle aurait dû être horrifiée, son corps fut envahi d'une chaleur qui ne s'expliquait pas par le seul fait d'être à l'abri du vent.

Cela n'avait pas de sens ! Pas plus que sa réaction lorsqu'elle avait appris que personne ne participerait à l'entraînement. Au lieu d'être agacée, de se sentir manipulée, elle s'était secrètement réjouie. Comme si la situation lui donnait l'impression d'être… spéciale ?

Ben laissa son anorak s'égoutter à une grosse patère.

— Ne vous inquiétez pas, je ne regarde pas. J'ai assez de

travail avec cette histoire de feu. Si vous vous dépêchez, je vous apprendrai à tailler du petit bois dans ces grosses bûches.

Il s'était assis devant le poêle, son canif à la main, et il tournait le dos à JJ. Elle aussi pivota lorsqu'elle commença à ôter ses vêtements trempés, mais la situation lui semblait toujours incroyablement... incongrue. Voire excitante ? En tout cas, son attitude n'était pas celle d'une personne respectueuse des règles.

C'était quelque chose qu'une fille « ennuyeuse » n'aurait jamais rêvé de faire, mais JJ vivait décidément une sacrée aventure. Elle venait d'être emportée par une rivière ! Et sauvée de la noyade par le genre de héros qui faisait fantasmer toutes les femmes – quelqu'un qui lui prêtait même ses propres vêtements de rechange pour qu'elle puisse être au chaud et au sec.

Comment s'étonner ensuite qu'elle voie la vie d'un œil neuf ? Ou que les préceptes qu'elle avait toujours observés lui paraissent soudain hors de propos ?

Lorsqu'elle avait été en âge de poser des questions, JJ avait appris que c'était à cause de sa mère que ses grands-parents avaient perdu leur fils unique adoré. Le jour du drame, elle conduisait. L'idée d'une virée en Europe était aussi venue d'elle – une folie dans laquelle leur garçon si raisonnable ne se serait jamais lancé s'il n'était pas tombé amoureux d'une demoiselle aussi extravagante.

Bien entendu, JJ n'en avait pas été moins aimée. Seulement, ses grands-parents lui avaient appris à ne jamais se mettre en danger, à la fois pour son propre salut et pour ses proches.

Elle avait toujours su qu'elle devait combattre toute velléité de ressembler à sa mère.

Cet après-midi-là, JJ n'avait rien prémédité. Néanmoins, au lieu d'être rongée par la culpabilité, elle se sentait plus vivante que jamais et elle n'avait aucune envie de réprimer son exaltation. Enfin, elle semblait comprendre la philosophie de vie de sa mère.

Fallait-il donc s'étonner que JJ réprime un sourire quand, de ses doigts glacés, elle dégrafa son soutien-gorge ?

Ben ne voyait pas JJ.

En revanche, il savait ce qu'elle faisait et imagina les vêtements mouillés glisser le long de sa peau nue. Il se figura même la chair de poule que seule une source de chaleur pourrait apaiser, comme le feu qu'il allumait… ou le contact d'une autre personne, peut-être ?

Mon Dieu ! Lui-même transi, Ben avait beau s'occuper l'esprit avec une activité physique sur laquelle il devait se concentrer, son corps entier brûlait à l'idée de ce qui se passait derrière lui.

Et c'était bien le problème avec JJ Hamilton.

En dépit du fait qu'elle n'avait rien à voir avec ses conquêtes précédentes – ou peut-être *à cause* de cela, son attirance atteignait des sommets. Enfin, c'était beaucoup plus que de l'attirance. Plus que du désir, même. On pouvait parler d'appétit charnel, pur et simple. Heureusement, pas de souci, Ben était loin d'être un adolescent novice et il saurait gérer la situation.

Il laissa à JJ le temps de passer des vêtements secs. À présent que les flammes crépitaient dans le poêle, il avait ôté sa chemise, ne gardant que son T-shirt à manches courtes. Il approcha les chaises du feu pour qu'ils y fassent sécher leur linge. Il évita encore de regarder JJ en face mais, du coin de l'œil, il eut un bref aperçu de la scène. Les fesses les plus parfaites du monde disparurent sous un bas de survêtement et Ben, contraint de fermer les paupières, laissa échapper une lente, très lente expiration. Il se racla aussi la gorge pour espérer afficher une voix normale.

— Nous allons pendre nos affaires mouillées devant le feu.

— D'accord, approuva JJ. J'adore ce sweat que vous m'avez prêté. Le rouge est ma couleur préférée.

— Gardez-le. Il vous va à ravir.

Elle lui rendit son sac.

— Vous pouvez mettre un pantalon sec, maintenant.

— Je vais d'abord essorer vos vêtements au maximum.

JJ avait toujours les cheveux trempés et la pointe de sa tresse avait imbibé l'avant du sweat-shirt. Ben tâcha de ne pas regarder… et de ne pas penser à ce qu'il y avait sous le rond humide.

JJ, elle, ne sembla pas s'en soucier. Avec énergie, elle essora son petit linge et le disposa sur les dossiers de chaise.

Misère ! Qui aurait cru qu'une femme si guindée portait des sous-vêtements affriolants en dentelle quasi transparente ?

Désormais en caleçon long, Ben tendit le bras vers le bas de jogging que JJ avait laissé sur la table. Le nez plongé dans son propre sac, elle n'eut pas un regard pour lui.

— Oh ! non !

Lorsqu'elle ressortit un truc qui lui dégoulinait entre les doigts, il se surprit à afficher un grand sourire.

— Ah ! En général, les sandwichs n'aiment guère l'humidité.

Le visage de JJ s'éclaira. Elle lui rendit son sourire et, durant de longues secondes, ils se fixèrent, rendant, d'un seul coup, la pièce beaucoup plus petite qu'elle ne l'était juste avant.

Ce fut JJ qui rompit le charme.

— Beurk ! grogna-t-elle en relâchant la masse informe dans son emballage. Au moins, la soupe devrait être intacte.

Elle avait encore les doigts poisseux. Sans réfléchir, Ben les essuya avec le morceau de tissu doux qu'il avait entre les mains.

Interloquée, elle redressa la tête et, cette fois, il sentit bien une flamme s'allumer. Peut-être parce qu'à l'endroit où il lui tenait la main ils étaient peau contre peau. Ou peut-être parce que le regard de JJ était encore plus sombre que d'ordinaire, comme si ses pupilles s'étaient dilatées. À moins que cela n'ait été écrit dès le jour de leur rencontre.

D'où que vienne l'étincelle, elle n'était pas près de s'éteindre. Elle avait même trouvé son carburant – à l'image de l'allumette que Ben avait approchée des copeaux de bois.

Conscient que JJ ne romprait pas le contact visuel, il se sentit envahi par un puissant élan de désir.

Ben non plus ne détournerait pas le regard. Du bout du doigt, il lui caressa la tempe, la pommette, puis l'arête du nez. JJ laissa ses paupières papilloter au moment où il suivit l'ourlet de sa lèvre inférieure. Le geste était si délicat que Ben ne sentit que le frisson de sa peau incroyablement douce. Lorsque la bouche de JJ s'entrouvrit et que l'extrémité de sa langue lui effleura l'index, il comprit qu'il était perdu.

JJ aussi apparemment, à voir la manière dont elle se hissa sur la pointe des pieds lorsqu'il prit sa nuque entre les mains et que, la gorge renversée, elle lui offrit ses lèvres.

Il avait eu raison de penser que tout était écrit depuis le début, car leur premier baiser fut loin d'être timide. Une tension devenue intolérable entre eux venait de se libérer. Depuis longtemps, ils en rêvaient tous les deux, brûlant d'impatience.

Bon sang ! Il avait déjà les mains sous le sweat-shirt trop grand qu'il lui avait prêté.

Était-ce le rond humide sous sa tresse qui rendait son mamelon aussi dur qu'un galet de rivière ou le contact de sa main la mettait-il dans tous ses états ? Auquel cas, il attendait avec fébrilité la réaction de JJ à la chaleur râpeuse de sa langue.

Les choses allaient trop vite, mais aucun d'eux n'avait envie de ralentir. Problème : Ben s'apprêtait à enfreindre une règle à laquelle il n'avait jamais dérogé de sa vie. Comment aurait-il pu, quand sa propre mère lui avait tant rabâché que sa grossesse non désirée lui avait gâché l'existence ?

— Nous ne pouvons pas…

Jamais il n'avait fait quelque chose d'aussi difficile que de mettre un terme à leur baiser, à leurs caresses.

Hélas, il n'avait pas le choix.

— Ce n'est pas prudent…

Évidemment que ce n'était pas prudent !

C'était même l'acte le plus irresponsable que JJ ait accompli de sa vie. Elle s'apprêtait à coucher pour de vrai avec un *bad boy.* Le genre d'homme qu'avant, jamais, au grand jamais elle n'aurait approché, de crainte qu'elle fasse un truc dingue et qu'on l'accuse d'être « bien comme sa mère ».

Il était fort probable que l'occasion ne se représenterait plus, donc, à supposer qu'elle rate le coche, JJ ne saurait peut-être jamais si la réalité rejoignait ses plaisants fantasmes.

Et ce n'était pas *imprudent.* Du moins, pas au sens où Ben semblait l'entendre.

— Je prends la pilule, le rassura-t-elle.

Elle sentit son souffle sur elle et se pencha au point que leurs nez s'effleurèrent. Les paupières closes, il avait les mains posées sur ses hanches et ses doigts se resserrèrent au niveau de sa taille marquée.

— Tu en as envie ? susurra-t-il d'une voix rocailleuse. Autant que moi ?

Le torrent de volupté déchaîné par ses caresses descendit vers son sexe, là où elle était la plus avide de ses mains expertes.

— Oui, répondit-elle avec une intonation tout aussi rauque.

Elle n'aurait pas supporté qu'il arrête.

Il ne devait pas s'arrêter.

— S'il te plaît…

Ils n'arrivèrent pas jusqu'au plancher poussiéreux de la cabane. Le temps du deuxième baiser le plus ébouriffant de sa vie, JJ sentit le mur rêche contre son dos. Ils ôtèrent assez de vêtements pour que leurs peaux entrent en contact exactement où il le fallait et, quand Ben la souleva par les fesses, JJ ne songea pas un instant aux échardes susceptibles de la blesser.

Elle enroula les bras autour de son cou, les jambes autour de sa taille – geste qui, jusqu'alors, n'existait, pour elle, que dans les livres mais qui lui parut étonnamment naturel.

Facile.

Et, surtout, sans risque, comme quand elle s'était sentie en sécurité contre Ben lorsqu'il l'avait sortie de la rivière. À la différence près que, là, elle se laissa flotter au gré du courant, portée par un plaisir extraordinairement intense.

Le cri d'extase qui jaillit de sa gorge quelques minutes plus tard fut aussi une grande première, mais force était d'admettre qu'elle n'avait jamais vécu pareille expérience. Elle venait de céder aux avances d'un *bad boy*. Et d'une façon qui lui donnait l'impression d'avoir reperdu sa virginité.

Rien ne serait plus comme avant.

— Waouh…

Comme conversation post-coïtale, on avait déjà fait mieux, mais Ben peinait à trouver ses mots.

Il se pencha de nouveau pour embrasser JJ. Avec douceur, cette fois-ci, car une passion aussi explosive que celle qu'ils venaient de vivre ne pouvait pas resurgir de sitôt.

À moins que… ? Le contact – ainsi que le goût – des lèvres de JJ était devenu familier, mais il restait hyper excitant.

— Que vient-il de se passer ? murmura Ben.

— Je ne sais pas trop, lâcha-t-elle, béate. En tout cas, c'était… hum… franchement bien.

— Je sais. Et ça n'aurait pas dû.

— Pourquoi ? Parce que c'était… ennuyeux ?

— Tu plaisantes ? « Ennuyeux » est le dernier mot que j'emploierais pour qualifier ce que nous avons fait.

— Mais, selon toi, ç'aurait dû être un échec ?

— Oui.

Ben refusait d'admettre qu'une véritable relation sexuelle avec JJ ait pu avoir la saveur incomparable de ses fantasmes.

— Sans vouloir te vexer, tu n'es vraiment pas mon genre.

Avec une pointe de rire dans la voix, JJ répondit :

— Et tu n'es vraiment pas le mien. Tu as raison, ça n'aurait pas dû fonctionner.

— Pourtant, quel festival ! fit-il en l'embrassant de nouveau. Soyons honnête, j'en avais envie depuis longtemps.

— Mmm…

Cela ressemblait à un marmonnement d'approbation, non ?

— Donc…

Ils auraient eu intérêt à s'approcher du feu pour se réchauffer comme il se devait, mais JJ ne frissonnait plus et Ben sentit le contact tiède de sa peau contre la sienne.

— Crois-tu que nous ayons voulu explorer de nouveaux horizons ? Assez pour revenir ensuite à nos « goûts » habituels ?

Une lueur d'amusement éclaira le regard de JJ.

Ou alors était-ce le désir de recommencer leurs folies ?

— Je ne suis pas sûre, avoua-t-elle. Qu'en penses-tu ?

Ben sentit un coin de sa bouche se retrousser.

— Je n'en suis pas sûr non plus. Enfin, la prochaine fois, il faudra choisir un endroit plus confortable.

Oui, c'était bien du désir qu'il lisait au fond de ses yeux !

Elle détourna néanmoins la tête, comme si elle ne voulait pas lui montrer à quel point elle voulait une prochaine fois.

— Notre histoire n'a pas d'avenir, reprit-elle avant de cacher décemment son intimité sous le sweat-shirt. D'une part, je ne suis venue à Cutler's Creek que le temps que Zac règle ses problèmes familiaux. D'autre part, même si je restais définitivement, ça ne durerait pas. Nous sommes trop incompatibles.

— Exact. Je ne devrais d'ailleurs pas tarder à déménager. Il y a un bout de temps que je songe à me reconvertir dans le sauvetage aérien.

Ben savait que le plaisir inouï auquel ils venaient de goûter n'était qu'une histoire de désir charnel, mais il fut soulagé d'entendre que JJ était sur la même longueur d'onde. Son attirance incongrue pour elle avait piqué sa curiosité au vif et, même si le feu d'artifice avait dépassé de loin ses espérances, il restait persuadé que la relation serait éphémère.

Comme d'habitude.

Même avec les filles qui étaient tout à fait son genre.

Enfin, qui n'aurait pas eu envie de profiter de l'instant présent ?

JJ débloquait ou quoi ?

Elle agissait comme s'il ne s'était rien passé de spécial. Comme s'il lui arrivait souvent de s'accorder une aventure avec un *bad boy*. Elle sortit même sa thermos de soupe, en mode pique-nique, mais peut-être avait-elle juste besoin d'avoir les mains occupées.

À autre chose qu'à caresser Ben Marshall.

Peut-être cherchait-elle à oublier les mots qui, en plus de résonner dans sa tête, lui tenaillaient le ventre.

La prochaine fois…

On ne pouvait pas parler de comportement irresponsable. JJ faisait juste quelque chose qui ne lui avait encore jamais traversé l'esprit. Et s'il s'agissait d'une crise d'adolescence tardive ? Une phase que chacun traversait avant de comprendre le but réel de sa vie ?

C'était bien ce qui l'avait amenée à Cutler's Creek, non ?

Et si elle avait mis le doigt dessus ? En un mot ?

Passion.

Voilà un concept avec lequel elle n'avait jamais osé jouer. Un aperçu de ce que son existence pourrait être si elle n'était pas aussi entravée par un bataillon de règles et d'attentes. Une vision du genre de personne que sa mère avait manifestement été… et ce n'était peut-être pas aussi terrible que ce qu'elle avait pu croire.

D'autres gens non seulement s'en contentaient, mais ils en tiraient une joie à laquelle elle n'était pas habituée. Ce n'était pas comme si elle souhaitait passer le restant de ses jours avec Ben ! Tous deux étaient conscients que leur couple ne fonctionnerait jamais mais, oh, là, là… pour un temps, ce pourrait être vraiment amusant !

Toute sa vie, JJ avait travaillé sans relâche. Elle avait suivi la norme et veillé à ce que personne ne la juge aussi irresponsable que sa mère, dont elle ne connaissait que quelques photos jaunies. Elle méritait bien du bon temps, non ? Ils étaient adultes et nul n'en sortirait meurtri.

Tandis que Ben disposait les vêtements mouillés sur les chaises, près du poêle, elle proposa :

— Un peu de soupe ? Elle est encore chaude et sans doute aussi bonne que celle de ta grand-mère.

Touchée en plein cœur par le sourire de Ben, elle sentit son propre corps irradier de lumière.

Oh ! oui ! Qui ne voudrait pas savourer au maximum ce plaisir suprême, le temps qu'il durerait ? Et si la prochaine fois était ne serait-ce qu'à moitié aussi bien que la première, comment résister ?

Impossible.

Pour la simple et bonne raison que JJ n'en avait aucune envie.

8.

Pour quelque chose qui, par principe, n'aurait pas dû fonctionner, il fut remarquable de constater que non seulement leur relation perdura mais qu'elle alla en s'améliorant.

À chaque fois.

Le premier jour, ils n'étaient restés à la cabane que le temps d'avaler une soupe et de se sécher, puis ils avaient rejoint la voiture, à une heure de marche. Certes, leurs tenues étaient encore humides, mais ils savaient que, chez JJ, ils pourraient se délecter d'une longue douche chaude et également assouvir l'extraordinaire élan de désir qui s'était vite ravivé entre eux.

La fameuse « prochaine fois » n'avait pas été à moitié aussi bien que la première.

Elle avait été deux fois mieux.

Ce soir-là, JJ avait fait la découverte ultime qu'un bon lit confortable – le seul endroit où, dans son ancienne vie, elle avait envisagé d'avoir des rapports intimes – ne rendait pas le sexe moins excitant.

Par déduction, soit ses partenaires précédents avaient cruellement manqué de savoir-faire, soit elle n'avait pas été assez attirée pour enclencher un bouton dont, jusqu'alors, elle ne soupçonnait pas l'existence. Un interrupteur qui la rendait plus aventurière que jamais et lui permettait, en plus de ressentir un plaisir inouï, d'en donner elle aussi.

Naturellement, JJ s'était attendue à ce que l'effet de nouveauté s'estompe. Ou que Ben se lasse et passe à autre chose – sans doute une énième blonde splendide, fan de sensations fortes, venue visiter la Nouvelle-Zélande.

Or, ce n'était pas arrivé. Peut-être parce que Ben avait une vie particulièrement remplie. Il ne lui consacrait, en général, qu'une soirée ou deux par semaine et ne restait jamais toute la nuit : non seulement ils souhaitaient préserver le secret de leur histoire mais, surtout, Ben se levait souvent aux aurores pour prendre sa garde, retrouver des collègues ou diriger un entraînement.

La première semaine passa à la vitesse de l'éclair, puis une autre et encore une autre. Jusqu'à ce qu'ils cessent de compter. Jusqu'à ce que Shaun ne soit plus un agneau mais un vrai petit mouton. Il n'avait plus besoin d'être nourri au biberon et gagnait ses croquettes fortifiantes en tondant l'herbe autour de la maison.

Les voisins s'étaient habitués à le voir trottiner derrière sa maîtresse lorsqu'elle faisait son jogging en bord de route et ils ne furent pas surpris de voir Ben l'accompagner de plus en plus régulièrement. Tout le monde savait qu'il aidait JJ à se remettre en condition physique mais qu'il se donnait aussi du mal avec les autres secouristes d'urgence pour qu'ils affûtent leurs aptitudes en sport et en techniques de survie. Il avait même suscité des vocations.

Chacun semblait posséder des domaines de compétence originaux. Bruce, par exemple, construisait des abris de fortune avec ce qui lui tombait sous la main et sa journée de stage avait attiré des gens originaires de Queenstown et de la côte Ouest – parmi lesquels JJ s'étonna d'identifier de nombreux visages déjà familiers.

Lorsque Bruce avait sorti une carte des cabanes érigées sur l'espace public et que Ben et elle avaient échangé en douce un regard complice, elle s'était sentie encore davantage intégrée au groupe.

En fait, elle passa une des meilleures journées de sa vie à utiliser des bâches de protection ou des éléments naturels, tels que de gros rochers ou des surplombs, pour bâtir son abri. Elle rassembla aussi des brassées de graminées sèches, des frondes de fougère ou de la mousse pour se fabriquer un matelas étonnamment chaud et douillet. On pouvait même installer des matériaux secs au-dessus de sa tête pour emprisonner l'air et retenir ainsi la chaleur corporelle.

Bruce avait un vieux camarade de classe, retraité du Service météorologique, qui avait, par la suite, donné une conférence passionnante sur la façon de décrypter une carte météo ou de deviner, selon la forme des nuages, quel front risquait de se transformer en orage dangereux. Les nuages filamenteux en « queue-de-cheval », qui signalaient des vents élevés, annonçaient souvent du mauvais temps. Les gros cumulus floconneux pouvaient avoir une base méchamment sombre et présager un système dépressionnaire susceptible d'apporter des vents forts, des pluies soutenues, voire de la neige à presque n'importe quelle période de l'année.

JJ elle-même avait donné un cours sur les trousses de secours – quel matériel y mettre et comment l'utiliser – qui avait attiré des habitants de toute la région. Non seulement elle faisait partie intégrante de la communauté mais elle lui avait apporté sa contribution.

En plus des patients que JJ recevait à l'hôpital, chaque entraînement lui permettait de connaître d'autres personnes et de mieux cerner les caractères.

Elle se souvenait, amusée, qu'à son arrivée des semaines plus tôt elle s'était sentie comme un poisson hors de l'eau et qu'elle avait craint de ne pas pouvoir s'adapter à une région aussi isolée et aussi peu peuplée. En fait, elle s'était sentie beaucoup plus seule dans son immeuble surpeuplé de Wellington.

Peu à peu, Cutler's Creek devenait un vrai foyer et, grande nouveauté, elle avait enfin l'impression d'être à sa place.

Elle commençait à y enfoncer ses petites racines et, si elle les laissait pousser, il y avait de fortes chances qu'elle s'y ancre définitivement. Elle adorait la proximité des montagnes et le sentiment de liberté qu'offraient les champs à perte de vue. Elle appréciait les habitants et admirait leur âme d'aventurier, leur ingéniosité et leur dévouement, eux qui consacraient tant de temps et d'énergie à se former pour secourir leurs semblables.

Don Donaldson ne manifestant aucune volonté de partir à la retraite, elle n'était pas vouée à rester à cet endroit précis, mais elle pourrait toujours décrocher un poste équivalent ailleurs. La Nouvelle-Zélande était assez vaste pour qu'on y manque cruellement de médecins de campagne.

JJ devrait toutefois partir avant de s'être trop enracinée à Cutler's Creek.

— C'est quoi cette tête ? lança Ben.

Il se trouvait à la cuisine de l'hôpital au moment où JJ vint prendre sa pause-café. À sa vue, elle sentit son cœur bondir.

— Rien. Je réfléchissais.

— Expérience intéressante.

Ah, ce sourire insolent ! Lui aussi, il allait lui manquer.

— Je me demande juste si je pourrai emmener Shaun le jour où je déménagerai.

Betty lâcha bruyamment sa poêle dans l'évier.

— Vous n'envisagez pas de nous quitter, j'espère ?

— Je ne suis ici qu'à titre provisoire, vous savez.

JJ se servit un café. À table, il y avait une corbeille remplie de scones encore tièdes et une grosse motte de beurre.

— Selon le Dr Donaldson, Super Hugo progresse si bien qu'il devrait rentrer à la maison dans la semaine. Zac sera donc vite de retour à plein temps, expliqua-t-elle en tâchant de rester enjouée. Je vais devoir chercher du travail.

— Je doute que Shaun saute de joie à l'idée d'habiter ton appartement de Wellington, la taquina Ben.

— Il est fort possible que je ne retourne pas en ville.

— Alors, où irais-tu ? demanda-t-il avec un intérêt certain.

Comment réagirait-il en apprenant qu'elle recherchait un poste en zone rurale, peut-être aux environs de Cutler's Creek ? Qu'ils pourraient continuer à se voir de temps en temps ? En toute amitié, bien sûr.

Des amis vraiment très proches.

Le genre de relation qui pourrait reprendre à l'endroit où ils l'avaient laissée, même si cela incluait une intimité que JJ n'imaginait pas apprécier par intermittence. Pour l'heure, elle refusait d'y songer, mais c'était toujours mieux que de mettre un terme définitif à leur couple, non ?

— Le monde m'appartient, reprit-elle sur un ton faussement nonchalant. Mon séjour ici m'a appris que je pouvais redémarrer de zéro et faire tout ce que je voulais.

Elle croisa le regard de Ben et sourit.

— Je n'ai peut-être pas envie que ça s'arrête, ajouta-t-elle.

Avec un peu de chance, il comprendrait qu'elle tenait beaucoup à leur amitié surgie de nulle part.

— Mouais, maugréa Betty. Moi, je n'aime pas que les choses changent trop vite. Juste au moment où on commence à s'y habituer.

Ben prit un scone.

— Tout change… sauf la qualité de votre cuisine. Qui sait ? Moi aussi, un jour, je pourrais bien changer d'air. JJ a raison de vouloir suivre ses envies et il est peut-être temps que je me lance dans un truc qui m'a toujours fait vibrer : le secours héliporté.

Il offrit à la quinquagénaire furieuse son sourire le plus enjôleur.

— Hé ! Je vous verrai toujours, Betty. Les sauveteurs aériens sont souvent appelés à l'hôpital. Je pourrais vous envoyer un message et vous me prépareriez votre fameuse soupe et vos croque-monsieur.

Avant que Betty puisse lui donner la réplique, le téléphone de Ben sonna.

— Que se passe-t-il ? fit-il en prenant l'appel.

Pendant qu'il se renseignait, les sirènes de la protection civile de la ville retentirent. JJ imagina Mike, Chris et Bruce se ruer à leur poste. En quelques minutes, Bruce serait au volant de son véhicule de police, Mike aurait fait en sorte que le camion de pompiers soit prêt à partir dès l'arrivée des volontaires et Chris attendrait devant la station que Ben le prenne au passage. D'autres guetteraient des nouvelles.

— Message reçu, répondit Ben avant de se lever de table. Je file. Un camping-car a basculé dans le ravin. Il est coincé à mi-hauteur de la falaise de Goat's Corner. On ne sait rien du nombre de passagers ni de leur état de santé.

Alors que Ben allait sortir, JJ se précipita sur ses talons.

— Je t'accompagne. Laisse-moi juste prendre ma trousse de secours et ma combinaison.

Il pila si net qu'elle l'aurait heurté de plein fouet s'il ne l'avait pas saisie par les épaules.

— Non, pas cette fois.

JJ n'en crut pas ses oreilles. Depuis quelques semaines, leurs sorties en duo faisaient partie de son quotidien. C'était peut-être même son activité favorite.

Sans doute Ben devina-t-il que sa décision l'avait sidérée. Voire blessée ? Certes, il n'avait pas une seconde à perdre, mais elle refusait de rester en plan.

— C'est un camping-car, répéta-t-il doucement. À flan de falaise. Il pourrait y avoir des morts… Tes parents sont décédés dans les mêmes circonstances, non ?

Waouh ! Ben se rappelait un événement dont elle lui avait parlé il y a, semblait-il, une éternité. Quelques mots marmonnés pour effacer la honte éprouvée lorsqu'il avait découvert son premier prénom. Elle avait ajouté n'avoir aucun souvenir de l'accident, mais il excluait quand même qu'elle soit témoin d'une scène similaire.

Redoutait-il que cela déclenche un flash-back émotionnel traumatisant ? Essayait-il de la protéger ?

Parce qu'il tenait à elle ?

En un instant, JJ sentit son monde se transformer. Changer d'axe de rotation aussi brusquement que la première fois où Ben l'avait embrassée. Il ne s'agissait pas là d'une simple réaction physique. À l'idée qu'il puisse lui être attaché au point de vouloir l'épargner, elle eut l'impression que son âme venait de capturer cette émotion particulière et que le puzzle de son être était enfin complet.

Il n'en fallut pas plus à JJ pour comprendre à quel point elle aussi tenait à Ben. En fait, peut-être même était-elle tombée amoureuse…

Elle chassa cette pensée incongrue. Il y avait plus urgent. Un événement grave mobilisait de nombreux membres de la communauté. Et JJ, désormais bien intégrée parmi eux, souhaitait participer le plus possible.

— Ce n'est pas un souci, insista-t-elle en rattrapant Ben dans le hall. Je peux le faire. Je veux venir. S'il te plaît ?

Heureusement que JJ l'avait accompagné en intervention, car Chris, pourtant réserviste, n'était pas là quand Ben arriva en trombe devant le poste d'ambulances. Peut-être son portable ne captait-il rien au fin fond de la ferme familiale ou alors son collègue avait eu un problème de voiture.

Ben pouvait contacter un autre bénévole, mais il préférait de loin être aidé de JJ, même si la mission s'annonçait beaucoup plus périlleuse que les précédents sauvetages routiers auxquels elle avait participé. Restait juste à espérer que la confiance affichée de JJ – autant émotionnelle que professionnelle – n'était pas un leurre.

Il actionna son gyrophare, sa sirène, puis écrasa la pédale d'accélérateur pour rejoindre la nationale. Ils n'avaient reçu aucune information complémentaire sur le drame. Bruce, qui avait installé un barrage routier sur les lieux, arrêterait tout véhicule et, de toute façon, personne ne pourrait s'approcher du camping-car avant que les pompiers aient stabilisé le véhicule accidenté. Un hélicoptère de secours avait décollé de Dunedin, car le seul moyen d'atteindre les victimes serait peut-être d'hélitreuiller quelqu'un le long de la falaise.

Même en roulant pied au plancher, Ben mettrait du temps à

rallier Goat's Corner, célèbre virage situé à mi-chemin d'une gorge spectaculaire, où la rivière serpentait en contrebas. Entre les messages radio qui l'informaient des faits et gestes de chacun pour gérer l'urgence et les processus de pensée automatiques qui lui remémoraient la marche à suivre en cas de blessés graves, Ben avait aussi des flashs sur sa passagère.

En fait, le jour de leur rencontre, il s'était lourdement trompé sur le compte de JJ Hamilton.

L'image de la jeune femme impeccable en jean de créateur et bottines hors de prix n'était plus qu'un vague souvenir. Ben s'en amusa quand, du coin de l'œil, il vit JJ arborer ses bottes coquées et une affreuse combinaison de protection orange.

L'avait-il réellement cataloguée comme une insupportable mégère collet monté ?

Ha ! Même concentré sur les virages de la route, Ben ne pouvait pas s'empêcher de penser que sa première impression avait été balayée par l'expérience fabuleuse qu'il avait vécue dans la cabane.

D'ailleurs, pour une fille aussi attachée au respect des règles, JJ ne critiquait étrangement pas sa conduite à la limite de l'inconscience. Il avait beau multiplier les infractions au Code de la route, franchir parfois la ligne médiane et rouler bien au-delà de la vitesse autorisée, elle avait dans les yeux un éclat qu'il connaissait bien et, aussitôt, ses doutes à propos de l'intervention s'envolèrent.

Il savait que JJ ne manquait pas de courage. Elle le lui avait prouvé lorsque, à Twin Rocks, elle s'était montrée prête à surmonter tous les obstacles possibles et qu'après, elle avait accepté de jouer le rôle de la victime. À cet instant précis, il y avait toutefois plus que de la bravoure dans son regard. Ben y lisait un mélange de conscience professionnelle et d'adrénaline à la perspective de se mettre potentiellement en danger pour sauver la vie d'autrui. Un exercice d'équilibriste entre les facteurs de risque et son envie farouche de réussir.

Au départ, il n'aurait jamais imaginé qu'une telle facette de

JJ Hamilton ait pu exister… et elle-même ne l'aurait peut-être pas cru non plus. Ce fut la dernière pensée fugace qu'il eut sur le sujet, car, au détour d'un virage, il aperçut le gyrophare de police de Bruce, qui avait mis en place son barrage routier.

Ils étaient arrivés.

9.

JJ avait assuré à Ben que l'intervention ne lui posait aucun problème.

À présent qu'elle se tenait au bord de la falaise, au-dessus du camping-car qui gisait sur le flanc, coincé entre la paroi et un rocher énorme, elle avait quand même un sérieux doute.

Le spectacle était… choquant.

Il paraissait hautement improbable qu'il y ait des rescapés. Enfin, on ne savait jamais. Ce n'était pas un vieux Combi des années 1970 mais un gros caisson blanc moderne, sans doute muni d'airbags et de multiples équipements de sécurité.

Allaient-ils tomber sur un jeune couple dont l'amour et les rêves d'aventure venaient de subir un violent coup d'arrêt ? Avaient-ils un bébé dans son siège auto ?

Et comment les sauveteurs allaient-ils se débrouiller ? Comment atteindre le véhicule cabossé et, le cas échéant, par quel miracle soigner un blessé grave dans un espace aussi réduit ?

L'expérimentée JJ avait confiance en ses capacités pour gérer n'importe quel traumatisme, mais elle pouvait en général compter sur le confort sûr et agréable d'un service d'urgence, où elle disposait de tout le personnel et de tous les équipements imaginables. Quelles procédures fallait-il appliquer dans des circonstances pareilles ?

Quelles règles suivre quand le seul bon réflexe face à une situation aussi périlleuse semblait être de rester le plus à l'écart possible ?

Ben, lui, demeurait imperturbable. Tout en sortant de gros

rouleaux de corde et du matériel d'alpinisme du camion de pompiers, il discutait avec Mike et distribuait ses consignes. Des câbles en acier étaient déroulés à l'arrière du véhicule. Un secouriste posait les outils de désincarcération sur une bâche goudronnée, tandis qu'un autre descendait une grande échelle à flanc de falaise.

Bruce aussi savait exactement quoi faire et la file d'automobilistes s'allongeait déjà devant sa voiture qui, gyrophare allumé, bloquait les deux sens de circulation.

JJ fut soulagée de voir Ben approcher.

— Ça va ? demanda-t-il.

Elle acquiesça en silence. Au moins, elle se sentait mieux que quelques instants plus tôt, seule face à l'accident. Le simple fait d'avoir Ben à ses côtés lui redonnait courage.

— Enfile ce baudrier. Et un casque.

JJ frémit.

— Nous allons descendre en rappel ?

Elle tenta de ravaler sa peur. Cependant, elle ne possédait pas encore les compétences nécessaires pour se frotter sans danger à l'exercice.

— Non, la rassura Ben. Mike a installé une échelle sur les vingt premiers mètres. Quelqu'un va descendre pour fixer des câbles sur le camping-car et le stabiliser. Nous aurons aussi des cordes à disposition. Le baudrier te permettra juste d'avoir une ligne de vie pour ta sécurité. Il te servira également si, à l'arrivée des secours aériens, nous devons être hélitreuillés pour une raison quelconque.

Sécurité… À lui seul, ce petit mot galvanisa JJ.

Ben l'aida à enfiler son baudrier.

— Tu peux nous attendre ici, le temps que nous extrayions d'éventuels blessés, mais ça risque de durer un moment. Nous ignorons encore si nous aurons besoin d'outils de désincarcération. À toi de décider, JJ, acheva-t-il, son regard rivé au sien.

— Je suis venue aider. À quoi bon rester simple spectatrice ?

— Ça, c'est ma chérie…

Les prunelles de Ben brillaient sinon de fierté, du moins d'approbation, et dans ses mots JJ puisa, en plus du courage, une sacrée détermination. Elle ignorait peut-être ce qu'elle avait à faire, mais elle pouvait se fier à Ben pour le savoir. Et il n'était pas question de le laisser tomber.

Plus que tout au monde, elle voulait être la personne qu'il pensait avoir face à lui. Quelqu'un dont il avait raison d'être fier. *Sa* chérie… ?

Il n'y avait guère de place sur les rochers autour du camping-car. Il fallut donc attendre que les pompiers soient remontés après avoir fixé l'échelle, les filins et les cordages.

— Le véhicule est stable, annoncèrent-ils. Il est coincé entre les rochers, mais nous avons aussi posé des câbles. Vous pouvez y aller.

— Les occupants ?

— Deux personnes d'un certain âge. Le conducteur ne réagit pas. La passagère semble à peu près en forme, mais elle est terrorisée. Jack est resté lui parler, le temps que vous descendiez. Elle s'appelle Glenys.

— Moyens d'accès ?

— À l'avant, c'est bloqué, mais la portière latérale est à moitié ouverte. Avec un peu de matériel, nous devrions pouvoir passer par là.

Ben hocha la tête.

— J'y vais en premier et je descends la trousse de secours. De cette manière, JJ, je pourrai te rattraper si tu as un peu de mal avec l'échelle et les cordes.

Le pire moment pour JJ fut de surmonter sa peur du vide en posant le pied sur l'échelle. Elle n'avait jamais rien fait d'aussi dangereux de sa vie, mais rien ne l'arrêterait plus. Parce que Ben l'attendait en bas ?

Heureusement qu'elle travaillait sa condition physique depuis des semaines, car il lui fallut piocher dans ses nouvelles capacités musculaires, surtout au moment d'agripper les cordes pour enjamber une rangée de rochers acérés au-dessus du promontoire.

Ben avait pris la place de Jack, le pompier, tandis qu'elle se hissait, pour voir ce qui se passait côté passager. Une femme aux cheveux blancs avait, au milieu du front, une grosse bosse barrée d'une large entaille. Des filets de sang coulaient le long de son visage.

Il se pencha par la vitre brisée.

— Bonjour… Vous êtes Glenys, c'est ça ? Je m'appelle Ben. Je suis ambulancier. Et voici ma partenaire JJ, qui est médecin.

Sa partenaire. JJ appréciait l'idée. Elle s'approcha.

— Nous allons nous occuper de vous jusqu'à ce qu'on vous sorte du véhicule. Vous souvenez-vous de ce qui s'est passé ?

— Tout est arrivé si vite… Je crois que Derek a perdu connaissance. J'ai essayé de lui tenir le volant, mais il s'est effondré vers moi et m'a repoussée…

— Vous êtes-vous évanouie ?

— Je… Non, je ne crois pas…

— Mal à la tête ?

— Un peu.

— Des nausées ? Des vertiges ?

— Je suis… juste morte de peur.

JJ se prit de compassion pour cette femme qui, à l'âge de sa propre grand-mère, était assez téméraire pour sillonner le pays en camping-car. Elle écouta Ben poser les questions qui permettraient d'évaluer l'ampleur des blessures de Glenys.

La vieille dame s'exprimait normalement, preuve qu'elle respirait bien et que sa trachée n'était pas obstruée. Elle paraissait aussi assez alerte pour laisser supposer que sa bosse au crâne n'avait pas causé de dommages cérébraux.

En revanche, elle s'était peut-être abîmé le cou. Les patients âgés pouvaient souffrir de lésions du rachis cervical sans présenter de symptômes neurologiques ou presque.

— Je vous en prie, gémit Glenys. Ne vous inquiétez pas pour moi. Vérifiez d'abord l'état de Derek. Il… ne bouge pas et…

Elle se décomposa de détresse.

— Je crois qu'il est peut-être… que c'est peut-être… trop tard…

Si le mari s'était écroulé sur le volant, il y avait fort à craindre que l'accident ait été engendré par un problème médical, tel qu'un infarctus ou une attaque. Il suffisait de voir sa silhouette avachie pour observer des signes révélateurs – teint terreux, immobilité, absence totale de mouvements respiratoires – et corroborer l'effrayante hypothèse de Glenys.

Même à supposer que Derek ait survécu à la collision, la position dans laquelle il se trouvait à présent, le menton posé sur la poitrine, l'aurait empêché de respirer, alors qu'il était inanimé. Il fallait néanmoins confirmer le décès et Ben avisa un passage étroit, là où la portière latérale avait été enfoncée.

JJ se dit qu'il était trop grand pour s'y frayer un chemin. De toute façon, c'était contraire à toute procédure, non ? Et si le camping-car se mettait à glisser avec une victime à l'intérieur ? Rien qu'à l'idée, elle eut la chair de poule.

— Aïe ! cria Glenys en voulant se tourner vers son époux.

JJ passa le bras par la vitre pour lui soutenir la nuque.

— De quoi souffrez-vous ? Du cou ?

— Oui… mais uniquement quand je bouge.

JJ la palpa en douceur.

— Est-ce que je vous fais mal ? Et là ?

— Aïe… oui… c'est très douloureux.

— C6 et C7 sont touchées, annonça-t-elle.

— Tâchez de rester immobile, dit Ben. Nous allons vous poser un collier cervical pour vous soulager. Avez-vous mal ailleurs ?

— Mon… mon bras, larmoya Glenys. Je ne peux pas le remuer.

Cette fois, elle essaya de baisser la tête. JJ n'était pas en mesure de lui caler correctement la nuque. Elle se surprit à contempler la portière à moitié béante. JJ était beaucoup plus petite que Ben.

— Ce serait dangereux d'entrer là-dedans ? chuchota-t-elle.

— Selon Jack, la situation est sous contrôle, répondit Ben. Chargé d'un poids supplémentaire, le camping-car risque d'osciller un peu, mais il ne tombera pas. Nos câbles en acier le retiendront.

— Je vais tenter de passer. Je veux stabiliser ce cou et vérifier l'état de Derek.

— Attends, nous aurons bientôt du renfort. À mon avis, le meilleur moyen de les sortir de là est de découper la portière, puis d'allonger le siège.

À tout instant, hélas, Glenys risquait de vouloir tourner la tête et, en cas de fracture cervicale, les conséquences pourraient se révéler dramatiques. C'était peut-être même une question de vie ou de mort. JJ avait deviné que Ben cherchait à la protéger, mais elle n'avait pas besoin d'être cajolée.

Elle pouvait y arriver.

Il y a encore un mois ou deux, l'idée d'avoir assez confiance en elle pour accomplir un tel exploit lui aurait paru insensée. Depuis, en même temps qu'elle se créait une nouvelle vie, elle était devenue une autre femme. Elle avait même changé de prénom. Grâce à Cutler's Creek.

Grâce à Ben Marshall.

JJ se faufila de biais jusqu'à la portière défoncée. Comme le camping-car était presque couché sur le flanc, elle l'escalada pour passer le pied à l'intérieur.

— Fais attention aux lambeaux de métal, prévint Ben. Prends bien ton temps.

JJ pivota sur le côté et s'inséra prudemment par la brèche. En entendant la carrosserie grincer contre les rochers, elle se figea. La corde fixée à son baudrier l'empêchant d'avancer davantage, elle la détacha.

De son côté, Ben expliqua par radio à Mike ce qui se passait. JJ l'entendit aussi rassurer Glenys :

— Vous vous êtes cassé le bras, ma chère. Voilà pourquoi c'est si douloureux. Vous sentez quand je vous touche la main ?

— Non.

— Et ici ?

— Non… Je ne sens rien, sauf là où ça fait mal.

— Nous allons vous donner un antalgique. Il faut juste que je vous mette une petite aiguille dans l'autre bras.

— Mais… mais Derek ? Moi, je peux attendre.

Entre deux gémissements, Glenys respirait de plus en plus vite. Elle commençait vraiment à s'affoler.

JJ réussit à se pencher pour redresser Derek, dégager ses voies respiratoires et chercher un pouls carotidien. La seule chose qu'elle sentit, hélas, ce fut le regard appuyé de Ben. Elle leva les yeux et secoua faiblement la tête. Pour le mari, il n'y avait plus rien à faire.

Glenys vivait déjà une expérience terrifiante et JJ n'avait aucune envie d'en rajouter en lui confirmant la macabre nouvelle. Un souvenir fugace lui traversa l'esprit : elle se rappela à quel point il avait été difficile pour sa grand-mère de perdre l'amour de sa vie et combien les premiers instants suivant l'annonce du décès avaient été pénibles.

Les yeux de Ben brillèrent, comme s'il lisait dans ses pensées et qu'il préférait, lui aussi, préserver la vieille dame. Glenys ne poserait peut-être pas de questions, soit parce qu'elle n'était pas prête à savoir, soit parce qu'elle était accaparée par sa propre situation.

— D'accord, reprit Ben. Je vais glisser cette minerve autour de votre cou. Ne bougez surtout pas.

JJ maintint la tête en place, tandis qu'il s'affairait. Elle tenta de réconforter leur patiente, mais celle-ci s'était mise à pleurer. En temps normal, il aurait été essentiel de la garder immobile mais, là, JJ avait d'autres préoccupations. Par exemple, rechercher des signes vitaux.

— J'ai un pouls radial de ce côté, annonça-t-elle à Ben.

Il était impossible de mesurer la pression artérielle au brassard, mais si on pouvait détecter un pouls au poignet, c'était qu'il n'y avait pas vraiment de quoi s'inquiéter.

— Fréquence cardiaque à 104. Respiration à 22.

— Moi, je n'ai pas d'accès intraveineux sur ce bras, déplora Ben. Glenys a une double fracture déplacée du radius et du cubitus, ainsi qu'une luxation du coude. Pas de sensations de base au niveau de la main, donc… il va nous falloir un bon antalgique.

JJ comprit le message caché. L'absence de sensations indiquait que le sang ne circulait plus dans la main et que Glenys risquait de la perdre si la fracture et la luxation n'étaient pas réduites, évitant ainsi des lésions permanentes de l'artère ou des nerfs brachiaux.

C'était un cas d'urgence et il leur faudrait plus qu'un antidouleur classique. Ils allaient injecter les drogues les plus puissantes à leur disposition, comme le fentanyl, la kétamine et le midazolam, qui mettraient sans doute Glenys K-O.

L'accès intraveineux était donc d'une importance clé et ils devaient poser le cathéter sur le bras indemne. Celui que JJ pouvait attraper entre les deux sièges. Alors qu'elle se demandait comment empêcher Glenys de remuer le cou, Ben lui tendit un rouleau de sparadrap.

— Je vais mettre un pansement sur son entaille au front. Enroule le tout de sparadrap, de sorte que plus rien ne bouge. Nous devrons lui couper sa ceinture de sécurité, mais je préfère attendre que nous soyons prêts à l'évacuer.

La ceinture permettait de maintenir Glenys en place malgré l'inclinaison du camping-car.

— Je te passe le kit de voie intraveineuse. Ça te va ?

JJ acquiesça vigoureusement. Elle se retrouvait sur un terrain où, à présent, elle excellait – avec une tâche médicale urgente sur laquelle se concentrer. Certes, le lieu d'intervention était très exigu, comparé aux habituelles salles d'examen sûres et agréables, mais le défi n'en était que plus excitant.

Une fois le cathéter inséré, JJ vérifia chaque ampoule que Ben avait scotchée aux seringues qu'il lui tendait.

En quelques minutes, Glenys cessa de souffrir le martyre

et, sous sédation, elle resta enfin immobile. Les manipulations pratiquées sur sa double fracture et sa luxation seraient quand même douloureuses, mais elle n'en aurait aucun souvenir.

Glenys semblait aussi avoir oublié que son mari était sans doute décédé dans l'accident et elle ne se rendait plus compte du remue-ménage ambiant. Un hélicoptère planait au-dessus d'eux et deux pompiers se servaient d'une pince à levier pour arracher la portière latérale. Parfois, le camping-car tanguait redoutablement, sans que JJ, focalisée sur son travail, y prête attention.

À l'étroit dans l'habitacle, elle eut un mal fou à effectuer la contre-traction au-dessus du coude, mais Ben devait absolument remboîter l'articulation dans son logement afin de relancer la circulation sanguine et ainsi réduire le risque de lésions nerveuses.

Le temps qu'ils posent une attelle, la portière du véhicule avait disparu. Un ambulancier muni d'un brancard fut hélitreuillé en direction des secouristes et le site de l'accident devint passablement encombré.

— Sors, JJ. La situation est sous contrôle.

— Et l'apport en oxygène ? Je veux vérifier la respiration de Glenys. Il sera peut-être nécessaire de lui poser un masque.

— Je surveille ses constantes. Impossible de la sortir de là, tant que tu es à l'intérieur. En quelques secondes, le brancard sera remonté.

— Nous allons d'abord la hisser jusqu'à la route ! mugit le sauveteur aérien par-dessus le vrombissement des rotors. Il faut vérifier qu'elle est stable avant de la transférer. Rendez-vous là-haut, docteur, conclut-il en souriant à JJ.

Plusieurs mains se tendirent pour aider JJ à s'extirper du camping-car. Une corde fut de nouveau fixée à son baudrier et quelqu'un l'accompagna pour gravir l'échelle.

Alors qu'elle était à mi-parcours, le brancard de Glenys s'éleva dans les airs, solidement tenu par l'ambulancier. L'hélicoptère était si proche que JJ sentit les pales vibrer dans ses os. C'était terrifiant et euphorisant à la fois. Elle comprit pleinement la passion de Ben pour le sauvetage aérien. Chaque jour lui apporterait sa dose d'adrénaline. Chaque mission serait assez importante pour constituer le genre de défi auquel il adorait se frotter.

Ce jour-là, Ben donna le meilleur de lui-même, œuvrant en symbiose avec les secours aériens pour s'assurer qu'ils n'avaient pas manqué une éventuelle blessure de Glenys et qu'elle était au mieux avant son départ vers un gros hôpital de la région. En raison des calmants surpuissants qu'on lui avait administrés, la vieille dame devrait être surveillée attentivement.

À l'évidence, les secouristes du ciel connaissaient bien Ben et ils respectaient ses compétences. Même si elle était plus calée que lui en médecine, JJ validait toutes ses décisions. Elle était fière de la confiance et des talents de Ben. Fière aussi qu'il l'ait présentée comme sa « partenaire » à Glenys.

En fait, JJ se sentait excessivement chanceuse d'avoir rencontré Ben Marshall. Privilégiée de l'avoir côtoyé, ne serait-ce que quelques mois.

— Ça te plairait de nous accompagner, Ben ? fit l'un des sauveteurs aériens. De suivre ce qui se passe aux urgences ?

Tout le monde vit à quel point il en rêvait.

— Vas-y, l'encouragea Mike. Bruce et moi gérerons ce qui reste à faire ici. Nous allons désincarcérer le conducteur et rouvrir la route à la circulation. Un paquet de gens peuvent rapatrier ton ambulance en ville et JJ sera là en cas d'urgence, pas vrai, docteur ?

JJ confirma vaillamment. Ben lui avait offert le cadeau formidable de l'intégrer à l'équipe d'intervention : elle avait gagné confiance en elle et en ses capacités à prendre la vie à bras-le-corps. Il était normal qu'elle lui rende la pareille.

Au risque, peut-être, de changer, à son tour, le cours de l'existence de Ben.

— Vas-y, répéta-t-elle en écho à Mike.

Elle n'eut pas besoin d'insister. Tandis qu'on chargeait le

brancard dans l'hélicoptère, Ben courait déjà le rejoindre en se baissant pour éviter les pales. Il tourna la tête juste avant que les portes se referment et JJ le vit lever le pouce. Elle éprouva presque la même excitation que lui quand l'appareil décolla pour rejoindre la ville.

JJ eut aussi l'impression qu'une partie de son cœur était à bord avec Ben. Malgré la cohue des secouristes, elle se sentit seule au monde et comprit qu'elle était bel et bien en train de tomber amoureuse.

L'hélicoptère n'était plus qu'un point à l'horizon. JJ resta néanmoins en proie à ses émotions. Sans en avoir conscience, elle semblait avoir offert à Ben beaucoup trop d'elle-même.

Tôt ou tard, elle serait contrainte de gérer le problème.

Mais pas encore…

10.

Par la fenêtre de sa cuisine, JJ apercevait d'un côté un potager luxuriant, de l'autre un carré d'herbe où Shaun, le jeune mouton, broutait un cercle parfait autour de son piquet.

Une arche de verdure protégeait la maison du vent. Ce soir-là, elle encadrait aussi un splendide coucher de soleil, qui embrasait le ciel et les dernières cimes enneigées à l'horizon.

— Superbe, non ?

JJ émit un soupir de contentement. Elle laissa aussi monter une étrange émotion qui, depuis peu, l'étreignait en présence de Ben. L'impression que le temps lui filait entre les doigts, peut-être ? Qu'il fallait profiter de la moindre seconde ?

— Ça, c'est le paradis, ajouta-t-elle avant de siroter une gorgée de vin blanc. Zac m'a dit d'oublier l'hôpital ce soir.

Ben trinqua avec sa bouteille de bière.

— J'ai reçu la même consigne. C'est lui qui gérera toutes les interventions. À l'en croire, notre exploit d'hier a fait de nous des légendes et le moins qu'il puisse nous offrir, c'est une vraie nuit de congé.

Par son regard insistant, JJ comprit exactement ce que Ben entendait par une « vraie » nuit de congé. D'emblée, elle fut saisie par un élan de désir aussi brûlant que les flammes incandescentes qui avaient envahi le ciel. Oublié son troublant flottement de la veille, lorsqu'elle avait vu Ben monter à bord de l'hélicoptère et disparaître au loin !

Peut-être que le stress d'un sauvetage aussi périlleux l'avait fait réagir de manière épidermique. Plus tard, elle avait repris ses esprits. Depuis le début, leur relation n'était censée être qu'une passade. Un moment amusant à savourer. Si elle souhaitait que l'histoire dure plus longtemps, JJ devait s'en souvenir, et ce délicieux accès de désir l'aida à mettre de côté ses angoisses concernant d'éventuelles migraines que l'avenir pouvait lui réserver.

Il suffirait d'un infime encouragement – comme de passer la langue sur sa lèvre inférieure – pour que Ben la prenne dans ses bras et la conduise jusqu'au lit, où, une fois encore, elle atteindrait le nirvana.

Néanmoins, elle voulait aussi apprécier l'instant présent. Prolonger une communion merveilleuse qui allait bien au-delà de la simple attirance physique. Ils seraient capables de rester amis, non ? Même s'ils venaient à emprunter des chemins différents ?

— Des légendes ? répéta JJ, amusée. Je comprends mieux maintenant pourquoi on m'a autant klaxonnée et apostrophée pendant mon jogging avec Shaun. Bruce a même actionné sa sirène derrière moi. J'ai eu la frayeur de ma vie.

Elle avait supposé que la fille habituée à courir avec son agneau apprivoisé commençait à devenir une curiosité locale. L'idée d'avoir gagné le respect des habitants pour son rôle dans un sauvetage spectaculaire à flanc de falaise était… carrément géniale. Comme si sa place au sein de la communauté avait désormais de solides fondations.

— Tu as eu l'énergie de sortir t'entraîner ? s'étonna Ben. J'étais si fatigué que j'ai dormi pendant presque tout mon trajet en bus depuis Dunedin.

— C'était plus un footing. Presque de la marche au retour. Moi aussi, j'étais à ramasser à la petite cuillère.

— Franchement, on y est allés à fond. Quel pied, ce boulot !

Sans même le regarder, JJ sut qu'il souriait de satisfaction.

— C'était ton baptême d'hélicoptère ?

— Ouaip ! fit-il après une lampée de bière. Et j'y retournerai. C'était cent fois mieux que tout ce que j'avais imaginé. On m'a même proposé d'assister à l'opération de Glenys.

— Zac m'en a parlé. Il m'a dit qu'elle s'était brisé des cervicales et que nous avions eu raison d'immobiliser son cou.

— Les neurochirurgiens ont procédé à une fusion articulaire postérieure avec pose de vis. Les orthopédistes ont réduit la fracture du bras ainsi que la luxation du coude. Elle est restée des heures au bloc. Ce matin, je lui ai rendu visite avant de rentrer et elle était en forme. Elle m'a fait promettre de te remercier de ton aide, même si elle ne se rappelle pas grand-chose.

— Elle doit être anéantie d'avoir perdu son mari.

— Oui et non.

Pendant de longues secondes, la tête penchée, Ben observa les folles couleurs du ciel. JJ resta captivée par le profil émouvant de sa silhouette. Par la peau douce et vulnérable sous sa mâchoire. Si elle l'effleurait du bout des doigts ou des lèvres, elle sentirait son pouls.

Alors qu'elle s'apprêtait à se lancer, Ben reprit :

— Elle m'a confié qu'il allait lui manquer infiniment mais qu'elle était contente de la manière dont il avait quitté ce monde.

— Ah oui ?

— Il avait le cœur fragile et ils voulaient profiter à fond du peu de temps qui leur restait. Depuis des années, Derek rêvait d'un *road trip* à travers l'île du Sud. Sa mort a été soudaine, sans qu'il se doute de quoi que ce soit, et il est décédé en réalisant son rêve. Glenys n'aurait pas pu lui souhaiter une façon plus douce de partir.

Il se tut encore un moment, puis murmura :

— Crois-tu que nous vivons notre rêve ?

JJ brûla de répondre ce qu'elle avait en tête. Que, pour elle, il s'agissait bien d'un rêve. Elle n'avait jamais habité un endroit aussi beau. Elle exerçait un métier qui non seulement lui permettait d'exprimer ses talents mais qui la mettait aussi au défi d'en apprendre toujours davantage. Elle était assez proche pour sentir la chaleur d'un homme dont elle pourrait aisément tomber amoureuse et elle savait que, bientôt, il la prendrait dans ses bras, attisant chez elle une passion plus ardente que jamais.

Oui… elle vivait son rêve. Sauf qu'un jour, il faudrait se réveiller. Parce que Ben ne vivait pas le sien ? La veille, dans l'hélicoptère, il avait goûté à ce qui le faisait vraiment vibrer. En même temps, quelques minutes auparavant, il avait contemplé JJ comme s'il n'avait jamais rien désiré de plus au monde. Oserait-elle lui demander s'il avait changé d'avis sur son genre de femme ? Sur elle ?

— Zac a proposé de me vendre la maison, annonça-t-elle. Un poste de titulaire va se libérer, car le Dr Donaldson a enfin décidé de prendre sa retraite.

— Don raccroche ?

— Il est tout excité d'être grand-père à plein temps. Liv vient de rentrer avec le petit Hugo et elle va avoir besoin d'aide, car il faut aussi s'occuper de Milly. À son retour, elle a fait un crochet par l'hôpital. Tu aurais dû voir Betty ! Elle pleurait à chaudes larmes dans son tablier.

— Tu penses rester ?

— En tout cas, je vais y réfléchir. Ici, je suis plus heureuse que jamais. Je n'ai plus rien à voir avec la personne que j'étais à mon arrivée.

— Je me disais la même chose récemment.

Ben afficha un sourire si tendre que JJ en eut presque mal au cœur. De crainte de trop se dévoiler, elle baissa les yeux.

Elle avait aussi autre chose sur le cœur.

— J'ai appelé ma grand-mère hier soir. Quand je m'occupe d'une patiente comme Glenys, à peu près de la même génération, je pense toujours à elle. Je ressassais également ce que je t'avais raconté, comme quoi l'accident de mes parents ne me posait pas de problème, car, à l'époque, j'étais trop jeune pour m'en souvenir.

Elle sentit le regard de Ben posé sur elle.

— Sauf que ça te tracasse ?

— Pas au sens où tu l'imagines. Je me demande plutôt

en quoi mon existence aurait été différente s'ils n'étaient pas décédés. Combien, moi, j'aurais été différente. Mes grands-parents, anéantis par la perte de leur fils unique, m'ont élevée dans du coton. J'ai appris à avoir peur de tout ce qui risquait de me blesser et de les rendre malheureux. Dans une autre vie, j'aurais sans doute été plus courageuse.

— Tu l'es déjà, la détrompa Ben à mi-voix. La femme qui a emprunté l'échelle derrière moi hier et qui s'est faufilée à l'intérieur d'un camping-car maintenu uniquement par des rochers et une poignée de câbles est une des personnes les plus courageuses que j'aie jamais croisées.

La gorge nouée, JJ soutint enfin son regard.

Seigneur, elle n'allait pas tomber amoureuse de lui, quand même ? En réalité, la bascule avait déjà eu lieu, mais l'atterrissage avait été si indolore qu'elle ne s'en était même pas aperçue.

JJ détourna la tête avant qu'un détail incite Ben à prendre ses jambes à son cou. Pressée de changer de sujet, elle laissa échapper un petit rire.

— Ma grand-mère a été horrifiée d'apprendre ce qui s'est passé hier. Elle ne m'a pas dit « Tu es aussi incorrigible que ta mère », mais je l'ai entendue le penser très fort.

Ben l'attira contre lui en souriant.

— J'aurais aimé rencontrer ta mère. Et je suis certain que ton père l'adorait. Néanmoins, tu te rends compte que tu aurais grandi sous le nom de Journey, j'espère ?

Cette fois, JJ rit de bon cœur.

— Tu as intérêt à ne pas trahir ta promesse de garder le secret sur mon véritable prénom.

— Pourquoi en serait-il autrement ?

— Parce que ma grand-mère a décidé de me rendre visite la semaine prochaine. Je la soupçonne de vouloir me persuader de rentrer au bercail, là où les camping-cars ne tombent pas des falaises. C'est elle qui a décrété qu'il fallait m'appeler par mon second prénom, tant le premier était épouvantable. Vous aurez donc un point commun. Il faudra juste que tu n'abordes pas le sujet.

Ben, lui, avait clairement autre chose en tête lorsqu'il l'embrassa. Ses lèvres de velours lui lancèrent une invitation à laquelle elle n'avait aucune chance de résister.

— La semaine prochaine ? C'est dans quelques jours à peine.

— Mmm...

Le baiser de Ben avait un goût de trop peu. JJ passa lentement la langue sur sa bouche et, les yeux plongés dans son regard, elle décela le moment où la passion les submergea. Elle enroula les bras autour de son cou, tandis qu'il se redressait en la tenant contre lui.

— Profitons au maximum du temps qui nous reste ici tous les deux.

Si Ben ne rencontra pas la grand-mère de JJ durant son séjour à Cutler's Creek, c'était juste qu'il était très occupé.

Lorsqu'il n'avait pas déjà été appelé en urgence, il se levait dès la sonnerie du réveil et, plusieurs fois par semaine, il entamait sa journée par une séance de sport qui, en un an ou deux, était devenue un cours collectif pour ses concitoyens en manque de coach. Il rejoignait Bruce, Mike et d'autres volontaires sur le terrain de rugby municipal pour un échauffement musclé, puis un jogging. Le temps qu'il prenne ensuite sa douche et son petit déjeuner, l'heure était venue d'aller travailler.

Quand la journée était calme, Ben préférait partir en maraude plutôt que de se tourner les pouces. Il pouvait toujours faire un saut chez ses fidèles patients, comme Albert Flewellan, qui s'habituait doucement à son traitement par oxygène à domicile.

Il passait parfois voir le vieux Bert, atteint d'angine de poitrine. La maladie était stabilisée depuis des années, mais il fallait souvent lui rappeler d'utiliser son spray de trinitrine avant de tondre la pelouse ou de bêcher son potager, histoire d'éviter d'horribles douleurs thoraciques qui l'obligeaient à contacter les secours.

Si Mike ou d'autres pompiers étaient à la caserne, Ben aimait aussi y aller, bavarder un peu et planifier les prochains entraînements.

Cette semaine-là, il n'eut pas à user de ses stratégies habituelles pour chasser l'ennui, car il y eut des interventions à foison. Un garçon de huit ans tomba d'un arbre dans la cour de son école et fit une commotion cérébrale. Deux fillettes chutèrent de poney lors d'une promenade et l'une d'elles se cassa le poignet.

Ben dut aussi gérer la crise d'hypoglycémie d'un jeune diabétique, puis il se rendit presque aux limites de son périmètre d'action, dans une ferme où un motard avait fait un méchant soleil sur une butte. Il fallut appeler l'hélicoptère et Ben ne rentra qu'en fin de journée.

Il avait presque oublié que la grand-mère de JJ était en ville quand, de retour de patrouille le vendredi après-midi, il aperçut une vieille dame près du poste d'ambulances. Il ne la connaissait pas, mais Cutler's Creek était une bourgade pittoresque, où les touristes aimaient faire halte. Ils photographiaient la vénérable église en pierre, lisaient les noms sur le monument aux morts ou encore déjeunaient à la terrasse du pub. Ils étaient quand même rares à s'aventurer jusqu'au poste d'ambulances ou à s'asseoir sur le banc d'en face, au niveau de l'ancien arrêt de bus.

Une fois son véhicule au garage, Ben traversa la chaussée.

— Tout va bien ? Vous n'êtes pas perdue, j'espère ?

— Non, je me promène. Je voulais jeter un coup d'œil à une boutique de cadeaux que j'ai aperçue l'autre jour.

— La Maison des Artisans ? En effet, elle vaut le détour. Les gens du coin tricotent encore des couvre-théières.

— C'est un peu plus loin que je l'imaginais, soupira la vieille dame. Je me suis arrêtée quelques minutes pour soulager mes pieds.

— Vous venez de loin ?

— De l'hôpital.

— Ça fait une trotte, répondit-il en l'observant de plus près. Vous y étiez en tant que patiente ?

— Oh ! non… J'ai déjeuné avec le Dr Donaldson et, là, j'attends que ma petite-fille ait terminé sa garde.

Ben fit enfin le rapprochement.

— Vous êtes la grand-mère de JJ ? Enchanté, je suis Ben.

JJ avait-elle parlé de lui ? *D'eux ?*

Il chassa l'idée de son esprit. Pourquoi l'aurait-elle fait ? Ils ne s'étaient pas engagés dans le genre de relation où on est présenté à la famille.

— Moi, c'est Shona Hamilton, annonça-t-elle, la mine réprobatrice. Pourquoi faut-il que les gens d'ici l'appellent « JJ » ? Qu'est-ce qui cloche avec « Joy » ?

— Rien du tout. Enfin, c'est toujours mieux que « Journey », non ? fit-il avec un sourire complice en s'asseyant près d'elle.

Shona Hamilton écarquilla les yeux, puis le toisa d'un regard acéré.

— Joy ne confie à personne son premier prénom. Comment l'avez-vous découvert ?

— Motus et bouche cousue. J'ai juré de garder le secret et je suis un homme particulièrement digne de confiance.

Shona se radoucit et laissa apparaître ses rides d'octogénaire. Peu à peu, un sourire franc éclaira son visage.

— Je crois que je vous aime bien, Ben. Nous aurons aussi notre petit secret, d'accord ?

— Sans problème. Voulez-vous que je vous apporte un verre d'eau ? Ou que je vous reconduise en ambulance pour épargner vos pieds ?

— Non, non… Je vais rester assise ici encore un peu et tout ira bien. Avec cette vue époustouflante sur les montagnes, c'est loin d'être une punition. Je commence à comprendre pourquoi Joy se plaît tant ici. Saviez-vous qu'elle songe à s'installer définitivement ?

— J'en ai entendu parler.

— Ce midi, le charmant Dr Donaldson m'a confié qu'ils espéraient la convaincre de rester. Il a même suggéré que j'emménage aussi à Cutler's Creek. Vous imaginez ?

Oui, parfaitement ! se dit Ben. Shona Hamilton s'intégrerait à merveille parmi les aînés de la communauté et c'était ici l'endroit idéal pour passer ses vieux jours.

Lui-même y reviendrait sans doute dans un avenir lointain, lorsqu'il aurait eu son compte d'aventures. Qui n'aimerait pas se poser sur un banc pour admirer de magnifiques sommets enneigés ?

Sa grand-mère et lui avaient coutume de s'asseoir ainsi sur leur perron, d'où ils appréciaient une vue très similaire sur les montagnes.

Du plus loin qu'il s'en souvienne, Ben était blotti sur ses genoux, face au soleil couchant, puis, lorsqu'il avait grandi, ils s'étaient installés côte à côte. Ils n'étaient pas bavards, et restaient souvent complètement silencieux. Même adolescent, il posait encore la tête sur son épaule et il aurait été mortifié qu'un camarade le surprenne dans son havre de bonheur. Son refuge. L'endroit où il était le plus aimé par l'être que, lui, il aimait le plus. Sa grand-mère. La seule personne à avoir vraiment voulu de lui.

Comme cela lui manquait d'être assis auprès d'elle ! Il n'avait que quinze ans lorsqu'elle était décédée subitement. À l'époque, sa mère était établie en Australie depuis de longues années. La vente de la maison familiale lui avait permis d'envoyer son fils en pension, puis à l'université, de sorte qu'elle s'était enfin déchargée d'une responsabilité qui avait toujours été un fardeau.

Or, voilà qu'il se retrouvait avec quelqu'un qui avait à peu près l'âge qu'aurait eu sa grand-mère. Il ne la connaissait pas assez pour la ranger dans une case précise. Il ne s'agissait ni d'un patient à soigner ni d'une personne aux attributions clairement définies, comme Betty, la cuisinière. À ses yeux, elle était la mamie de JJ. Une femme qui avait élevé l'enfant de son propre enfant.

Exactement comme son aïeule.

Ben sentit sa gorge se nouer. Cela faisait une éternité que cela ne lui était pas arrivé. Depuis qu'il avait eu une quinzaine d'années, à vrai dire.

Encore là, il ne tint pas en place. Avant même d'avoir digéré l'information, il se remit debout.

— Je dois y aller. Tout à l'heure, pendant ma tournée de visites, j'ai oublié un patient. Êtes-vous sûre que je ne peux pas vous déposer en ville ? À l'hôpital, peut-être ?

— Merci, mon grand, mais je vais repartir à pied et, à la fin de sa garde, Joy viendra me chercher.

Shona se leva et attrapa son sac à main rétro. En voyant ses boucles blanches lui arriver à peine au-dessus du coude, Ben se rendit compte qu'elle était presque aussi minuscule que sa propre grand-mère.

Elle sourit.

— N'oubliez pas…

— Oublier quoi ?

Il avait déjà tourné les talons, submergé par l'envie irrésistible de se changer les idées.

— Notre petit secret sur Joy, précisa-t-elle en se tapotant le nez.

Ben fit volte-face et le sourire de Shona s'élargit.

— À moins que je doive l'appeler JJ ? J'ai l'impression qu'elle apprécie son nouveau prénom autant que cet endroit et ses nouveaux amis.

Son regard bleu s'embua de larmes.

— Je me suis toujours fait du souci pour elle et je m'en ferai toujours, reprit-elle. Néanmoins, elle est heureuse et c'est tout ce qu'on souhaite aux gens qu'on aime, non ?

— J'ai appris que tu avais rencontré ma grand-mère l'autre jour ? lança JJ.

Ben posa son *fish and chips* sur le banc de la cuisine.

— C'était censé rester notre secret, répondit-il. Les femmes Hamilton adorent se confier à moi.

JJ éclata de rire.

— En tout cas, tu lui as fait forte impression. Elle n'a évoqué votre rencontre que cet après-midi, alors que je la ramenais à l'aéroport de Queenstown. Elle m'a confié que tu étais « un jeune homme charmant ».

— Et tu as abondé dans son sens ?

Ben adora la lueur amusée de son regard. À moins que ce ne soit juste le plaisir de le revoir ?

— Je n'ai rien osé dire, avoua JJ, mais elle a probablement deviné qu'il y avait quelque chose entre nous. Elle ne m'aurait pas crue si j'avais soutenu que nous étions juste amis. Il valait mieux que je me taise.

En entendant JJ évoquer leur relation comme une simple amitié, Ben s'étonna d'être aussi déçu. Quoi qu'il en soit, il ne devait rien laisser transparaître. Au fond, il n'avait jamais souhaité autre chose qu'une grande amitié avec JJ. Dieu l'en préserve ! Dès qu'une liaison avec une fille devenait sérieuse, il prenait le large.

— Elle t'a beaucoup apprécié, poursuivit JJ, l'air détendu. Ce qui explique peut-être pourquoi elle m'a mise en garde.

— Quoi ? s'exclama Ben, interloqué. Et moi qui pensais que nous étions liés à vie, ta grand-mère et moi.

— Elle te soupçonne d'être « un peu extravagant ».

— Extravagant ? répéta-t-il en l'attirant contre lui.

Coincé par une pensionnaire à demeure chez JJ, il y avait trop longtemps qu'il ne l'avait pas embrassée. Et quoi de mieux pour chasser la sensation étrange qui s'était insinuée en lui, celle d'être passé à côté de quelque chose ? Ben avait devant lui tout ce qu'un homme rêverait d'avoir : une femme splendide et les instants les plus délicieux en sa compagnie, sans aucune entrave.

Son désir fou de s'abandonner au plaisir ne l'empêcha pas de prendre son temps. Du bout des lèvres, il effleura les siennes. Il les titilla aussi avec sa langue, au moment où JJ se pressait contre lui, alanguie.

Il adorait la manière dont elle enroulait les bras autour de son cou. Il aimait sa façon de fermer doucement les paupières, la tête renversée, comme si elle se concentrait sur l'instant présent.

Ce baiser-là…

Si Ben décidait de faire grimper la température, ils finiraient au lit en un rien de temps. Il ne se rappelait plus combien de fois ils avaient fait l'amour ces dernières semaines mais, à son grand étonnement, leurs ébats restaient aussi excitants qu'au premier jour, dans la cabane de montagne. Enfin, non. C'était même *mieux*. Toujours électrisant, mais avec une dimension supplémentaire sur laquelle il avait du mal à mettre un nom.

Le sentiment de sécurité, peut-être ?

Dorénavant, ils connaissaient par cœur le corps de l'autre et, au lieu de créer une barrière, c'était une bonne base pour continuer leur exploration. Innover dans les caresses, le rythme ou le degré de proximité, preuve que sa relation avec JJ ne pourrait jamais devenir ennuyeuse.

« Confiance » était peut-être le terme qu'il cherchait ?

Pour l'heure, il était inutile de pousser l'analyse aussi loin. En bon virtuose, Ben savait doser à merveille le niveau d'excitation, et leur étreinte serait d'autant plus satisfaisante s'ils patientaient un peu, le temps d'apprécier la montée du désir. En plus, ce jour-là, il n'avait pas déjeuné.

— Je meurs de faim, avoua-t-il avant que leurs ardeurs n'éclipsent irrémédiablement tout autre besoin physique. Et ce serait un crime de laisser ramollir le meilleur poisson pané-frites de Cutler's Creek.

La main de JJ glissa de sa nuque et le repoussa doucement, comme si elle cherchait à s'écarter à son tour.

— Débarrasse un peu. Je m'occupe du pain et du beurre.

La table encombrée laissait penser que JJ avait cherché quelque chose dans son sac.

Ben se rappela que, le jour de leur rencontre, il avait compris combien elle était bouleversée quand elle, la maniaque absolue, avait renversé le contenu de sa besace sur la table. C'était aussi lui qui l'avait poussée dans ses retranchements en lui confiant l'agneau dans son carton.

Sur le coup, il avait voulu la taquiner et il n'aurait pas hésité à reprendre l'animal s'il l'avait sentie incapable d'en prendre soin.

Avec le recul, il appréciait de lui avoir causé un tel émoi. Il s'était gentiment moqué d'elle, car c'était le moyen le plus sûr de gérer son étrange attirance. Il aurait aimé se persuader qu'il n'avait aucun atome crochu avec le nouveau médecin mais, au fond de lui, son corps – ou son âme – avait eu une tout autre interprétation.

Une grosse enveloppe jaunie émergeait entre les tubes de crème pour les mains, les paquets de mouchoirs et autres bâtons de rouge à lèvres. Elle n'était pas scellée et, lorsqu'il s'en empara, Ben constata qu'elle était remplie de photos.

JJ rapporta une planche couverte de tartines fraîchement coupées.

— Ma grand-mère m'a donné tout ça à l'aéroport. Selon elle, si j'envisage d'emménager ici, je pourrais avoir besoin de souvenirs de famille.

— Je peux regarder ?

— Tu demandes la permission, maintenant ?

— Ce sont des affaires personnelles.

— Oui… comme un passeport ?

Ben n'était pas le seul à avoir des flash-back de leur rencontre. Intéressant ! D'autant que JJ n'avait pas employé un ton désapprobateur. C'était plutôt une petite blague au sujet de leur pacte secret. Le premier pas vers l'établissement d'une connexion, d'une amitié qui n'était peut-être pas « sérieuse » mais qui avait certainement plus d'importance que tout ce que Ben avait jamais vécu.

Parce que, oui, « confiance » était bien le mot qu'il cherchait.

Ils avaient confiance l'un envers l'autre. Ils étaient sur la même longueur d'onde dès qu'il s'agissait d'apprécier leur relation sans engagement. S'ils se sentaient aussi bien ensemble, c'était parce que, le temps de leur histoire, ils profitaient à fond de chaque instant.

Il était très rare qu'ils soient tous deux de repos et, ce soir-là, ils ouvrirent une bouteille de vin. Ben glissa ses frites entre deux tranches de pain beurré et ils se partagèrent de gros morceaux de délicieux poisson pané.

Comme ils mangeaient avec les doigts, ils s'essuyèrent les mains avant d'étaler les vieilles photos sur la table.

— Je n'en connais pas la moitié, expliqua JJ. Elles font partie des seules affaires rapatriées en Nouvelle-Zélande quand mes grands-parents sont venus me récupérer – avec le corps de mon père. Mamie m'a dit qu'elle était désolée de ne pas me les avoir remises avant.

— Qu'est-il arrivé à la dépouille de ta mère ?

— Elle est enterrée quelque part dans le sud de la France. J'ai l'impression que ses proches ont tenu mon père responsable de l'accident autant que les miens le lui reprochaient à elle.

— Tu n'as jamais rencontré ta famille maternelle ?

— Non. J'ai toujours voulu y aller, mais… je savais à quel point mes grands-parents en seraient bouleversés. Quand je suis tombée de poney à sept ans, mamie a eu si peur que j'ai arrêté l'équitation, qui était pourtant ma passion.

Elle secoua la tête.

— C'est assez pitoyable, mais je me suis concentrée sur mes études de médecine. Ensuite, le tourbillon de la vie m'a emportée et je n'ai pas encore fait mon pèlerinage à l'autre bout du monde. Un jour…

Ben se figea, le cœur serré. Il avait une repartie sur le bout de la langue.

Nous pourrions y aller un jour… Je t'accompagnerai… Ce serait marrant, non ?

Ce fut peut-être son émotion qui retint les mots au fond

de sa gorge. Il ne voulait pas faire de promesse en l'air, car il s'en serait voulu à mort de blesser une femme aussi gentille.

Il imagina JJ enfant, attentionnée au point de s'engager à toujours faire le bonheur de sa grand-mère. Assez pour suivre la moindre règle à la lettre et s'assurer que ses proches et elle restent à l'abri du danger.

En même temps, la véritable JJ possédait une autre facette. Et Ben était peut-être le premier à avoir décelé son courage et son audace.

Devant les clichés fanés d'un jeune couple qui jouissait au maximum de la vie – barbouillés de tomate au festival espagnol de la Tomatina, dansant sous la pluie à Glastonbury ou se promenant dans les champs de lavande en Provence –, il comprit de qui JJ avait hérité son esprit d'aventure. Elle était bien la fille de sa mère.

— Shona aurait dit que ta mère aussi était « un peu extravagante », je suppose ?

— Absolument. Quand j'étais enfant, c'était le pire reproche qu'ils pouvaient m'adresser. Inutile de le dire à voix haute. Il suffisait qu'ils me regardent, mi-surpris, mi-déçus. D'emblée, je devinais qu'ils me comparaient à ma mère, et ça n'avait rien d'un compliment.

— Tu lui ressembles tellement !

Ben prit la photo où les parents de JJ dansaient sous la pluie. Avec des grappes de fleurs dans ses longs cheveux dégoulinants et une salopette en jean portée sur un simple soutien-gorge, cette fille-là devait être frigorifiée, pourtant il n'avait jamais vu quelqu'un irradier autant de joie, les yeux levés vers le grand jeune homme dont elle tenait les mains. Lui aussi avait l'air très heureux. Profondément amoureux de la vie et de la personne à ses côtés.

— Il y a fort à parier que j'ai été conçue durant ce festival, reprit JJ avec un large sourire. Tu avais visé en plein dans le mille, mais je ne voulais pas t'offrir la satisfaction d'avoir raison.

— C'est là qu'ils se sont rencontrés ?

— Oui. Mon père assistait à une conférence à Londres. Il venait de décrocher haut la main un double diplôme en droit et en comptabilité. Mon grand-père avait déjà fait modifier le papier à en-tête de son cabinet d'avocats en « Hamilton & Hamilton », mais des gens croisés à la conférence se rendaient au festival et ils ont invité leur nouveau camarade à se joindre à eux. Ma mère, Celine, chantait là-bas. Ils ont fait connaissance, et bang ! Mon père… n'est jamais rentré au pays. Je suis certaine qu'il en avait l'intention. Un jour.

— Ça ne m'étonne pas qu'ils aient eu envie de rester ensemble. Ils paraissent si amoureux.

— Tu trouves aussi ? J'aime croire qu'ils nageaient dans le bonheur. Ce n'est pas donné à tout le monde, si ?

La voix de JJ avait une résonance étrange. Quelque chose de si émouvant que Ben eut envie de la réconforter. De lui dire qu'un jour elle aussi trouverait le même genre d'amour.

Qui n'aurait pas voulu d'une fille aussi belle, intelligente et courageuse que JJ ?

Elle rangea les vieilles photos dans leur enveloppe et se mit à débarrasser la table.

Conscient qu'elle s'occupait pour ne plus ruminer des souvenirs douloureux, Ben décida de l'aider.

Il savait exactement comment la distraire. Et, cerise sur le gâteau, c'était ce dont il avait le plus envie au monde. Il s'approcha de l'évier, où JJ se tenait, ferma le robinet et lui ôta la brosse à vaisselle des mains. Sans un mot, il écarta quelques boucles éparses de son visage, prit sa tête entre les paumes et se pencha pour l'embrasser.

Cette fois-ci, son baiser se transforma vite en quelque chose qui, à la fois, offrait et exigeait une concentration absolue. C'était du sérieux, et lorsqu'une minute plus tard il fit glisser ses mains le long du corps de JJ pour approcher ses hanches des siennes, elle comprit le but de la manœuvre. Visiblement ravie de cette diversion, elle oublia sa corvée de vaisselle. Les assiettes sales attendraient. Jusqu'au lendemain matin, même, car Ben n'avait pas l'intention de quitter le lit de JJ avant.

Leur étreinte passionnée dura jusqu'à ce qu'ils n'en puissent plus et, beaucoup, beaucoup plus tard, Ben se retrouva avec JJ dans les bras, à sentir son pouls ralentir doucement, sa respiration se muer en un soupir apaisé. Le corps tiède de la jeune femme était lové contre le sien. Ses cheveux en bataille lui chatouillèrent les lèvres lorsqu'il l'embrassa sur le crâne. Son parfum enivrant lui emplissait les narines. Elle était si calme que Ben se demanda si elle n'était pas en train de s'assoupir. Seul un certain tonus musculaire indiquait qu'elle ne dormait pas. Elle était juste… auprès de lui.

Lentement, si lentement qu'il le remarqua à peine, Ben se sentit basculer dans une atmosphère qu'il s'était remémorée il y a peu, grâce à sa rencontre avec Shona Hamilton.

Ce qu'on éprouvait quand on était avec quelqu'un qu'on aimait et qui vous aimait en retour. L'impression d'un monde parfait. Une joie pure, parfois aussi simple que d'être assis en silence à côté de la personne. Être *avec* elle, corps et âme…

Voilà pourquoi, depuis le décès de sa grand-mère, Ben avait toujours évité de rester assis en silence. Il se serait alors rappelé ce que c'était d'aimer et d'être aimé, mais il aurait aussi dû garder en tête combien il était douloureux de perdre un tel amour. Il s'interdisait donc de se rapprocher de quiconque, de peur d'être confronté tôt ou tard à un terrible chagrin, sauf que…

Sauf que, là, il risquait fort de tomber amoureux de JJ Hamilton.

Il sentait la menace planer. Une force qui l'aurait poussé du haut de la falaise et aurait précipité sa chute. Il ne pouvait pas laisser faire, car il aurait tout perdu avant même d'avoir tenté de gagner. Les choses n'étaient pas censées se dérouler ainsi. Une bonne partie de la confiance qu'il avait accordée à JJ venait de ce qu'il s'était cru à l'abri. Son sentiment de sécurité signifiait-il qu'il avait baissé la garde ? Qu'ils s'étaient rapprochés sans qu'il s'en rende compte ?

Aucun des deux n'était pourtant le « genre » de l'autre et ils s'étaient mis d'accord sur le fait qu'ils étaient incompatibles, que leur histoire ne fonctionnerait jamais à long terme.

Quand JJ lui avait vendu une liaison éphémère, il avait tout de suite signé. À présent, il fallait juste qu'il honore sa part du contrat. Pour leur bien mutuel. Et, pour le bien d'une amitié durable, si tant est qu'il ne gâche pas tout en suggérant de passer à la vitesse supérieure.

À quelque chose de si énorme que cela risquait d'envahir les moindres aspects de son existence.

La perspective était terrifiante, car il connaissait la douleur de perdre un trésor pareil. Il avait eu un mal fou à redémarrer de zéro, à trouver une raison de vivre à la fois passionnante et sécurisante. Cette raison-là, il l'avait trouvée au travail. Jamais chez quelqu'un, car, en matière de sentiments, il était devenu expert dans l'art de battre en retraite ou de changer de cap.

Comment avait-il pu s'aventurer si loin en terrain miné sans qu'une sirène d'alarme le rappelle à l'ordre ?

Ce soir-là, elle se déclencha toutefois assez fort pour que la peur l'incite à réagir, même s'il se sentait particulièrement oppressé et qu'il dut fournir un effort colossal pour s'obliger à bouger.

Après avoir déposé un autre baiser sur les cheveux de JJ, il huma une dernière fois le parfum de cette femme incroyable.

— Il faut que j'y aille, murmura-t-il. Je commence tôt demain.

— D'accord.

Ben devina que JJ le regardait se rhabiller, mais il ne se retourna pas avant d'arriver sur le seuil de la chambre.

— Bonne nuit, JJ. Dors bien…

11.

JJ n'avait jamais passé de nuit aussi idyllique.

Le lendemain matin au réveil, elle sut qu'un changement s'était produit. Une espèce de miracle. Quelque chose qui, peut-être, ferait du reste de sa vie une véritable perfection ?

Elle y réfléchissait encore lorsque, au petit déjeuner, elle apporta sa gamelle de croquettes à Shaun. Promesse d'une splendide matinée de printemps, les premiers rayons du soleil caressaient les cimes lointaines. Comment la journée aurait-elle pu ne pas être merveilleuse, alors que JJ, plus heureuse que jamais, flottait sur son nuage ?

Quand Ben avait voulu la protéger en lui déconseillant d'intervenir sur l'accident de camping-car, elle s'était sentie la seule à tomber amoureuse. Or, la nuit précédente, elle avait eu la nette impression qu'un lien invisible unissait désormais leurs deux cœurs. Son amour n'était plus à sens unique. Ben n'était sans doute pas prêt à l'accepter, mais c'était bien là.

Peut-être le regard de l'ambulancier avait-il brillé d'un éclat particulier quand elle lui avait dit que sa grand-mère soupçonnait plus qu'une simple amitié entre eux. Comme s'il avait voulu que ce soit vrai mais qu'il craignait de l'admettre ? À son tour, JJ avait eu envie de le protéger et, très vite, elle avait tout oublié avec ce baiser si… juste.

À moins que Ben n'ait succombé en contemplant la fameuse photo au festival. Le ton de sa voix, lorsqu'il lui avait confié à quel point ses parents semblaient fous amoureux, l'avait presque émue aux larmes. On sentait bien qu'il recherchait la relation parfaite mais qu'il n'avait lui-même aucun espoir de la trouver.

JJ non plus ne s'y attendait pas. En tout cas, elle n'aurait pas misé un sou sur Ben Marshall – le genre de *bad boy* charismatique, non conformiste et rebelle dont, toute sa jeunesse, elle avait été persuadée qu'il ne lui causerait que des ennuis. Voire pire…

Pourtant, n'était-ce pas auprès de lui qu'elle avait trouvé ce qu'elle cherchait ?

JJ avait entamé un nouveau chapitre de son existence quand son histoire avec Ian était morte. En apprenant qu'il la trouvait particulièrement ennuyeuse, elle s'était demandé si son mode de fonctionnement était le bon et si, finalement, elle ne passait pas à côté de l'essentiel.

Quelque chose d'aussi crucial que le sens réel de la vie ?

Son arrivée à Cutler's Creek avait changé son existence. Et elle l'avait changée, elle. Ou plutôt c'était sa rencontre avec Ben Marshall qui avait tout déclenché.

Dès le départ, il l'avait rebaptisée, ce qui, au bout du compte, l'avait incitée à découvrir qui elle était vraiment. Joy la gentille ? Ou JJ la digne fille de sa mère, un peu extravagante et aventurière ?

Ben l'avait mise au défi – autant physique qu'émotionnel – de retrouver la forme et de développer des compétences qui n'auraient jamais retenu son attention auparavant. Bref, de devenir une version améliorée d'elle-même.

Il lui avait aussi montré ce qu'était la passion. JJ regrettait amèrement de ne pas avoir de mère auprès d'elle. Non, pas « une » mère. *Sa* mère. Elle aurait pu lui confier son attachement pour un homme qui, par sa façon de mener sa barque, la remplissait d'une joie – et d'un amour – qu'elle avait craint de ne jamais éprouver de sa vie.

Se confier à Shaun ne servirait à rien, mais elle se surprit à le faire quand même. Peut-être ses sentiments prendraient-ils davantage corps si elle les exprimait à voix haute ?

— Je suis amoureuse de lui, annonça-t-elle au mouton tout en déplaçant son piquet sur un carré d'herbe fraîche. D'accord, c'est un *bad boy*, mais tu sais quoi ?

Shaun, qui avait encore faim, lui donna un léger coup de museau sur la main, comme s'il attendait la réponse à sa question.

Souriante, elle vérifia que son collier ne le serrait pas trop.

— Je pense qu'il y a un peu de *bad girl* en moi. Là, tout au fond, et tu sais ce que ça signifie ?

Shaun avait recommencé à brouter. Il ne s'intéressait pas à ce qu'elle racontait, mais JJ avait besoin de s'épancher.

— Eh bien, c'est la preuve que nous sommes des âmes sœurs. À mon avis, Ben le sait aussi. Il lui faut juste le temps de s'habituer à l'idée.

Oui… elle avait vécu une nuit idyllique. Ou presque : cela aurait été encore mieux si elle s'était endormie dans les bras de Ben et qu'ils s'étaient réveillés ensemble au petit matin.

Elle ne s'en désolait pas spécialement, car il n'était jamais resté une nuit entière. Soit il désirait préserver sa réputation à Cutler's Creek, soit il ne voulait pas troubler son sommeil lorsqu'il partait s'entraîner aux aurores avant de prendre sa garde à 7 heures.

Voilà peut-être pourquoi JJ ne vit pas le coup venir. Et pourquoi elle tomba des nues deux jours plus tard.

Ben n'avait pas eu l'intention de le lui annoncer en public. C'était arrivé, point.

Parce qu'on ne lui avait téléphoné que la veille au soir et que les personnes à informer de sa décision étaient toutes réunies au même endroit en même temps.

Dans la cuisine de l'hôpital.

Au petit déjeuner, Betty s'était surpassée pour saluer le retour de Zac Cameron à plein temps et célébrer des retrouvailles familiales tant attendues. Sa magnifique épouse, Liv, tenait Hugo contre elle. De son côté, l'adorable Milly, deux ans, choisissait, dans les bras de son grand-père, ce qui lui faisait envie sur la table.

— Tu veux une part de génoise, ma chérie ? Ou un friand à la saucisse ?

— Non, ça, répondit-elle, le doigt pointé vers une assiette.

— Voilà une fille comme je les aime, s'amusa Ben en prenant deux croque-monsieur en triangle. Tiens, ma puce. Un pour toi, un pour moi.

Les personnels de garde, y compris les infirmières, les agents d'entretien et l'hôtesse d'accueil, jonglaient entre leur tasse de thé et leur serviette en papier remplie de nourriture.

Il y avait aussi beaucoup de gens de l'extérieur, comme Bruce, Mike et de nombreux secouristes bénévoles.

Don Donaldson, l'homme qui avait succédé à son père en tant que médecin de campagne et qui, malgré des menaces de fermeture, assurait la pérennité de l'hôpital de Cutler's Creek, avait prononcé un discours souhaitant un bon retour à Zac et exprimant son profond soulagement de voir leur famille enfin réunie.

— Je n'aurais jamais imaginé que ma vie puisse être si merveilleuse, annonça-t-il à la ronde. Il y a des années, quand j'ai réussi à persuader un jeune collègue d'effectuer un remplacement à Cutler's Creek et que Zac est arrivé, je me suis dit que j'avais décroché le gros lot. Je n'aurais jamais cru qu'en prime il me ramènerait ma fille, encore moins qu'il ouvrirait un nouveau chapitre de l'histoire des Donaldson. Remarquez, j'ai failli ne pas en être témoin, vu le pépin de santé qui m'a mis hors service quelque temps, mais cela ne me rend les choses que plus précieuses. Il reste à trouver mon remplaçant et la prochaine fête célébrera mon *véritable* départ en retraite. Rien à voir avec ces gardes à temps partiel, même si j'adore travailler avec vous.

Don gratifia JJ d'un sourire taquin mais, dessous, il y avait surtout un sincère appel du pied. L'offre avait été formulée,

JJ avait promis d'y réfléchir et chacun espérait qu'elle accepterait le poste. Ben partageait l'avis général. JJ était parfaite pour Cutler's Creek. Dévouée, intelligente, courageuse. Une professionnelle brillante qui, peu à peu, deviendrait une pièce maîtresse de la communauté dans son ensemble et des secours d'urgence en particulier. Quel dommage qu'il ne puisse pas y assister !

C'était la première fois que Ben revoyait JJ depuis leur soirée *fish and chips* que, bizarrement, il avait fini par fuir. Il avait eu beaucoup de mal à contenir son besoin viscéral de rester en mouvement, loin de la torpeur troublante qui l'avait poussé à quitter le lit de JJ, mais l'occasion idéale ne s'était présentée que la veille au soir.

La chance de réaliser son rêve.

JJ tourna la tête, comme si elle avait senti l'attention de Ben sur elle au moment où Don Donaldson concluait son discours. À son regard, Ben comprit qu'elle devinait quelque chose au fond de lui, voire qu'elle lisait dans ses pensées.

Elle fut soudain déconcertée. Interloquée, même ? En cherchant du soutien pour emménager définitivement à Cutler's Creek, avait-elle eu l'intuition que lui-même ne serait plus là ?

Tout le monde guettait la réponse de JJ et Ben perçut son hésitation. Elle se trouvait à un carrefour majeur de sa vie, confrontée à une décision énorme que, selon lui, elle ne devait pas être obligée de prendre en public. Aussitôt, il éprouva le besoin de la protéger. De détourner l'attention afin qu'elle recouvre tranquillement ses esprits.

Ce n'était pas la façon la plus douce de lui annoncer la nouvelle, mais c'était certainement la plus facile. Peut-être même la seule, car, en tête à tête rapproché avec JJ, Ben aurait pu changer d'avis et donner à sa vie une tout autre direction.

— Moi aussi, j'ai une annonce à faire !

Les regards se braquèrent vers Ben. Sauf celui de JJ, qui baissa la tête.

— J'ai reçu un appel hier soir, enchaîna-t-il. Un membre

des secours héliportés de Dunedin a eu un accident de moto et il est hors circuit pour quelque temps. On m'a proposé de le remplacer et de suivre une formation au sein de l'équipe.

Bingo ! Ce n'était plus JJ mais lui qui accaparait l'attention générale.

— Waouh ! exulta Mike. Ça fait un bail que tu en rêves, mon vieux. Félicitations !

Zac, au contraire, parut consterné.

— Tu vas nous manquer. Qu'allons-nous faire sans toi ?

— Un ambulancier d'Invercargill devrait me remplacer, le temps qu'un responsable permanent soit nommé mais, bon, vous vous débrouillez déjà tous comme des chefs. Il me suffit juste de passer les consignes.

Betty le fusilla du regard.

— Quand ? Quand partez-vous ?

— Euh… très vite. Désolé. J'espère quitter la ville après-demain.

Le silence qui s'ensuivit ne fut troublé que par les geignements de Hugo. Tous échangèrent des regards et Ben fut décontenancé par l'émotion qui avait envahi la pièce.

Était-il devenu un élément plus important de la communauté qu'il ne l'aurait cru ? Emporté par son besoin d'action et une offre d'emploi irrésistible, il n'avait pas eu conscience qu'il allait blesser des êtres chers. Ils allaient lui manquer autant, sinon plus, qu'il leur manquerait à eux.

Il délaissait une ville qui avait été son foyer pendant de longues années.

Il laissait tomber des amis qui l'avaient soutenu sans faille, en toutes circonstances, au même titre que lui les soutenait.

Il abandonnait JJ.

Le silence s'épaissit.

La boule que Ben avait dans la gorge aussi.

Soudain, JJ reprit la parole. De manière assez distincte, au point que Ben fut peut-être le seul à deviner le courage derrière les mots prononcés.

— Puisque l'heure est aux annonces, déclara-t-elle, j'aimerais vous dire que j'accepte le poste de titulaire à Cutler's Creek. Don, vous allez pouvoir jouer les grands-pères à plein temps. Zac, je souhaiterais discuter de la maison, plus tard. Shaun et moi serions ravis d'y rester.

Au niveau de l'ambiance, ce furent les montagnes russes et le choc du départ de Ben fut balayé par l'enthousiasme collectif à l'idée que JJ reste.

Ben se réjouissait tout autant que les autres. Il était aussi fier d'elle. Elle en avait parcouru du chemin depuis le jour de leur rencontre, sur le bas-côté de la route. Non seulement elle s'était parfaitement intégrée à la communauté, mais elle semblait s'y épanouir et avoir trouvé son but dans la vie.

JJ Hamilton s'en sortirait très bien, même en son absence, et c'était sans doute ce qui faciliterait son départ. Enfin, heureusement qu'avec la masse de cartons à boucler et de choses à organiser d'ici au surlendemain, il n'avait pas le temps de ruminer la situation !

Ses préparatifs l'attendaient et ce n'était pas le moment de siroter un café en avalant les croque-monsieur de Betty. Le niveau sonore dc la cuisine grimpa en flèche, à mesure que les gens vinrent féliciter JJ et lui confier leur bonheur de la voir rester.

Personne ne le vit s'éclipser discrètement.

Ben lui avait confié avoir rarement croisé quelqu'un d'aussi courageux.

Une chose était sûre : JJ n'était plus la fille qui avait débarqué à Cutler's Creek, pressée de fuir sa morne existence, et elle pouvait le remercier de la nouvelle version d'elle-même qu'elle était devenue.

Son départ serait difficile à encaisser, mais elle remercierait toujours le ciel d'avoir rencontré un homme aussi incroyable ;

et le meilleur moyen de montrer à Ben l'importance qu'il avait à ses yeux, c'était de l'encourager à réaliser le rêve de sa vie.

Voilà peut-être pourquoi JJ avait eu le cran d'officialiser une décision validant sa propre transformation personnelle.

Enfin, elle avait compris que l'essentiel dans la vie était… le sentiment d'appartenance. L'envie de s'investir avec passion. Il pouvait s'agir d'un métier offrant un panel inédit de compétences à développer – comme une formation de sauveteuse en montagne. D'une communauté de gens adorables, qui avaient le cœur sur la main. Voire d'un modeste hôpital rural, au sein duquel l'éventail de cas – et, par conséquent, de talents à mettre en œuvre – était si large qu'elle ne s'ennuierait jamais.

Il lui avait fallu encore plus de ressource pour conserver le sourire lorsqu'elle avait vu Ben sortir de la cuisine et, donc, quitter la vie parfaite à laquelle elle rêvait à peine quarante-huit heures plus tôt.

JJ se doutait qu'elle mettrait du temps à se remémorer ce moment-là sans éprouver une souffrance qui, chaque fois, lui coupait le souffle.

Elle n'avait pas tort.

À certains égards, la situation empira, notamment lorsqu'elle dut dire au revoir à Ben, lui souhaiter le meilleur et jurer de garder le contact. Mettre sa douleur de côté fut alors une nécessité pour continuer simplement de vivre.

Par chance, les premières semaines furent très chargées. Après avoir négocié l'achat de sa maison avec Zac, JJ se déplaça plusieurs fois à Queenstown pour consulter son banquier et demander à un notaire de rédiger l'acte de vente. Il y avait aussi une foule de détails auxquels il fallait penser.

— Le vaste enclos situé derrière la haie vous appartient, l'avertit Zac. En ce qui concerne l'entretien, je demandais à Greg d'y faire les foins chaque été. Il lui arrivait de lâcher un troupeau de moutons pour maintenir l'herbe à ras, mais vous aurez peut-être envie d'en faire un autre usage. Autrefois, une jument de trait vivait sur la propriété. Greg l'a prise en pension à la ferme, mais je suis sûr qu'elle adorerait retrouver sa pâture. Elle serait d'excellente compagnie pour votre mouton domestique.

— J'y réfléchirai, promit JJ. Il me faudrait aussi les coordonnées du jardinier chargé de tailler la haie. Oh… et je vais devoir rentrer du bois de chauffage pour qu'il soit sec cet hiver, non ?

Grâce au remplaçant de Ben par intérim, Trevor, JJ avait des journées bien remplies. Le charmant quinquagénaire était davantage un conducteur d'ambulance qu'un véritable soignant mais, en dépit de ses compétences modestes, il tenait à offrir le meilleur service possible.

JJ tâchait de ne pas le comparer à Ben, ce qui était difficile, surtout après avoir remarqué que Trevor avait, dans sa poche, un pense-bête consacré aux différents protocoles de secours et qu'il s'y référait souvent.

Elle prit conscience de l'image qu'elle avait dû donner à Ben le jour où il était arrivé aux urgences et avait vu qu'elle y avait bardé d'étiquettes l'ensemble du matériel et des placards. À l'époque, elle avait eu besoin de se raccrocher au respect strict des règles pour se sentir en sécurité. En même temps, il sautait tellement aux yeux qu'ils étaient aux antipodes. Comment avait-elle pu être si convaincue d'avoir trouvé son âme sœur ? Et pourquoi éprouvait-elle dorénavant une cruelle impression de vide, persuadée de ne plus jamais rencontrer quelqu'un d'aussi fantastique ?

À présent qu'il devait veiller sur son précieux bébé, Zac s'était vite laissé convaincre de mettre JJ en première ligne – de jour comme de nuit – dès qu'une intervention en ambulance exigeait la présence d'un médecin. Les fragiles compétences professionnelles de Trevor associées à sa volonté de suivre le manuel à la lettre faisaient que, par prudence, il appelait souvent JJ en renfort, au risque de lui alourdir sa charge de travail.

Un samedi matin, il y eut une luxation du doigt sur le terrain de rugby, puis un appel concernant une suspicion d'infarctus mais, une fois encore, c'était Bert qui avait oublié d'utiliser son spray de trinitrine.

Quelques jours plus tard, JJ et Debbie, l'infirmière, se rendirent dans une ferme isolée, au chevet d'une femme enceinte en travail. Là aussi, ce fut une fausse alerte. La future mère, qui rendait visite à sa tante, avait eu ses premières contractions de Braxton-Hicks et elle s'était affolée.

— Ben me manque, avoua Debbie sur le chemin du retour. Si les choses avaient été bien engagées, il aurait certainement sorti le bébé et débarqué aux urgences avec la mère et l'enfant.

JJ acquiesça en silence. Elles avaient beau être devenues amies, elle ne pouvait pas lui confier à quel point l'absence de Ben lui pesait. Ce n'était pas en en parlant que les choses s'arrangeraient. Au contraire !

— Penses-tu qu'il ait pris la bonne décision ? En partant ? lança Debbie.

— Je crois qu'on doit suivre ses rêves. On n'a qu'une vie.

— Et, toi, estimes-tu avoir pris la bonne décision ? En restant ?

— J'adore cet endroit, répondit JJ, plus enthousiaste. Parfois, je m'en étonne encore. L'autre jour, j'ai demandé à Zac où je pourrais commander du bois de chauffage pour l'hiver. Hier, en rentrant du travail, j'ai découvert que quelqu'un avait déposé l'équivalent d'une remorque de bûches devant ma grange. J'ignore qui. Ce n'est pas le genre de bonne surprise qui me serait arrivée à Wellington.

Debbie contempla le paysage rural par la fenêtre.

— Je suis ravie que tu sois heureuse à Cutler's Creek. J'espère que Ben aussi se plaît à son nouveau poste. Non... je retire ce que j'ai dit, se corrigea-t-elle avec malice. J'espère qu'il *déteste* son travail et qu'il nous reviendra avant qu'on ait trouvé son remplaçant définitif.

— Moi, je le soupçonne de nager dans le bonheur. Je l'imagine bien débarquer ici casqué, en tenue de vol, et nous décocher le plus grand sourire qu'on ait jamais vu.

Huit jours plus tard, JJ dut solliciter l'hélicoptère de sauvetage. Elle le regarda se poser près de l'endroit où elle stabilisait un jeune motard après une sortie de route et son cœur se mit à battre la chamade. Ben se trouvait-il à une extrémité du brancard, le dos voûté pour éviter les pales, qui continuaient de tourner pour permettre de repartir au plus vite vers un grand centre de traumatologie ?

Raté ! La déception de JJ fut rapidement balayée par les impératifs du transfert mais, alors que les secouristes allaient hisser le blessé à bord, elle ne put s'empêcher de demander :

— Comment va Ben ? Je… je pensais le voir peut-être aujourd'hui.

— Il est parti quelques jours à Christchurch afin de se former à l'évacuation d'un hélicoptère submergé.

JJ ouvrit des yeux ronds. Quelle décharge d'adrénaline on devait recevoir quand on apprenait à gérer une situation aussi critique !

— Waouh ! Je parie qu'il est aux anges.

Le sauveteur se retourna en souriant.

— Si quelqu'un est né pour faire ce métier, c'est bien Ben. Vous ne tarderez pas à le revoir.

La perspective de prochaines retrouvailles accrut encore le manque. JJ redoutait déjà de devoir constater qu'il avait pris la bonne décision et qu'il adorait sa nouvelle vie loin de Cutler's Creek.

Loin d'elle…

Elle n'était pas la seule à regretter le départ de Ben. Quand JJ le croisa au supermarché le samedi après-midi, Mike avait le moral à zéro.

— Physiquement, le groupe est de moins en moins affûté, avoua-t-il. Nous commençons à rouiller sur des compétences aussi essentielles que la descente en rappel. Il est temps de réagir. Tout à l'heure, j'ai bien envie de gravir Twin Rocks pour vérifier que la piste n'est pas bloquée par des arbres, un éboulement ou autre chose.

— Excellente idée.

— Tu te joins donc à nous pour un entraînement collectif là-bas samedi prochain ?

— Oh ! pitié…

Ces dernières semaines, JJ n'était même pas allée courir avec Shaun et elle se rappelait encore les douloureux efforts qu'il lui avait fallu consentir la première fois qu'elle s'était rendue à Twin Rocks.

Il lui restait néanmoins une semaine pour renverser la vapeur et elle ne pouvait pas encourager les autres sans se porter elle-même volontaire. C'était Ben qui avait légué aux sauveteurs de Cutler's Creek le savoir-faire dont ils faisaient preuve en mission. Cet héritage-là, il fallait à tout prix le préserver.

— D'accord, je serai des vôtres.

De retour à la maison, elle sortirait Shaun. En l'honneur de Ben, elle porterait aussi le sweat-shirt rouge qu'il lui avait offert le jour où ils étaient tombés à l'eau.

Le jour où ils avaient fait l'amour pour la première fois…

JJ avait hâte de se lancer. Son mouton apprivoisé ne se montra pas aussi enthousiaste et, vu le poids qu'il avait atteint, elle n'avait aucune chance de le pousser à coopérer s'il n'en avait pas envie.

— Très bien. J'irai courir seule.

Sur le départ, JJ changea soudain d'avis. En l'absence de Shaun, rien ne l'empêchait de sauter dans sa voiture et d'aller tenter sa chance à Twin Rocks, histoire de vérifier si, en effet, elle avait perdu toute la condition physique que Ben l'avait aidée à acquérir. Cutler's Creek était un lieu si sûr que les clés étaient restées sur le contact. Elle ne repassa donc même pas par la maison.

Tant pis si les nuages cotonneux qui encombraient le ciel avaient de méchants reflets sombres. Elle n'était pas obligée de grimper jusqu'au sommet pour se tester et, sans doute de retour d'ici à une heure, elle ne croiserait pas Mike, ce qui l'arrangeait si jamais elle se sentait essoufflée ou qu'elle s'arrêtait trop souvent. Il pouvait même pleuvoir, et alors ? Elle n'était pas en sucre, que diable !

Arrivée à mi-parcours, JJ se rendit compte à quel point ses semaines d'oisiveté lui compliquaient la tâche. La cheville qu'elle s'était foulée des mois auparavant se rappela même à son bon souvenir.

Pourtant, au lieu de rebrousser chemin, JJ redoubla d'efforts. Elle imaginait Ben au-dessus de son épaule et voulait sentir encore sur elle son regard empli de fierté.

Ce supplément de motivation lui permit d'atteindre les gros rochers qui, lors de son baptême du feu, lui avaient donné tant de fil à retordre. Comment oublier ce qui s'était passé ensuite ? Le moment où Ben l'avait aidée à enfiler son baudrier. Pendant un quart de seconde, la Terre avait cessé de tourner, lorsqu'ils avaient tous deux songé à s'embrasser.

Et ils en avaient franchement brûlé d'envie…

Son élan de désir lui fit l'effet d'un coup de poignard à l'estomac et JJ sentit ses joues baignées de larmes. Elle continua néanmoins sa progression. Sans même ralentir. Impossible, sinon elle serait piteusement restée assise à sangloter. Ben lui avait offert le précieux cadeau de croire en elle-même et elle avait la ferme intention d'en profiter au maximum.

Ce fut peut-être par excès d'enthousiasme qu'elle pécha. Ou parce qu'elle était à moitié aveuglée par les larmes. Les premières gouttes de pluie avaient aussi rendu les rochers glissants ou, plus vraisemblablement, elle gardait de sa foulure à la cheville une certaine faiblesse au niveau des tendons.

En tout cas, le résultat fut dramatique. Alors qu'elle déployait des trésors d'efforts pour franchir l'ultime obstacle, JJ perdit l'équilibre. Non seulement elle chuta violemment le long de la pente, mais elle traversa des massifs de fougères et rebondit sur les cailloux acérés jusqu'au fond de la ravine.

Il fallut une pierre plus grosse que les autres, nichée entre les racines d'un arbre, pour la stopper net. JJ sentit – plus qu'elle n'entendit – l'os de sa cheville se briser.

Tandis que l'orage grondait au loin, elle resta allongée, à tenter de comprendre ce qui venait d'arriver et à évaluer la gravité de ses blessures. Par chance, en dehors des bosses et des hématomes, elle ne semblait souffrir d'aucune autre fracture. En revanche, elle prenait peu à peu conscience de toutes les règles qu'elle avait enfreintes.

Elle n'était pas en tenue pour affronter les intempéries.

Elle n'avait pas emporté de kit de survie. Elle n'avait même pas pris son téléphone, puisqu'elle n'avait pas eu besoin de rentrer prendre ses clés de voiture.

En plus, elle n'avait averti personne de l'endroit où elle allait ni de l'heure à laquelle elle envisageait de rentrer.

En même temps qu'elle dressait l'inventaire de ses erreurs stupides, deux pensées se disputèrent les faveurs de son cerveau.

D'une part, Ben serait profondément déçu.

D'autre part, elle venait de se mettre dans le pétrin.

Un sacré pétrin.

12.

— Le mauvais temps arrive par le sud, annonça Phil, sauveteur aérien, en salle de pause. Cet après-midi, nous risquons d'être cloués au sol.

— Pas de souci, répondit Ben, le doigt pointé vers ses livres. Je croule sous les révisions. Ces dernières semaines, j'ai ingurgité tant de connaissances que mon cerveau est sur le point d'exploser.

— J'en doute, objecta Phil en souriant. Tu as bouclé haut la main ta formation d'hélitreuillage. La prochaine fois, c'est à ton tour de pendiller au bout d'un filin.

— Pour aujourd'hui, ça me paraît compromis. Les nuages approchent à vitesse grand V.

Alors qu'ils profitaient d'une accalmie en pleine garde, Ben se demanda si l'euphorie des débuts n'était pas en train de s'émousser. Certes, le métier était aussi excitant que dans ses rêves, mais on s'habituait à tout, non ?

Il adorait savoir qu'à chaque appel il y avait presque toujours un cas critique qui l'attendait et que, par leur rapidité d'action, leur savoir-faire, ils sauvaient des vies.

En même temps, Cutler's Creek lui manquait. Il regrettait même de ne plus être sollicité pour un vieux monsieur « essoufflé » par sa maladie pulmonaire chronique, et non par une crise d'asthme sévère susceptible de causer un arrêt respiratoire. Parce que, avec un patient comme Alfie, il connaissait la personne ? Qu'elle était membre d'une communauté dont lui aussi faisait partie ?

Mike, Zac et tous les camarades d'entraînement lui

manquaient. La proximité des montagnes lui manquait. Et JJ lui manquait beaucoup plus qu'il ne l'aurait cru. Signe qu'il était parti juste à temps ? Ben n'avait jamais voulu s'attacher à quelqu'un sans se ménager une porte de sortie qui lui éviterait de devoir se reconstruire entièrement.

Alors qu'il étudiait un chapitre consacré aux techniques d'hélitreuillage manuel en conditions difficiles, il entendit Phil répondre à un appel radio et en oublia aussitôt ses révisions. Une équipe de secours en montagne avait besoin d'aide. Quelqu'un était porté disparu dans une zone escarpée. On avait bien retrouvé une voiture mais pas son propriétaire, alors qu'il n'y avait qu'une seule piste accessible depuis le parking. Vu la météo très menaçante, ils ne disposaient que d'un créneau étroit pour localiser l'imprudent avant la nuit et il leur fallait du renfort.

— Les coordonnées ? demanda Phil.

Il entoura une zone sur l'immense plan accroché au mur. Ben souffla, la bouche sèche :

— C'est Twin Rocks, près de Cutler's Creek.

— Tu connais ?

— Comme ma poche.

Leur pilote, qui vérifiait les dernières informations météo, échangea un regard avec Phil. D'un hochement de tête, la décision fut prise.

— Nous arrivons, annonça Phil au centre de régulation. Tenez-nous au courant. Le moindre détail sur la personne recherchée nous intéresse.

— Il s'agit d'un médecin du coin. Une femme d'une trentaine d'années. Nom de famille : Hamilton.

— JJ…

Le prénom s'était échappé des lèvres de Ben en un murmure horrifié. Aucun sauveteur n'entendit, tant ils étaient pressés de rejoindre l'héliport et, en moins d'une minute, ils avaient décollé.

Ben, fou d'angoisse, continua de trépigner d'impatience.

JJ pouvait être blessée. Ou pire…

Et cela n'y changeait rien qu'il ait pris ses distances. Il avait eu peur de tomber amoureux de JJ ? Quel aveuglement ! Assis sur son siège, il avait l'impression qu'on lui arrachait le cœur.

Parce qu'il était *déjà* amoureux d'elle.

Il avait imaginé pouvoir vivre en sachant qu'elle était en sécurité et heureuse avec *son* genre d'homme. Là encore, il s'était fourré le doigt dans l'œil. Il n'avait aucune envie que JJ en fréquente un autre. Et, s'il était aussi sûr de lui, comment aurait-il pu s'agir d'une histoire à sens unique ? Il fallait crever l'abcès. Loin de JJ, il aurait toujours le sentiment de vivre à moitié et, s'il n'était pas trop tard, il devait lui parler.

Je vous en prie…, se surprit-il à répéter en silence, ballotté par les trous d'air. *Je vous en prie, faites qu'il ne soit pas trop tard.*

On lui confia quelque temps après que c'était grâce à son sweat-shirt rouge vif qu'elle avait été repérée, blottie entre un rocher et un arbre, au fond de la ravine. Et cela n'avait été possible que parce qu'un sauveteur aérien connaissait parfaitement la région de Twin Rocks. En raison de son éloignement par rapport au sentier, du sifflement du vent dans les branches, puis du vacarme de l'hélicoptère, JJ n'avait pas entendu les gens au sol l'appeler. De toute manière, personne ne l'aurait entendue crier en retour.

On lui raconta aussi qu'elle avait eu de la chance de ne pas s'être blessée plus grièvement ni d'être tombée en hypothermie sévère mais, pour JJ, tout restait un peu flou. Sa chute l'avait prise de court, puis, d'un coup, elle s'était sentie frigorifiée. Son seul souvenir, c'était que sa douleur à la cheville l'empêchait de bouger, d'essayer de sauver sa peau, et qu'elle avait eu très, très peur. Quand la pluie avait redoublé, JJ s'était emmitouflée dans son doux sweat-shirt rouge et cela lui avait rappelé sa dernière crise de panique, le jour où elle avait failli être emportée par la rivière.

Voilà peut-être pourquoi elle avait cru rêver quand le secouriste en tenue de vol et casque à visière lui avait semblé être Ben Marshall. Lorsqu'il s'était détaché du treuil et accroupi près d'elle, JJ avait compris qu'elle n'était pas folle. Elle allait vraiment être sauvée et son bon Samaritain n'était autre que Ben.

Peu importait qu'il ait dû crier pour se faire entendre. Il aurait aussi bien pu lui chuchoter les mots à l'oreille, rien que pour elle :

— Tu es en sécurité, maintenant. Je te tiens.

L'antalgique que Ben lui avait administré avant de poser une attelle sur sa cheville cassée avait tout auréolé d'une espèce de brouillard onirique. Ces paroles-là, JJ les avait déjà entendues quand il l'avait sortie de la rivière, transie de froid et de peur, et que, pourtant, dans ses bras, elle ne s'était jamais sentie autant à l'abri de sa vie.

Une autre pensée avait surgi lorsqu'il l'avait aidée à enfiler un baudrier. JJ était consciente d'avoir, à un moment donné, succombé au charme de Ben. Bien avant qu'il ait loué son courage. Cupidon avait-il frappé le jour où son bel ambulancier l'avait rassurée sur la berge ? Quand elle s'était sentie plus qu'en sécurité auprès de lui ?

Comme à présent ?

Une fois harnachés au filin métallique, ils s'étaient envolés pour rejoindre l'hélicoptère en vol stationnaire au-dessus d'eux et JJ avait alors vécu la situation la plus terrifiante de son existence. Heureusement qu'elle avait pu se lover contre Ben !

À leur arrivée au grand hôpital de Dunedin, il était resté à ses côtés tandis que les médecins l'examinaient aux urgences. Son visage avait été la dernière chose qu'elle avait vue avant qu'un anesthésiste du bloc l'endorme pour son opération de la cheville.

Le visage de Ben avait aussi été la première chose qu'elle

avait vue en rouvrant les yeux et, malgré tout cela – ou peut-être *à cause* de tout cela –, JJ avait exulté de bonheur. C'était le visage qu'elle voulait découvrir à son réveil pour le restant de ses jours, avec une lueur dans le regard qui lui disait combien elle lui était précieuse.

À quel point elle était aimée…

Ben le vit dès l'instant où les paupières de JJ papillotèrent.

Elle reconnaissait l'homme qui, à son chevet, lui tenait la main.

Aussitôt, les traits de JJ s'adoucirent d'une émotion forcément liée à la joie. Ou à l'amour ?

Avec un peu de chance, les deux. Et en quantité.

— Ton opération a été un succès, annonça-t-il. Tu récupères bien. Maintenant, il te faut juste du repos.

— Tu es encore là, murmura-t-elle, l'air un peu étonné.

Ben discerna autre chose au fond de ses yeux. De l'espoir, peut-être ? Son cœur bondit dans sa poitrine. Ses sentiments étaient donc partagés.

— Bien sûr, répondit-il d'une voix voilée par l'émotion. Je t'aime, JJ. Même quand tu fais des trucs stupides, que tu piétines toutes les règles de sécurité et que tu manques de te faire tuer.

Malgré ses paupières lourdes de sommeil, JJ soutenait son regard.

— Je t'aime aussi, chuchota-t-elle. Je croyais pourtant que je n'étais pas ton genre.

— J'ai un nouveau genre.

— Moi aussi, murmura-t-elle, visiblement ravie. Quel est le tien ?

Ben se pencha au point que leurs têtes se frôlèrent.

— Quelque chose d'unique. Une seule personne au monde est capable de remplir tous les critères.

— Pareil pour moi, déclara JJ, les lèvres frémissantes.

— Eh bien…, bredouilla-t-il. Ça fonctionne, même si rien ne le présageait, on dirait ?

— Mmm…, marmonna JJ, les yeux fermés. Tu sais, il vaudrait mieux que tu m'embrasses avant que je me rendorme.

— Bientôt, répondit Ben, les paupières closes lui aussi. Très bientôt. Je veux juste… prolonger un peu les choses.

Le fait que JJ ne lui demande pas de quelles « choses » il parlait montrait bien qu'il avait trouvé sa moitié. Sa manière de lui serrer la main confirma qu'ils étaient dans le même état d'esprit.

Il avait envie de lui dire ce qu'il ressentait. Lui dire les mots doux qui n'étaient destinés qu'à eux. Plus tard, JJ aurait sans doute l'impression d'avoir rêvé, mais il pourrait toujours se répéter.

— Nous vivons un moment privilégié, non ? Quand le monde s'arrête et qu'il y a ce… calme profond entre nous. Quand on a la certitude d'être aimé. Et d'aimer en retour. L'endroit importe peu : l'essentiel, c'est la personne avec qui on est.

JJ émit un soupir d'approbation. De bonheur.

— Enfant, je savourais ce genre de plénitude avec ma grand-mère, poursuivit Ben. Quand elle me serrait dans ses bras. Ou que nous étions ensemble, rien que tous les deux. Autour de nous, le monde disparaissait. J'oubliais que je n'avais pas été vraiment désiré par ma mère. Là-bas, j'étais… chez moi. Au décès de ma grand-mère, mon univers s'est écroulé, et j'étais persuadé de ne jamais retrouver un tel refuge hors du temps. En fait, je ne *voulais* pas le trouver, tant l'idée de le perdre à nouveau m'était insupportable. Je suis resté en mouvement afin d'être sûr de ne jamais tomber dessus.

Bouleversé, Ben se tut un instant.

— Mon refuge était pourtant là, avec toi, reprit-il. Dans un monde qui n'existe que pour nous deux.

— Comme maintenant ?

JJ semblait lutter pour rester éveillée.

— Comme maintenant, acquiesça-t-il. L'ennui, c'est que j'ai

eu la frousse. Jusqu'à ce qu'un événement me terrifie encore davantage, aujourd'hui : j'ai cru t'avoir perdue à jamais… Alors, j'ai compris que vivre sans toi revenait à ne vivre qu'à moitié.

Une larme perla à l'œil de JJ et roula le long de sa joue.

— Tu m'as tellement manqué, Ben. Mon courage est décuplé quand tu es là.

— Et moi, j'ai besoin de rentrer à la maison. Auprès de toi. Car c'est là qu'est ma place. C'est le seul endroit où j'ai envie d'être…

— Je t'aime, mon chéri. Et il en sera ainsi toute ma vie, je te le promets.

— Alors, pour que notre bonheur dure le plus longtemps possible, tâche de respecter quelques règles, répondit-il, taquin.

JJ sourit au moment où Ben l'embrassa tendrement. Puis il l'embrassa encore. Ils auraient tout le loisir de discuter plus tard. De planifier le reste de leur existence. Pour l'instant, il avait juste besoin d'être auprès de la femme qu'il aimait de toute son âme.

— Dors, maintenant, lui susurra-t-il. Tu es en sécurité. Je ne vais nulle part.

Épilogue

Quelques mois plus tard...

Betty avait organisé un de ses fameux petits déjeuners gargantuesques à l'hôpital de Cutler's Creek. C'était devenu une tradition locale d'y faire les annonces importantes de la communauté et elle en était plus que ravie, car, du coup, elle figurait toujours parmi les premiers informés.

— Je vous jure qu'il s'agit de mon tout dernier discours de départ à la retraite, lança Don Donaldson à la cantonade. Et je n'ai rien d'autre à ajouter.

Un murmure amusé parcourut l'assistance.

— Oui, on verra, lâcha Bruce. Nous savons tous que vous franchirez le seuil de cet hôpital dès qu'on aura besoin de vous.

Betty apporta une assiette de mini tatins de pommes de terres.

— Et nous refuserions qu'il en soit autrement ! renchérit-elle. Bébés, fractures de la cheville, pénurie de bénévoles chez les pompiers ou les ambulanciers... quel que soit le problème, nous parvenons à le régler.

Fierté de la cuisinière, les solutions arrivaient souvent lors de discussions autour de cette même table.

— Moi, ma cheville est comme neuve, indiqua JJ avant de le prouver en sautillant sur la pointe des pieds. L'autre jour, j'ai bouclé l'ascension de Twin Rocks en un tournemain.

— Et il n'y a plus de bébés en route, ajouta Liv. Du moins, pas de mon côté. J'ai amplement de quoi m'occuper. Quelqu'un pourrait-il rattraper Hugo avant qu'il file dans le couloir ?

Ben récupéra le bambin et le brandit en l'air pour le faire hurler de rire.

— Nous ne devrions pas manquer non plus de sauveteurs bénévoles, assura-t-il. De retour à plein temps, je lance une nouvelle session de formation la semaine prochaine.

— Tu laisses vraiment tomber les hélicoptères ? s'étonna Mike. Je croyais que tu adorais voler.

— En effet. Et je suis reconnaissant de tout ce que j'ai appris ces derniers mois, mais… tu vois… il y a des choses que j'aime encore plus que l'excitation d'un tel poste.

— Cutler's Creek, par exemple, fit Zac, ironique. Et tous tes habitués, comme Albie et Bert.

— Absolument. Enfin, ce n'est pas l'unique raison de mon retour, déclara-t-il en observant JJ.

Tandis que quelques regards entendus étaient échangés, Betty apprécia de ne plus avoir à tenir sa langue.

— Dites donc, il était temps ! En voyant le Dr Hamilton multiplier les déplacements à Dunedin pour sa prétendue rééducation, nous n'étions pas franchement dupes.

Radieuse, elle observa Ben par-dessus ses lunettes.

— C'est là où se trouve le cœur qu'on se sent chez soi, n'est-ce pas, mon garçon ?

— Vous n'imaginez pas à quel point vous avez raison !

Ben rendit Hugo à sa mère, puis rejoignit JJ. Il posa le bras sur ses épaules et, tandis qu'elle levait la tête vers lui, un soupir collectif de bonheur envahit la pièce. Betty ne fut certainement pas la dernière à y participer.

— Puisque vous êtes tous réunis et qu'en plus, vous devez l'avoir deviné, sachez que nous sommes fiancés, annonça Ben, les yeux plongés dans ceux de sa dulcinée. JJ a accepté de m'épouser. Nous nous marions le mois prochain.

— Ici, à Cutler's Creek ? s'exclama Betty, le visage entre les mains.

— Naturellement, répondit JJ, le sourire aux lèvres. Nous nous y sommes rencontrés. Ben m'a fait sa demande au sommet de Twin Rocks et nous n'avons aucune envie de vivre ailleurs. C'est chez nous.

Liv, aux anges, se tourna vers Don Donaldson.

— Hé, papa ! C'est peut-être une bonne chose que tu aies déjà remplacé des médecins en congé parental.

À leur tour, Ben et JJ échangèrent une œillade complice mais, s'il y avait un secret entre eux, ils n'étaient pas encore prêts à le partager.

Pas de souci. Betty était presque sûre de faire partie des premières personnes officiellement au courant. Et puis, elle avait déjà vu clair dans leur jeu.

Ces deux-là étaient si amoureux qu'ils se suffisaient à eux-mêmes, cependant leur regard brillant semblait insinuer qu'un autre bonheur les guettait.

Il était contagieux, leur bonheur. À vous faire fondre le cœur, sans l'ombre d'un doute. Betty s'essuya les yeux à un coin de son tablier mais, déjà, elle pensait à autre chose. Une mission de la plus haute importance.

Elle avait un petit déjeuner de mariage à organiser…

SUE MACKAY

Un mystère à sa porte

Traduction française de
MICHELLE LECOEUR

BLANCHE

HARLEQUIN

Titre original :
CAPTIVATED BY HER RUNAWAY DOC

1.

À 21 heures moins le quart, Mallory Baine tourna dans son allée et poussa un soupir de soulagement.

— Enfin…

Une bonne douche bien chaude pour commencer, puis elle enfilerait un pyjama et un peignoir douillet avant de dévorer la pizza qu'elle avait rapportée, en regardant une série policière à la télévision.

Problème : il y avait de la lumière dans sa salle de séjour. Et un véhicule était arrêté près du garage.

Son cœur manqua un battement. Personne ne l'avait prévenue de son passage. Quoi qu'il en soit, ce devait être quelqu'un qui savait qu'elle gardait une clé dans le boîtier du compteur électrique… Ou pas. Cette cachette n'avait rien d'original. N'importe qui pouvait être entré chez elle.

Elle se gara près du 4x4 rutilant qu'elle ne connaissait pas et prit son téléphone pour photographier la plaque d'immatriculation. *On ne sait jamais.* Elle aurait probablement l'air ridicule lorsqu'elle apprendrait qui lui avait rendu visite, cependant une femme seule devait se montrer prudente – même à Queenstown.

— Ouaf, ouaf !

Shade salua son retour, visiblement heureuse de la revoir. Ou bien était-ce l'odeur de la pizza qui l'attirait ? À l'évidence, la personne qui avait fait intrusion ne l'inquiétait pas.

Mallory souleva le loquet du portail et caressa la tête de sa chienne.

— Alors, nous avons de la visite ?

Elle répondit par un coup de langue et Mallory sentit la tension diminuer entre ses épaules. L'intrus ne pouvait pas être entièrement mauvais, sa chienne avait du flair pour ça. Mais elle pouvait se laisser amadouer par un morceau de viande appétissant.

— Allons-y, lui dit-elle.

Il y avait une valise sous le petit porche de derrière et la clé était restée dans la serrure. Mallory se sentit soulagée. C'était typique de Maisie, de débarquer de l'aéroport sans prévenir et sans même s'assurer que sa meilleure amie serait bien là le week-end. Cela faisait des semaines qu'elle promettait de lui rendre visite, et elle n'aurait pas pu choisir de meilleur moment qu'aujourd'hui, avec leur amie commune qui se retrouvait à l'hôpital.

La pizza à la main, Mallory s'avança dans l'entrée.

— Maisie ? appela-t-elle. J'espère que tu as apporté du vin !

Il n'y en avait pas au frigo – pas plus que des aliments frais.

— Coucou, Maisie. C'est toi ?

Le bruit d'une toux provenant du séjour la stoppa net… Une toux masculine.

De sa main libre, elle saisit Shade par le collier et marcha jusqu'à la porte ouverte. Un homme était en train d'étirer sa longue silhouette sur le canapé, en bâillant et se frottant les yeux. Parce qu'il avait dormi ?

— Qui êtes-vous ? demanda-t-elle, affolée.

Il se leva de toute sa hauteur, ses cheveux noirs retombant sur ses yeux. Sa veste en laine remontait d'un côté et son pantalon en lin était froissé.

— Bonjour.

Et c'était tout ? Mallory lâcha le collier de Shade et se redressa, le fusillant du regard. Cet homme n'avait aucun droit d'être ici, contrairement à ce qu'il semblait penser.

— Qu'est-ce que vous faites là ? Comment avez-vous trouvé la clé ? demanda-t-elle sèchement.

— Votre frère m'a dit où elle serait et que je n'aurais qu'à entrer si vous étiez absente. Il a précisé que vous seriez de retour dans la soirée.

Il avait l'air si décontracté et si sincère que le sentiment de malaise de Mallory diminua, faisant place à la colère.

C'est chez moi, ici !

Elle n'avait encore jamais trouvé un étranger sur son canapé, agissant comme s'il avait tous les droits d'être là. Si c'était un malfaiteur, il n'était pas très doué. Pourquoi une personne animée de mauvaises intentions attendrait-elle dans le salon, son véhicule exposé à la vue de tous ?

— Je vous ai demandé qui vous étiez, dit-elle d'un ton ferme pour masquer son inquiétude.

— José Bisset.

Elle le fixa sans répondre, sentant la tension monter de nouveau. Ce nom ne lui disait rien, et les explications qu'il lui avait données n'avaient aucun sens.

— Je suis le médecin qui va prendre son poste à l'hôpital où vous exercez en tant qu'auxiliaire médicale, précisa-t-il. Vous savez, je vais loger dans votre maison au début, jusqu'à ce que je trouve une autre solution pour le peu de temps que je vais passer ici.

Une expression de doute se peignit soudain sur son visage et il jeta un coup d'œil circulaire dans la pièce. Cherchait-il une issue de secours parce qu'il se rendait compte que les choses tournaient mal ?

Elle le toisa avec mépris. Nul n'avait le droit d'agir ainsi avec elle. Sa maison était son sanctuaire, son havre de paix et de sécurité.

— Je ne prends pas de pensionnaires, rétorqua-t-elle.

Il la fixa à son tour d'un air décontenancé.

— Et je suis pilote d'hélicoptère, pas auxiliaire médicale.

Il laissa échapper un mot étranger qu'elle ne comprit pas. *Du français.* Son accent ressemblait à celui de la fille originaire d'Avignon qui avait travaillé à la boulangerie qu'elle fréquentait.

— Ça vous ennuierait de traduire ?

— Il ne vaut mieux pas, répondit-il en esquissant un sourire.

Son attitude n'était pas du tout celle de quelqu'un qui se trouvait acculé. Il avait pénétré chez elle sans y être invité, quel que soit le prétexte qu'il avait trouvé.

À côté d'elle, Shade se tenait droite et ferme, le museau pointé vers l'intrus, les muscles tendus. Mais elle ne semblait pas s'alarmer outre mesure. Que se passait-il donc ?

— *Désolé,* dit l'homme en français. Je croyais être à la bonne adresse. Le voyage a été long depuis Wellington. J'ai traversé sur le ferry et conduit ensuite jusqu'ici.

Cela faisait une sacrée distance, en effet.

— Vous n'utilisez pas de GPS ?

— Si, et il m'a amené jusqu'ici. Je me rendais à la maison de Kayla Johnson. Est-ce que vous la connaissez ?

C'est même l'une de mes plus proches amies.

Elle poussa un long soupir. Elle commençait à comprendre. Trois heures plus tôt, elle était allée en hélicoptère chercher Kayla sur la piste de ski de Cadrona et l'avait transportée à l'hôpital de Dunedin parce que celui de Queenstown n'assurait pas les opérations lourdes. Son amie avait les deux jambes brisées et souffrait d'une sérieuse commotion cérébrale. Mais elle avait réussi à éviter que l'avalanche l'entraîne au fond d'un ravin rocailleux.

Lorsque Mallory lui avait tenu la main à sa descente d'hélicoptère avant qu'elle soit conduite au service des urgences, Kayla lui avait dit des paroles incohérentes – sans doute à cause de la commotion – mais elle avait effectivement parlé d'un médecin arrivant de Wellington. Était-il prévu que cet homme séjourne dans la maison de son amie ? Quant à elle, était-elle censée le laisser faire parce que Kayla avait marmonné quelques mots dans ce sens ?

— Les GPS sont habituellement très précis, dit-elle. Or la maison de Kayla se trouve deux cents mètres plus haut sur la route.

— Numéro 142. J'ai atteint ma destination, dit-il d'un ton monocorde comme s'il imitait la voix du GPS, une lueur malicieuse dans le regard.

— Numéro 124. Vous n'avez *pas* atteint votre destination, répliqua-t-elle sur le même ton en s'efforçant de garder l'air sérieux.

L'homme était séduisant, elle ne pouvait le nier.

— J'ai dû inverser les chiffres.

— On le dirait bien.

Il devenait de plus en plus difficile de ne pas céder à l'envie de lui sourire, à présent qu'elle se détendait pour de bon. Mais elle ne tenait pas à ce qu'il se sente trop à l'aise. Du moins pas encore, car elle n'aurait plus le dessus – à supposer qu'elle l'ait jamais eu.

José Bisset sourit lentement, avec aisance.

— Je ferais bien de plier bagage et de débarrasser le plancher. Je vous ai causé assez de désagrément comme ça.

Son sourire s'élargit, de plus en plus irrésistible. Il était probablement habitué à faire céder les femmes entêtées. L'homme était bien bâti, grand, large d'épaules, et séduisant de surcroît. Les femmes devaient boire ses paroles. Mais de là à le laisser envahir leur maison ?

Bon, peut-être exagérait-elle un peu, maintenant qu'elle comprenait pourquoi il était ici. Mais tout de même. Elle n'avait plus qu'à le laisser repartir, et elle pourrait prendre cette douche dont elle rêvait depuis une heure. Auparavant, elle devait lui expliquer pour Kayla.

Traversant la salle de séjour, elle ouvrit la porte à deux battants qui menait à la cuisine-salle à manger.

— Ce n'est pas si simple…

Shade sur ses talons, elle posa la pizza sur le comptoir et ouvrit le garde-manger. Sa chienne semblait avoir décidé d'ignorer José, ce qui lui faisait espérer qu'il était bien ce qu'il paraissait : un homme agréable et honnête qui avait commis une erreur en toute bonne foi. Kayla n'avait pas dû proposer une chambre chez elle à n'importe qui. N'avait-il pas mentionné son frère ?

— Vous connaissez donc Dean ? dit-elle par-dessus son épaule, voyant que José l'avait suivie dans la cuisine et regardait autour de lui.

Était-ce une lueur d'espoir qu'elle venait de voir dans ses yeux quand il repéra la pizza ?

— J'ai travaillé avec lui à Wellington, répondit-il.

Parfait. Dean ne l'aurait pas envoyé chez sa sœur s'il avait eu la moindre inquiétude. Elle remplit le bol de Shade de croquettes et le posa sur son petit tapis, près du bol d'eau.

— Voilà pour toi, ma belle.

José était maintenant appuyé contre le comptoir de la cuisine, non loin du carton contenant la pizza, et il inspira profondément. L'odeur de bacon, de fromage et d'aromates mettait l'eau à la bouche. Elle se rappela combien elle-même était affamée avant d'apercevoir de la lumière chez elle.

— On s'entend bien, Dean et moi, dit-elle en remplissant la bouilloire. Il m'a montré quelques endroits très intéressants pendant mon séjour dans la capitale.

Les parents de Kayla devaient être en route pour Dunedin – s'ils n'étaient pas déjà arrivés – et ils avaient sûrement contacté Dean pour lui apprendre l'accident. À l'heure actuelle, l'arrivée du médecin chez sa sœur devait être le cadet de ses soucis.

— J'ignore comment vous vous étiez arrangés avec Kayla, mais malheureusement les choses ont changé, annonça-t-elle. Elle ne rentrera pas ce soir, ni pendant quelques semaines.

Nul doute que les parents de son amie insisteraient pour qu'elle reste chez eux le temps qu'elle soit de nouveau sur pied, et Dieu sait combien de temps cela prendrait !

— Elle a été victime d'une avalanche avec deux autres personnes. Par chance, tout le monde a survécu, mais elle est gravement blessée et a les deux jambes cassées ainsi qu'une forte commotion cérébrale. Je faisais partie de l'équipe de sauvetage qui l'a rapatriée en hélicoptère à l'hôpital de Dunedin.

— C'est terrible ! s'exclama José, choqué. Je suis navré de l'apprendre. Avez-vous eu des nouvelles d'elle depuis votre retour à Queenstown ?

— Non, mais j'en aurai par ses parents. Les auxiliaires médicaux pensaient qu'elle aurait besoin d'être opérée des jambes. Elle ne va pas aimer se retrouver restreinte dans ses mouvements par des plâtres et des béquilles. Elle qui commençait à se remettre sur les rails et à refaire le plein d'énergie depuis la mort de son mari… Espérons qu'elle ira bien une fois le choc passé.

Elle se détourna pour essuyer ses joues humides. La vie était parfois injuste.

— Elle est une de mes plus proches amies.

Une main se posa légèrement sur son épaule et elle sut que José comprenait sa peine et qu'elle n'était pas seule. Cela lui fit du bien, même si elle jugea son geste un peu déplacé. Sans doute sa vie était-elle peu agitée du fait qu'elle n'avait personne avec qui bâtir un avenir, mais ce n'était pas ce séduisant Français, en Nouvelle-Zélande pour peu de temps, qui y changerait quoi que ce soit. La prochaine fois qu'elle fréquenterait quelqu'un, ce ne serait pas pour une brève relation. Mais cela lui aurait fait du bien de relâcher toute sa tension après le drame d'aujourd'hui.

Il dut sentir qu'elle se raidissait car il recula d'un pas, manifestement peu désireux de s'imposer.

— J'espère de tout cœur qu'elle se remettra bien. Dean m'a peut-être laissé un message pour me mettre au courant.

Il sortit son téléphone, mais secoua la tête.

— Rien. Mais il doit être en route vers le sud et je ne suis sans doute pas en haut de la liste de ses priorités.

À la réflexion, Mallory était touchée par son petit geste de réconfort. Il avait su rester discret et n'avait pas insisté.

— J'ignorais que vous alliez séjourner chez Kayla. Elle a tenté de me dire quelque chose à son arrivée à l'hôpital avant d'être emmenée aux urgences, mais ses propos étaient incohérents.

— C'est un arrangement de dernière minute. J'ai appris la veille de mon départ que l'appartement que j'avais retenu n'était plus disponible, la personne qui l'occupait ayant décidé d'y rester.

L'incertitude se mêla à la fatigue sur le visage de José.

— Je ferais mieux d'aller en ville chercher un hôtel pour la nuit. Je ne voudrais pas être un souci supplémentaire pour Kayla ou Dean.

Il plongea son regard dans le sien.

— Ni pour vous. Je suis vraiment désolé de cet incident.

Ses excuses semblaient sincères.

— Ne vous inquiétez pas pour ça.

Désemparée, elle se mit à réfléchir à toute allure.

Quelles options avait-elle ?

— Je n'ai pas autorité pour en décider, mais je ne pense pas que ce soit un problème si vous vous rendez à la maison.

Il était affamé, à en juger par les regards qu'il jetait à la pizza en train de refroidir. Comme par un fait exprès, elle en avait commandé une extra large en prévision du déjeuner du lendemain.

Elle prit des assiettes et des serviettes en papier et apporta la pizza sur la table.

— Commençons par manger. Ensuite vous pourrez essayer de joindre Dean.

José ne se fit pas prier. Elle était totalement épuisée et le besoin d'une douche très chaude devenait urgent. C'était une réaction normale après un sauvetage délicat qui, de plus, concernait quelqu'un qu'elle connaissait – ce qui était assez fréquent puisqu'elle avait grandi ici. Mais le trajet d'aujourd'hui avait été particulièrement éprouvant. Son amie l'avait échappé belle et mettrait du temps à reprendre le cours normal de sa vie. Et puis il y avait cet étranger dans sa maison, qui avait besoin d'aide.

Shade faisait honneur à sa gamelle, engloutissant la nourriture avec un plaisir évident. Si Mallory n'avait pas été perturbée par leur visiteur, elle se serait sentie en sécurité.

Après avoir tiré les rideaux du séjour et de la cuisine, elle enclencha la pompe à chaleur qu'elle avait oublié de prérégler le matin.

— Mettons-nous à table, dit-elle.

José lui tira une chaise.

— C'est très aimable à vous. Comme je vous l'ai dit, je m'appelle José et je viens de Nice, en France. Je vais travailler deux mois à l'hôpital avant de rentrer chez moi. Je me joindrai aussi à l'équipe de sauvetage et de recherche. Puis-je vous demander votre nom ? ajouta-t-il en lui tendant la main.

Elle avait été tellement déstabilisée qu'elle avait oublié de se présenter. Ils échangèrent une poignée de main amicale et elle refusa de s'attarder sur la sensation de chaleur qui se répandit en elle à ce contact.

— Mallory Baine, dit-elle.

L'étudiant de plus près, elle réprima une exclamation. Ne le voyant plus comme un intrus, elle se rendait compte à présent à quel point le mot « séduisant » était faible pour le décrire.

Un menton volontaire recouvert d'une ombre de barbe, une bouche charnue et des grands yeux marron foncé à qui rien ne semblait échapper…

Elle dégagea sa main.

— Je suis moi-même bénévole dans l'équipe de sauvetage et de recherche. C'est pour ça que j'ai volé, ce soir.

Elle le croiserait sans doute souvent dans les semaines à venir. Ils semblaient destinés à se rencontrer, ce qui ne devait pas constituer un problème – si ce n'est pour sa libido endormie. Sa dernière aventure remontait déjà à quelque temps, et elle n'en souhaitait pas d'autre. Désormais elle voulait tout ou rien. De toute façon, José n'était pas destiné à rester, alors qu'elle cherchait quelqu'un pour partager son lit toutes les nuits et tondre la pelouse. Quelqu'un avec qui elle pourrait fonder une famille…

— Nous allons donc être appelés à nous revoir, dit-il avec un sourire qui déclencha une vague de chaleur en elle, sans doute à cause de la fatigue et des émotions de la soirée.

Pourtant, elle commençait à s'habituer à lui. Un peu trop.

— Je suppose que oui. L'équipe de sauvetage est parfois très sollicitée.

Décidément, la situation lui échappait de plus en plus. Elle venait à peine de faire la connaissance de José et elle le considérait déjà différemment des autres hommes. Deux histoires douloureuses survenues dans le passé l'avaient amenée pendant longtemps à ne rechercher que de brèves aventures occasionnelles. Mais peu à peu, elle avait eu envie de trouver *celui* qu'elle aimerait et avec qui elle pourrait tout partager – même s'il y avait peu de place dans sa vie pour une relation sérieuse.

Quand elle n'était pas en train de travailler, de faire du bénévolat ou de maintenir sa maison en bon état, elle allait à la maison de repos rendre visite à sa mère atteinte de démence. Elle lui mettait du vernis sur les ongles, la coiffait et cherchait les objets qu'elle avait cachés.

Le plus dur pour elle avait été d'admettre que sa mère avait besoin d'une assistance à plein temps. Elle avait dû s'y résoudre l'hiver dernier, quand on l'avait retrouvée errant dans les rues au milieu de la nuit à la recherche de son mari décédé, l'amour de sa vie. Mallory n'avait alors plus eu de doute sur son état mental.

— Avez-vous déjà travaillé avec une équipe de sauvetage ? demanda-t-elle à José.

— *Oui.* En France, puis à Wellington. Je suppose que c'est plus difficile physiquement dans un environnement comme ici.

— Le climat est rude en montagne, la brousse y est très

dense comme partout dans le pays, et les rivières peuvent geler même en été.

Elle désigna sa chienne berger allemand, à présent blottie dans son panier.

— Shade participe aux recherches à l'intérieur des terres.

La chienne entrouvrit un œil en entendant son nom et remua la queue.

José acquiesça.

— Elle a le gabarit qu'il faut pour passer des heures sur le terrain par tous les temps.

— Et elle adore ça.

Ouvrant le carton de la pizza, elle fit un signe de tête.

— Servez-vous. Ce n'est plus très chaud, voulez-vous que je la réchauffe ?

— Ça ira très bien, merci. C'est très gentil à vous, je meurs de faim ! En arrivant à Queenstown, je n'ai pensé qu'à trouver la maison au lieu de prendre quelque chose à manger. J'ai dû vous faire une sacrée frousse, quand vous m'avez trouvé dans votre maison !

De nouveau, il lui adressa son beau sourire, qu'elle ne put s'empêcher de lui rendre.

— En fait, j'ai été plutôt déçue. J'ai eu un choc en voyant les lumières allumées, mais ensuite j'ai pensé que c'était une amie qui avait décidé de me faire une surprise.

Elles auraient passé la moitié de la nuit à bavarder et à se réconforter mutuellement, en se persuadant que tout irait bien pour Kayla.

— Au lieu de cela, vous trouvez un Français égaré sur votre canapé parce qu'il n'a pas su rentrer les bonnes données dans son GPS. Je comprends votre déception…

Il laissa échapper un petit rire grave qui lui donna la chair de poule.

— Au moins, vous ne m'avez pas considéré comme quelqu'un de dangereux.

— Sinon vous ne seriez pas ici, devant cette délicieuse pizza. Zac vous aurait emmené au poste de police par la peau du cou.

— Zac ?

— Un policier qui habite au coin de la rue. C'est l'avantage de connaître beaucoup de monde dans cette ville. Je pense qu'on ne devrait pas déranger Dean ce soir. Vous pouvez aller à la maison de Kayla, mais…

Elle hésita. Certes, l'autre maison n'était qu'à deux minutes, mais José était épuisé et seul. Elle savait par expérience ce que l'on pouvait ressentir dans ces moments-là.

— Si vous voulez passer la nuit ici et vous installer là-bas demain, vous êtes le bienvenu.

Shade serait plus que ravie de dormir dans sa chambre avec elle – au cas où elle se serait complètement trompée sur cet homme.

— Si Dean est d'accord pour que vous séjourniez chez Kayla, c'est bon pour moi.

Son amie avait dû parler de lui en détail à son frère. Elle ne plaisantait pas avec sa sécurité – ce qui ne l'avait pas empêchée d'être victime d'une avalanche.

Chez Mallory, la malchance se manifestait par des choix sentimentaux désastreux. Jasper, par exemple. Mais à l'époque ils étaient adolescents, et elle n'avait aucune expérience. Alors qu'elle avait vingt-quatre ans quand elle s'était installée avec Hogan, qui s'était révélé être un véritable parasite. Désormais, elle réfléchirait à deux fois avant de faire confiance à un homme jusqu'à lui donner son cœur.

Pourtant elle avait envie de saisir encore sa chance. Peut-être ferait-elle comme ses parents, et trouverait-elle son âme sœur quand elle serait un peu plus mûre. En attendant elle demeurait prudente, mais était de plus en plus impatiente de fonder sa propre famille. Avoir un homme aimant et des enfants était tout ce qui manquait à sa vie.

Elle croisa le regard de José, qui l'observait du coin de l'œil en savourant sa pizza.

— Alors, vous voulez rester ici ou redescendre la route jusqu'à l'autre maison ?

— Je vais rester, *merci*. Vous avez sans doute raison, il vaut mieux attendre demain pour contacter Dean.

— C'est entendu, répondit-elle, en priant pour qu'il soit aussi correct qu'il en avait l'air. Je vais vous montrer la chambre dans laquelle vous allez passer la nuit. Ensuite, je prendrai une douche. Vous avez une salle de bains contiguë.

Elle avait grandi dans cette maison et occupait toujours la même chambre, qui avait été agrandie pour ses dix ans. Son père était mort cinq ans plus tôt, et sa mère avait commencé à se sentir perdue dans son propre petit monde. Ses parents étaient si proches qu'ils ne fonctionnaient à cent pour cent que lorsqu'ils étaient ensemble. Ce n'était peut-être pas la cause de la démence, mais sa mère n'avait plus jamais été la même depuis le jour où ils avaient enterré son époux dans le cimetière proche du lac Wakatipu.

Elle savait que sa venue avait été une surprise pour ses parents et – à en juger par l'atmosphère remplie d'amour dans laquelle elle avait grandi – un vrai bonheur. Ils l'avaient adulée, même quand elle avait tout gâché en tombant enceinte, puis en déprimant quand elle avait perdu son bébé à cause d'une grossesse extra-utérine.

Elle avait alors connu une période sombre, alors que son petit ami exprimait son soulagement en disant que de toute façon ils étaient trop jeunes pour être parents et que l'opération chirurgicale avait non seulement sauvé sa vie, mais aussi l'avenir de chacun.

Sa mère et son père lui avaient consacré tout leur temps, jusqu'à ce qu'elle soit remise sur pied et se cherche un nouveau métier. L'école d'infirmières à laquelle elle s'était inscrite avait perdu son attrait ; à ce moment-là, elle ne s'était plus sentie capable de s'occuper de la souffrance des autres. Cela avait déçu sa mère qui aurait voulu que sa fille suive ses traces, mais elle avait approuvé et soutenu Mallory lorsqu'elle avait décidé de piloter des hélicoptères.

Malgré sa peur de l'avion, elle avait même été sa première passagère quand Mallory avait été autorisée à prendre des gens en charge.

À présent, c'était à elle de donner tout ce qu'elle pouvait à sa mère, en restant ici à Queenstown et en passant avec elle le plus de temps possible. Elle avait déjà refusé sans trop de regrets le job de rêve qui consistait à piloter des hélicos de sauvetage à Nelson. Priorité à la famille.

Elle conduisit José jusqu'à l'ancienne chambre de ses parents.

— Si vous avez besoin de quelque chose, n'hésitez pas à m'appeler.

Puis elle se hâta d'aller prendre sa douche. Rien de tel que de laisser ruisseler sur elle l'eau très chaude pour dénouer les tensions de son dos. Le vent avait soufflé fort sur la montagne, et elle s'était beaucoup inquiétée pour son amie. L'épuisement venait toujours après la poussée d'adrénaline.

À mesure que l'eau coulait entre ses omoplates, le soulagement la gagnait et elle ressentait la satisfaction d'avoir réussi sa mission. Elle ne pouvait s'empêcher de penser que son amie aurait pu se retrouver au fond du ravin sous des tonnes de neige.

Son corps se réchauffant peu à peu, son esprit se mit à vagabonder et l'image de José Bisset s'imposa à son esprit. Elle trouvait « José » plus sexy et plus doux que « Joshua ». L'homme aussi était sexy. Elle pouvait se l'avouer, maintenant qu'elle savait qu'il était là pour travailler et venir en aide aux personnes en détresse dans la nature sauvage : les hommes grands dotés de larges épaules et de hanches étroites lui faisaient toujours de l'effet. Si on ajoutait à cela un sourire ensorcelant et un regard intense, elle risquait des ennuis.

C'était comme s'il lui rappelait qu'il était temps de songer à prendre du plaisir et de se détendre pour quelque temps. Mais le ferait-elle avec cet intrus ?

Elle sourit. Et si c'était son surnom pendant qu'il vivait à

Queenstown ? L'Intrus ? Elle n'avait pas pour habitude de se jeter à la tête des hommes, pourtant elle n'était pas hostile à l'idée de passer du temps avec José. D'autant qu'il n'était pas là pour toujours, contrairement à elle.

Ayant été témoin de l'amour profond de ses parents l'un pour l'autre, elle voulait vivre la même chose, mais jusqu'à présent elle avait été loin d'y parvenir. À trente-trois ans, elle commençait à se demander si elle allait devoir attendre la quarantaine, comme sa mère.

Mais que je n'attende pas jusqu'à cinquante ans comme papa, par pitié !

Sa famille avait été si unie qu'elle rêvait de la même chose pour elle. Parfois elle se demandait si elle n'était pas trop exigeante. Elle voulait avoir un bébé et en même temps elle était terrifiée à l'idée que le même scénario se répète. Et si elle ne pouvait plus jamais être enceinte ?

Hogan lui avait reproché de ne pas se satisfaire de ce qu'ils avaient et de rêver d'un amour idéal alors que la vie n'était pas un long fleuve tranquille. Peut-être avait-il eu raison, mais elle n'était pas encore prête à renoncer. Peu à peu, ses sentiments pour lui s'étaient émoussés et il ne l'avait pas bien pris, l'accusant d'être égoïste. Quand elle lui avait demandé de quitter son appartement, il était parti le jour suivant, pendant qu'elle travaillait, après avoir transféré en ligne ses économies sur son propre compte…

Soudain, l'eau refroidit. Elle avait oublié de dire à José de ne pas se doucher en même temps qu'elle ! Elle ferma le robinet et se sécha avec sa serviette. Il fallait qu'elle se décide à faire venir un plombier, mais c'était une dépense qui ne lui avait pas paru urgente, puisqu'elle était seule à vivre ici. Après tout, José n'était là que pour une nuit et n'aurait plus d'occasion de dérégler le système.

José… Elle se regarda dans le miroir. Que voyait-il quand il posait les yeux sur elle ? Des taches de rousseur, des yeux verts, et des cheveux blonds ondulés qu'elle attachait quand elle mettait sa combinaison de travail. Elle gommait soigneusement son côté féminin dans la journée, car elle ne tenait pas à ce que les hommes la traitent différemment.

Pendant qu'elle travaillait, peu lui importait ce que l'on pensait de son apparence, avec ses lourdes bottes et ses tenues pratiques en toutes saisons. Mais pour les autres circonstances, elle avait toute une série de jolis chemisiers et de pantalons moulants dans sa penderie, ainsi que des escarpins et des boots à la mode dans des couleurs gaies.

À la maison, elle laissait sa chevelure blonde retomber sur ses épaules. Elle se trouva mise en valeur par le pyjama de satin bleu qu'elle venait d'enfiler. Mais cela n'impressionnerait probablement pas un Français aussi classe que José. Même si les vêtements qu'il portait étaient froissés, il n'en avait pas moins du style.

Après tout, quelle importance ? Elle était chez elle et se montrait telle qu'elle était, qu'il y ait un Français sexy dans les parages ou pas !

Passant un confortable peignoir blanc par-dessus le pyjama, elle ouvrit la porte et se dirigea vers la cuisine pour préparer le thé dont elle avait très envie depuis qu'elle était rentrée.

José passa un pantalon de jogging et un sweat-shirt. Il espéra que Mallory ne lui en voudrait pas de se faire du café. C'était une des mauvaises habitudes acquises durant ses années d'études de médecine, et le café ne l'empêchait pas de dormir. Quand il était très fatigué après une longue journée de travail, il avait besoin d'une dose de caféine. Ce soir aussi, après son long trajet vers le sud depuis Wellington pour arriver à Queenstown.

Il avait été émerveillé par les paysages. Les montagnes l'avaient toujours attiré. Il les trouvait magiques et dangereuses et aimait les escalader. C'était pour cela qu'il avait décidé de passer dans cette région les derniers mois de son voyage en

Nouvelle-Zélande. Il avait l'intention d'en apprendre davantage sur la recherche et le sauvetage en terrain accidenté, et de mettre ses connaissances à profit une fois de retour chez lui – si, comme il l'espérait, il trouvait un poste dans une station de ski.

Jetant un coup d'œil sur le lit, il sut qu'il ne pourrait pas se coucher tout de suite. Trop de pensées se bousculaient dans sa tête, accaparées par la femme qui avait d'abord paru près de le flanquer dehors quand elle l'avait trouvé sur son canapé. Après la surprise et la colère qui s'étaient peintes sur son visage, elle s'était montrée déterminée à ne pas se laisser faire. Non qu'il ait eu la moindre intention de tirer avantage d'elle. Il était dans son tort.

Tout de même, quelle femme… Elle s'était dressée devant lui sans le quitter des yeux et sa voix n'avait pas flanché. Il l'avait trouvée magnifique et fascinante. Ces taches de rousseur parsemées sur ses joues – qu'elle ne cherchait pas à cacher sous d'épaisses couches de maquillage comme certaines femmes qu'il avait connues l'auraient fait – lui donnaient envie de l'embrasser. Elles étaient pour lui le signe que derrière cette attitude il y avait une femme merveilleuse qui l'avertissait de ne pas faire n'importe quoi, et que cette force apparente cachait un autre côté plus doux, à l'abri des regards inquisiteurs.

Il avait complètement raté son arrivée. Mais comment aurait-il pu se douter que les deux femmes dissimulaient la clé de leur maison au même endroit ? Et qu'elles étaient amies ?

Néanmoins il aurait dû remarquer, en entrant dans la maison et en voyant toutes les photos accrochées au mur, que Dean n'y figurait pas. Il n'y avait vu qu'une jeune femme, qu'il avait prise pour Kayla, et ses parents, tous s'étreignant affectueusement. Il avait été si touché par l'amour qui se lisait sur leurs visages qu'il n'avait pu s'empêcher de les envier.

Ayant grandi dans des familles d'accueil, il n'avait jamais rien connu de semblable. D'ailleurs, il ne croyait pas vraiment les gens qui prétendaient être si amoureux qu'ils voyaient la vie en rose.

Cependant ces photos lui montraient que l'amour existait. Mais était-il à la portée de quelqu'un comme lui, abandonné sur le pas d'une porte à l'âge de un an ?

Gabriel lui répétait sans cesse que oui, c'était possible. Il lui avait montré beaucoup d'affection depuis qu'il l'avait pris sous son aile pour l'aider à reprendre sa vie en main. Car à quinze ans, José s'était éloigné du droit chemin pour se tourner vers une vie de délinquant. Mais le policier qui l'avait arrêté pour vol lui avait fait comprendre que deux choix se présentaient à lui et que lui seul était responsable des décisions qu'il prenait.

Quelques mois plus tard, Gabriel et sa femme l'avaient accueilli chez eux et soutenu. Il s'était sorti des ennuis et avait étudié sérieusement, au point de s'inscrire dans une école de médecine et de commencer une carrière dont le petit garçon abandonné par sa mère n'aurait jamais osé rêver. Le policier et Brigitte avaient été les premiers à lui témoigner un amour inconditionnel et il le leur avait rendu, d'abord prudemment, puis de tout son être.

Mais il n'avait jamais trouvé cette sorte d'amour avec une femme. Peut-être parce qu'il avait toujours battu en retraite de crainte d'être rejeté. En revanche, il ne manquait pas de relations amicales qui allaient et venaient, et c'était bien ainsi.

Gabriel et Brigitte avaient été les seuls à l'aimer vraiment, et il devait désormais apprendre à rendre cet amour à d'autres. Par deux fois il avait été proche d'une femme, mais il avait eu peur qu'elle ne lui donne pas tout l'amour dont il avait besoin et s'était enfui.

José poussa un long soupir. C'était une vieille histoire et il devait l'oublier, surtout maintenant qu'il se trouvait dans un merveilleux pays où il avait été accueilli à bras ouverts et passait de bons moments. Ici il n'avait pas besoin de jongler avec ses émotions puisqu'il n'était pas engagé dans une relation sentimentale.

Il jeta un coup d'œil circulaire et soupira de nouveau. Cette maison ne se trouvait pas au numéro 142, ce n'était donc pas ici qu'il séjournerait. Cette erreur n'entraînait pas de sérieuses conséquences. S'il était arrivé directement à bon port, il serait sans doute encore allongé sur un autre canapé, à se demander où était passée son hôtesse. Au moins, il avait la réponse à cette question. Demain il appellerait Dean pour prendre des nouvelles de sa sœur et s'assurer que sa maison était toujours disponible. Sinon, pas de problème, il chercherait un autre endroit.

Il regarda encore autour de lui. Ce serait super de rester ici, mais Mallory ne voudrait pas qu'il vienne occuper son espace. Elle avait l'air de quelqu'un d'indépendant, qui n'avait pas besoin qu'on lui tienne compagnie pendant les longues soirées d'hiver.

Pourtant elle lui avait offert un lit pour la nuit – à lui, un étranger – plutôt que de le renvoyer sur la route à la recherche d'une maison vide et froide.

Il était soulagé. Si Mallory avait eu le moindre doute à son sujet, il se serait retrouvé immobilisé au sol avec son genou dans le dos sans avoir eu le temps de dire ouf. Elle était petite, mais très tonique. Son regard n'avait pas dévié un seul instant, sa voix n'avait pas faibli et il avait compris qu'avec elle il valait mieux être sincère sous peine d'avoir de sérieux ennuis.

— José, dit une voix douce depuis la cuisine, je vais faire du thé. Vous en voulez ?

En la rejoignant, il eut le souffle coupé. Elle portait un pyjama dont la couleur bleu ciel faisait ressortir ses yeux, qui l'attiraient irrésistiblement. Ses cheveux blonds humides retombaient dans son dos et recouvraient ses seins, et son peignoir blanc était serré autour d'une taille mince. Était-ce bien la même femme qu'il avait vue auparavant, affublée de vêtements informes et d'énormes bottes ? Il avait trouvé la première version charmante, mais celle-ci, plus féminine, était… époustouflante.

Pourquoi diable avait-il entré la mauvaise adresse dans son GPS ? Il était bon pour une nuit sans sommeil, sachant qu'une telle femme dormait sous le même toit que lui !

— José ? répéta-t-elle en le regardant. Voulez-vous du thé ?

Pardon ? Il se secoua mentalement, revenant sur terre.

— Est-ce que cela vous ennuie si je prends un café ? Je veux dire… un vrai café ?

Il jeta un coup d'œil sur les étagères et sourit, soulagé.

— Je vois que vous en avez.

Pour lui, boire un café instantané était pire que ne rien boire du tout.

— Servez-vous.

— *Merci.*

Mallory le traitait déjà comme s'il faisait partie du décor, évoluant autour de lui dans la petite cuisine tout en préparant son thé. Pour le coup il se sentit à l'aise, naturellement intégré dans son environnement, et cela lui réchauffa le cœur.

Il n'avait pas vécu cela souvent. Aucune des familles d'accueil dans lesquelles il avait été placé ne l'avait accepté aussi rapidement. Seuls Gabriel et Brigitte lui avaient ouvert les bras dès le début de leur rencontre, à l'époque où il était la pire engeance qui soit. C'était pour eux qu'il voulait rentrer après cette mission, pour être présent et les soutenir tous les deux quand Gabriel se ferait opérer du cœur.

Excepté eux, et en dépit de tout ce qu'ils avaient fait pour lui, chaque fois qu'il avait fait la connaissance d'une nouvelle famille d'accueil, ses espoirs d'être aimé et entouré d'affection avaient été anéantis. Fatigué d'avoir à faire ses preuves à chaque fois, il avait dirigé sa colère vers les autres en se mettant à voler.

Gabriel avait été le seul à savoir lui parler, lui expliquant que c'était surtout à lui-même qu'il faisait du mal. C'était vrai, mais même maintenant, il ne pouvait pas s'empêcher d'être tendu la première fois qu'il rencontrait une personne.

Certes il était maintenant quelqu'un qui comptait – en tant

qu'homme et en tant que médecin. Il le croyait, mais il restait comme un vide en lui qu'il ne parvenait pas à combler. Lors des deux relations qu'il avait eues avec des femmes qui avaient été importantes pour lui, Colette et Liza, il avait constamment douté de ses sentiments et de leurs réactions à son égard, ce qui avait eu pour résultat de les mener à l'échec.

Mais alors, pourquoi avait-il l'impression d'être important ici, avec cette femme ? Comme s'il venait de trouver la vie stable dont il rêvait. C'était une sensation inconnue. Parce qu'elle avait partagé sa pizza et lui avait proposé une chambre ? Ou bien parce qu'elle allait et venait dans sa cuisine comme s'il avait toujours été là ?

Nul doute qu'il était un peu trop sensible à sa gentillesse. Il fut surpris de sentir une douce chaleur se répandre en lui. Devait-il s'en inquiéter ou s'en réjouir ? À l'évidence, il ne produisait pas le même effet sur Mallory. Ce qui n'était pas plus mal s'il voulait la connaître mieux, comme il aimait le faire avec les locaux partout où il travaillait. C'était un moyen d'en apprendre plus sur la région et de repérer les meilleurs endroits où skier, manger et boire.

Actuellement, il avait envie de faire tout ça avec Mallory. Mais s'il se laissait entraîner par les sensations qui réveillaient sa libido, il savait que ce serait de courte durée. Car il avait la bougeotte, et cela ne changerait pas.

Gabriel et Brigitte étaient *les* personnes qu'il continuait à voir et avec qui il restait en contact quand il quittait Nice. À son arrivée chez eux à l'adolescence, il avait eu sa propre chambre qu'ils avaient toujours gardée pour lui.

Il n'avait pas d'histoire familiale à laquelle se raccrocher. Tout ce qu'il savait, c'était que son père était mort quand il avait un an et que sa mère n'avait répondu à aucune des lettres qu'il lui avait écrites étant enfant. *À supposer qu'elle les ait reçues.* Il l'avait rencontrée brièvement à l'âge de quatorze ans et elle lui avait raconté qu'elle avait commencé à se droguer peu après sa naissance. Suite au décès de son père, elle avait basculé dans la délinquance pour entretenir son addiction.

Elle estimait qu'elle avait agi comme il le fallait pour son fils, et que lui rendre visite aurait été pire pour lui que de se tenir à distance. Après cette rencontre, il ne l'avait plus revue et avait appris quelques mois plus tard qu'elle était morte d'une overdose.

Mallory le frôla en se dirigeant vers le salon, un mug fumant à la main.

Il réprima un soupir. Sa vie s'était améliorée, et toutes sortes d'opportunités s'offriraient encore à lui s'il parvenait à se défaire de son passé. Laissant le café passer dans la cuisine, il rejoignit Mallory, installée dans un large fauteuil en cuir.

— Parlez-moi de votre métier de pilote d'hélicoptère.

Elle esquissa un sourire las, qui égaya pourtant ses yeux fatigués.

— Mon principal travail consiste à emmener des touristes jusqu'aux pentes neigeuses ou à leur faire survoler les montagnes en direction de Milford Sound. Parfois je transporte des hommes d'affaires qui font la navette entre l'île du Sud et la capitale. Pour moi, les opérations de recherche et de sauvetage constituent un bonus. Mon patron n'a rien contre, à condition que ce soit pendant mon temps libre.

José aurait pu l'écouter parler toute la soirée. L'accent néo-zélandais était plus aigu que les accents européens, mais il aimait sa clarté, surtout agrémentée de la voix douce de Mallory.

Attention, Jo. C'était étrange d'être aussi sensible à cette voix féminine, ainsi qu'au physique de Mallory et à son attitude, qu'il trouvait ouverte et chaleureuse. Était-il enfin capable de passer outre ses doutes ? Pourtant il continuait de tout remettre en question. Même s'il se sentait plus détendu que d'ordinaire, cela ne signifiait pas qu'il était soudain capable d'avoir une vie stable et d'être toujours là pour une femme.

— Il m'arrive de piloter dans le cas de sauvetages que

j'effectue comme bénévole, poursuivit Mallory. Mais c'est seulement pour remplacer des titulaires quand ils sont empêchés.

— Comme aujourd'hui, ajouta-t-il.

— Oui. Les sauvetages de personnes gravement blessées, voire pire, me bouleversent, et pas seulement s'il s'agit de quelqu'un de proche.

Il aurait voulu la prendre dans ses bras pour lui manifester sa sympathie, mais ils ne se connaissaient pas assez. Elle aurait pu mal interpréter son geste.

— Je comprends, dit-il, mais ce sont ces émotions que nous ressentons qui nous poussent à agir.

Il se sentit fondre. Il avait rarement été accepté aussi vite. Dans les familles d'accueil, on avait voulu savoir comment il s'était comporté dans les familles et les écoles précédentes avant de s'intéresser un peu à lui. Même adulte, il s'attendait toujours à cette réaction et avait du mal à considérer comme normale la curiosité des gens sur son métier ou sa famille. Cette habitude – presque un réflexe – était difficile à perdre.

— Il y a aussi l'attrait de l'aventure qui nous pousse à partir à pied dans la brousse ou à grimper sur une montagne à la recherche de personnes en danger.

Elle s'était mise à parler plus vite, et son regard brillait.

— Vous êtes accro à l'adrénaline ? demanda-t-il.

Elle sourit.

— Dans la mesure où j'agis en prenant les précautions nécessaires, oui.

Généralement, il préférait les femmes tranquilles plutôt que celles qui saisissaient le monde à bras-le-corps. Pourtant il appréciait beaucoup la compagnie de Mallory. Était-il plus fatigué qu'il ne le pensait, ou bien était-ce cette attirance… ?

— Rappelez-moi de ne pas me disputer avec vous, dit-il en riant.

Dieu sait de quoi cette femme au caractère bien trempé était capable si on la contrariait !

Le rire de Mallory résonna dans la pièce.

— Vous craignez d'être éjecté de l'hélico ?

— Aucune chance. Il n'est pas question que je vole avec vous.

Son sourire démentit ses paroles. Surpris de se sentir aussi à l'aise avec elle, il alla chercher son café, s'efforçant d'apaiser le sentiment naissant qui s'emparait de lui, laissant entrevoir un espoir et un sentiment plus étranger encore : le bonheur. Et la stabilité.

C'était son état d'épuisement qui lui jouait des tours. Il ne savait rien de cette femme, et certainement pas assez pour éliminer tout ce qui l'avait aidé à se préserver et à rester fort au fil des années.

Regardant autour de lui, il repéra une des photos, qui l'avait ému à son arrivée : Mallory assise sur le même canapé que celui où elle se trouvait, avec sa *maman* et son *papa* près d'elle. Tous avaient le visage éclairé d'un sourire, et de l'amour plein les yeux. Était-elle consciente de la chance qu'elle avait ? Ses parents l'avaient gardée avec eux, ils avaient toujours été là pour elle et ils l'aimaient…

Pourtant, cette fois il n'éprouva pas l'amertume qui surgissait d'ordinaire quand il voyait des familles unies. La confiance émanant de Mallory prouvait que l'amour de ses proches l'avait rendue forte et l'avait ouverte aux autres. C'était la raison pour laquelle il passait la nuit ici, et non pas seul dans une maison inconnue.

Il ressentit une pointe d'envie, qui disparut pour laisser la place à l'éphémère sensation de bonheur de se trouver avec une femme n'exigeant pas de lui quelque chose qu'il n'était pas prêt à donner. Certes il était beaucoup trop tôt, mais il ne pouvait nier qu'il était très attiré par elle.

2.

La sonnerie du téléphone de Mallory interrompit le silence confortable qui s'était installé entre elle et José alors qu'ils étaient assis au soleil dans le jardin d'hiver, en train de boire leur café après le petit déjeuner. Dean avait appelé José pour lui dire qu'il pouvait loger chez Kayla et que celle-ci ne serait pas en mesure de retourner chez elle avant longtemps.

Elle jeta un coup d'œil au numéro qui s'affichait.

— On dirait que vous allez être seul toute la matinée. C'est Jamie, le capitaine des pompiers, de l'équipe de sauvetage et de recherche.

— Je suis disponible s'il a besoin d'une personne supplémentaire, dit aussitôt José.

Elle hocha la tête et mit le haut-parleur.

— Salut, Jamie. On a un travail à faire ?

— Deux jeunes garçons se sont égarés dans les collines près de Gibbston en s'éloignant de leurs pères, il y a environ deux heures. Ils se trouvaient près de la rivière. Est-ce que tu es disponible ?

Pourquoi les parents avaient-ils attendu si longtemps avant de demander de l'aide ? C'était l'hiver et il devait faire très froid, là-bas.

— Oui, répondit-elle en regardant son voisin. J'ai José Bisset avec moi. Il a proposé de rejoindre l'équipe. Il est médecin et a déjà effectué des sauvetages.

— Amène-le, dit aussitôt Jamie en précisant le lieu où ils devaient se retrouver au plus vite.

Elle reposa son téléphone.

— On dirait que votre installation dans la maison de Kayla va devoir attendre.

José était déjà debout.

— Super.

— Il vous faut une tenue imperméable. On part dans cinq minutes. Le trajet est un peu long pour rejoindre l'équipe.

Elle appela sa chienne.

— Viens, Shade. On va avoir besoin de toi.

Trois heures plus tard, ils grimpaient péniblement à travers une brousse très dense, à la suite de Shade. Celle-ci se rapprocha de la rivière, qui se précipitait dans un ravin.

— Allez, fifille ! Trouve-les, dit Mallory, encourageant sa chienne.

Un hurlement la stoppa net.

— Shade ?

C'était ce que Mallory espérait depuis leur départ. Elle se tourna vers José qui marchait derrière elle et lui fit le signe de la victoire.

— Shade a trouvé quelque chose ! Espérons que ce soient les garçons.

Fière de son animal, elle allongea le pas, se faufilant sous les branches basses.

José la suivit sans trébucher, malgré les difficultés d'un terrain nouveau pour lui.

— J'entends la rivière, dit-il. Pourvu que les garçons n'aient pas tenté de la traverser à un endroit dangereux !

— J'en doute, sinon Shade ne les aurait pas trouvés, répondit-elle.

Personne n'avait envie de retrouver des cadavres, pas même sa chienne.

— Cela ressemblait plutôt à un hurlement joyeux qu'à un hurlement triste, car elle sait exprimer les deux.

La radio crépita à sa ceinture.

— Mallory ? On dirait qu'on vient d'entendre Shade ? dit Jamie, le chef de l'expédition.

— Oui. José et moi allons la rejoindre. Je t'envoie nos coordonnées dès que je saurai ce que nous avons.

Remettant la radio en place, elle appela sa chienne.

— Shade ?

L'animal jappa furieusement.

— C'est par là !

José tourna vers la droite. En jouant des coudes à travers les broussailles, il rejeta des branches derrière lui.

— Désolé, dit-il en tournant la tête.

— Tout va bien.

Elle savait qu'il ne fallait pas marcher trop près de quelqu'un dans la brousse. Même si c'était un homme aux longues jambes et aux fesses moulées dans un jean en velours côtelé noir maintenu dans des bottes de randonnée dernier cri.

Le simple fait de le regarder bouger déclenchait en elle de drôles de sensations.

Sortant des buissons, José se retrouva en pleine lumière et s'arrêta si brusquement qu'elle heurta son sac à dos.

— Bon sang !

Elle se hâta de le contourner et aperçut Shade qui se tenait sur la rive à côté de deux jeunes garçons. L'un était prostré et l'autre pleurait tout en essayant de le réconforter. Aussitôt, elle s'élança sur les rochers dans leur direction tout en appelant son chef.

— Jamie, on les a trouvés ! Je t'envoie nos coordonnées.

C'était lui qui se chargerait de prévenir les autres secouristes qui n'allaient pas tarder à les rejoindre pour évaluer la situation. Elle pourrait guider l'hélicoptère, piloté aujourd'hui par Scott, tandis qu'il planerait au-dessus du ravin pour faire descendre la civière. La végétation était trop dense pour qu'il se pose à côté des rochers.

Pour l'instant, elle devait accorder toute son attention aux enfants. Elle refusait de penser même une seconde que le garçon prostré ne soit plus en vie.

Déjà, José s'agenouillait près des garçons.

— Hello, Timmy et Morgan ! On vient vous chercher. Je m'appelle José et je suis médecin. C'est Shade, la chienne, qui vous a trouvés. Et voici Mallory, sa maîtresse.

Mallory caressa la tête de Shade.

— Brave fifille ! Je suis vraiment contente de vous voir, les garçons.

Celui qui soutenait son ami tremblait de tous ses membres et ses lèvres bleuies par le froid contrastaient avec son petit visage pâle. Il ne répondit pas, les fixant avec des yeux immenses. Sa respiration était rapide et des larmes coulaient sur ses joues.

— Vous pouvez vous occuper de lui ? demanda José. Je me charge de l'autre, qui est à peine conscient.

— Oui.

Elle se pencha sur le garçon.

— Tes vêtements sont trempés. Vous êtes allés dans la rivière ?

Elle devait les lui retirer et l'envelopper dans une couverture thermique.

Il hocha la tête en silence et désigna la rive du doigt, à un endroit où l'eau coulait plus lentement qu'au milieu.

— Tu es Morgan ?

Nouveau hochement de tête.

— Que faisiez-vous dans la rivière ?

— Tim…my est t…ombé d…u rocher, bégaya-t-il.

— Et tu as sauté pour le sauver. C'est super, tu es un véritable ami.

Ils avaient dû s'éloigner et se perdre pendant que leurs pères allumaient un feu pour faire un barbecue. Cela avait dû être effrayant pour ces deux enfants – cela l'était déjà pour des adultes inexpérimentés qui s'égaraient dans la brousse.

— Il est en hypothermie, dit José après lui avoir jeté un

rapide coup d'œil. Timmy aussi, mais il n'est pas aussi trempé que Morgan.

Dans les montagnes au milieu de l'hiver, même sous le soleil, leur température corporelle n'avait pas dû mettre longtemps à descendre, et cela faisait près de cinq heures qu'ils s'étaient perdus.

Mallory sortit les couvertures thermiques du sac de José.

— Espérons qu'ils ne souffrent de rien d'autre.

— Timmy a une blessure à la tête et il ne répond pas aux stimulations. Mais c'est probablement dû à l'hypothermie.

Il déplia la couverture thermique qu'elle lui avait tendue.

— Morgan, j'ai besoin de vérifier plusieurs points. Est-ce que tu sens lorsque je te touche les mains ? demanda-t-elle.

Il acquiesça lentement.

— Où est papa ? demanda-t-il.

— Il t'attend à l'endroit où vous deviez pique-niquer.

Elle lui tapota les pieds après lui avoir ôté ses chaussures.

— Et ça ?

Il acquiesça de nouveau.

De son côté, José s'adressa à l'autre garçon.

— Bonjour, Timmy. Je suis José, le médecin, répéta-t-il. Morgan est juste à côté. Tu t'es cogné la tête, mais tout va bien se passer. Je vais t'envelopper dans une couverture argentée et tu vas bientôt te réchauffer.

Tout en tirant peu à peu sur le jean trempé de Morgan, Mallory jeta un coup d'œil à Timmy, qui entrouvrit les yeux et posa sur José un regard vide. Elle poussa doucement Morgan du coude.

— Dis quelque chose à Timmy pour qu'il sache que tu es là et se sente rassuré.

— Timmy, tout va bien, on nous a trouvés, dit Morgan d'une voix aiguë.

Les yeux de Timmy s'ouvrirent davantage et Mallory se sentit remplie de soulagement et de fierté. Ils avaient trouvé les deux enfants à temps – surtout grâce à Shade, à vrai dire.

C'était pour cela qu'elle faisait ces recherches : pour ramener saines et sauves les victimes du climat et du terrain que leurs familles attendaient dans l'angoisse. Aider ceux qui n'avaient pas eu de chance lui donnait le sentiment de prendre part à quelque chose de plus grand qu'elle-même.

Elle réussit enfin à enlever le jean et s'attaqua à la veste de Morgan.

— Est-ce que tu as mal quelque part ?

— Non.

— Très bien. Quand tu seras enveloppé dans la couverture, je vais prendre ton pouls pour vérifier comment bat ton cœur. Que vous est-il arrivé ?

— On est allés faire une balade et on s'est perdus. On sait qu'il faut suivre la rivière, mais l'eau était profonde et rapide, alors on est restés sur les rochers en espérant que papa nous trouverait. Et puis Timmy a glissé.

La radio crépita de nouveau.

— Mallory ? Je suis là dans quinze minutes ! annonça le pilote.

Après avoir enveloppé Morgan dans la couverture thermique, elle retira sa veste et lui en couvrit les épaules pour qu'il ait un peu plus chaud, puis elle lui prit le pouls.

— Est-ce qu'ils peuvent prendre un peu d'eau ? demanda-t-elle à José.

Elle avait été formée pour traiter l'hypothermie, mais José était médecin et elle voulait son avis. Chacun avait des bouteilles d'eau dans son sac, ainsi que du chocolat chaud et des sandwichs.

— Allez-y.

Elle tendit une bouteille à José pour Timmy et une autre à son petit patient, avant d'appeler Scott pour lui donner les détails dont il avait besoin.

— À tout à l'heure.

José parla lentement et calmement aux garçons.

— Buvez à petites gorgées. Si vous avalez trop vite, vous risquez de vous étrangler et de tout rejeter.

Timmy était à présent bien serré dans la couverture. Il palpa la blessure sur son front du bout des doigts avant de s'intéresser à son poignet. Mallory remarqua alors qu'il était sous un angle inhabituel.

— Est-ce que tu as vu Timmy tomber, Morgan ?

L'enfant fit la grimace.

— Il avançait sans faire attention où il allait. Quand il a glissé, il est tombé en avant et sa tête a heurté les rochers. J'ai dû entrer dans l'eau pour le repousser vers le haut. Elle ne m'arrivait qu'aux chevilles, mais j'ai glissé à mon tour et je me suis entièrement mouillé.

— Tu es très courageux, commenta José avant de se tourner vers elle. Quand Timmy se réchauffera, la douleur va se raviver. Comme il est un peu plus vif, je vais pouvoir lui donner de l'ibuprofène.

Il se mit à fouiller dans son sac.

— Comment est le pouls de Morgan ?

— Un peu bas, mais rien d'anormal, répondit-elle.

— Pourquoi mon papa n'est pas ici ? lui demanda le garçon.

— Il n'est pas loin

— Je veux le voir maintenant…

— Nous allons vous sortir d'ici très bientôt.

Les enfants étaient à environ quatre kilomètres à vol d'oiseau du lieu du pique-nique, mais ils avaient dû marcher beaucoup plus en zigzaguant à travers la brousse.

— Vos papas vous ont cherchés avant de nous appeler à l'aide et sont retournés au point de départ, au cas où vous seriez revenus de vous-mêmes. Es-tu déjà monté dans un hélicoptère ?

— Euh… non.

— Tu sais quoi ? Il y en a un qui va venir vous chercher, Timmy et toi. Tu verras, c'est super de voler en hélicoptère.

— J'ai envie de voir papa, dit Morgan d'une toute petite voix.

Mallory le serra dans ses bras.

— Je sais… On l'a prévenu qu'on vous avait trouvés et il sera là pour t'accueillir à ton arrivée.

— Sa voix est plus ferme à présent, nota José. C'est bon signe.

Elle sortit la thermos de chocolat chaud et en remplit un gobelet pour Morgan.

— Étais-tu déjà allé dans la brousse avant ?

— Avec papa. Mais aujourd'hui, ça faisait très peur, répondit-il en se mettant à pleurer doucement. On s'amusait à chercher des wekas parce qu'on aime ces oiseaux, et au bout d'un moment on n'a pas pu retrouver le chemin du retour. On entendait toutes sortes de bruits effrayants.

— La prochaine fois, si tu te perds, reste où tu es. Ce sera plus facile pour nous de te retrouver. S'il n'y avait pas eu Shade, nous serions encore en train de vous chercher.

On entendit un bruit lointain de rotors annonçant l'arrivée de l'hélicoptère. Juste après, ce fut le reste de l'équipe qui les rejoignit à pied, le soulagement se lisant sur tous les visages.

Une fois les présentations faites, Jamie expliqua le processus à José.

— En tant que médecin, vous allez accompagner les enfants en hélico. Une ambulance les attendra à l'aéroport avec un auxiliaire médical, et Scott vous raccompagnera chez vous en voiture, à moins que vous préfériez vous joindre à nous pour fêter ça autour d'un verre.

José lui jeta un coup d'œil hésitant.

— Vous pouvez passer de nouveau la nuit chez moi, si vous voulez, proposa-t-elle en souriant.

Elle se sentait plus détendue maintenant que le stress des recherches s'était dissipé.

— D'autant plus que vous savez déjà où je laisse la clé…

— C'est exact.

Il la gratifia d'un sourire chaleureux. Comment un simple

sourire pouvait-il lui faire autant d'effet ? Sa vie avait peut-être été un peu trop tranquille, ces derniers temps.

— Vos affaires sont toujours chez moi, ajouta-t-elle. Et vous n'avez pas eu le temps d'aller faire vos courses.

C'était comme si elle essayait de le convaincre de passer une autre nuit chez elle. De toute façon il ne pouvait pas rester toujours, et Kayla apprécierait que quelqu'un occupe sa maison pendant son absence.

José la regarda sans répondre, visiblement troublé.

Bienvenue au club ! Moi aussi je me sens troublée et je ne sais plus que penser. Elle ne pouvait s'empêcher d'être attirée par lui, alors qu'il serait si simple de se tenir à distance – plus sûr, en tout cas.

— Est-ce que vous allez au pub ensuite ? demanda-t-il.

— Bien sûr. Cela fait toujours du bien de décompresser en discutant tous ensemble après un sauvetage. Sinon je risque de passer la moitié de la nuit allongée dans mon lit, à revivre chaque instant et à me demander si je n'aurais pas pu mieux faire.

Ça, c'était son côté perfectionniste.

— Vous en parlez aussi avec Shade ? dit-il avec un sourire taquin.

En entendant son nom, la chienne s'approcha de lui et frotta la tête contre sa cuisse. José la caressa avant de se pencher de nouveau sur Timmy. La bande Velpeau qui recouvrait sa blessure à la tête était teintée de rouge.

— Le saignement s'est arrêté, constata-t-il, visiblement soulagé. Je vous attendrai en ville, Mallory, si vous êtes d'accord.

— Pas de problème. On viendra vous récupérer.

Combien de temps avait-il dit qu'il restait ? Deux mois ? Elle devrait à tout prix trouver le temps de le connaître mieux et de comprendre ce sentiment d'excitation qu'il provoquait en elle.

José éprouva le désir surprenant de serrer Mallory dans ses bras avant de monter dans l'hélicoptère. Il n'avait pas envie de la laisser retourner seule à pied jusqu'au véhicule qui les avait amenés. Elle était charmante, et perfectionniste. Il l'avait vue agir avec les enfants et elle s'était montrée humaine et chaleureuse. C'était quelqu'un d'attentif aux autres qui lui avait offert généreusement un lit, et son attitude ouverte et franche était très appréciable.

Avec Dean aussi il s'était tout de suite bien entendu, et il avait l'impression qu'il acceptait plus facilement les nouvelles personnes depuis son arrivée dans ce pays.

Cela était-il dû au fait qu'il était sorti de son cadre habituel, ou seulement à Mallory ? Commençait-il à s'ouvrir à une autre manière d'aborder la vie depuis qu'il avait quitté la France ?

Il sentit l'excitation le gagner. Si c'était vrai, peut-être parviendrait-il un jour à toucher du doigt l'existence dont il avait toujours rêvé ? Une vie remplie d'amour, avec une femme qui partagerait tout avec lui, et des enfants à qui il pourrait donner tout ce qui lui avait manqué en grandissant.

Non. Pas des enfants. Là, il allait trop loin. Il ne savait pas comment être un bon père, et il n'était pas question qu'il fasse subir à d'autres enfants ce qu'il avait vécu, par maladresse ou ignorance.

Il entendit des rires fuser à l'extérieur de l'appareil. Mallory se tenait dehors avec Jamie et quelques autres sauveteurs, attendant le départ de l'hélicoptère. Elle était *vraiment* spéciale. Mais au lieu de s'en réjouir, il sentit sa poitrine se serrer. Ne s'étant pas lui-même construit sur des bases solides, comment pourrait-il fonder un foyer pour ceux qu'il aimait ? Même si sa future femme ressemblait à Mallory, comment pourrait-elle comprendre ses doutes ?

Pendant qu'ils crapahutaient dans la brousse et dans la boue, pas une fois Mallory ne s'était retournée pour vérifier s'il était capable de supporter le rythme. Elle avait tenu pour acquis le fait qu'il était un membre compétent de l'équipe. Et quand ils avaient rejoint les deux garçons, elle s'était effacée devant le médecin, sans chercher à montrer ses compétences de secouriste et son expérience des sauvetages.

À présent ils allaient décoller. Si le médecin reconnaissait que c'était son rôle d'accompagner les enfants, l'homme n'aurait rien aimé autant que repartir à pied avec cette femme qui avait réussi à l'amadouer alors qu'ils ne se connaissaient que depuis la veille.

La façon dont elle l'avait accepté spontanément chez elle l'avait sidéré.

Il vit la tête de Jamie apparaître dans l'ouverture sur le côté de l'hélico.

— José, les enfants ont leur ceinture bien serrée, et toi aussi, tu dois t'attacher, lui dit-il, le ramenant à la réalité.

Mallory était sans doute spéciale, mais il ne resterait pas dans ce pays. Il avait toujours eu l'intention de retourner à Nice. C'était là que se trouvait sa place, bien que ses racines soient peu profondes.

Même s'il avait obtenu un visa de deux ans, il n'envisageait de ne rester qu'une année en Nouvelle-Zélande, connaissant son incapacité à se poser quelque part. Sans oublier qu'il avait promis d'être rentré pour l'opération de Gabriel.

— Compris. À tout à l'heure, répondit-il.

Après avoir refermé la porte, il regarda les garçons en face de lui.

— Ça va, Morgan ?

— Pourquoi l'hélicoptère tremble autant ?

— Parce que les rotors qui tournent au-dessus vont de plus en plus vite. Nous allons bientôt quitter le sol et tu n'y feras plus attention.

Timmy ouvrit les yeux et regarda autour de lui, l'air égaré.

— Où est mon papa ? demanda-t-il en pleurant.

— Vos deux papas sont en train de rouler en voiture vers l'hôpital pour vous retrouver.

Pourvu que leurs mères soient déjà arrivées sur place !

ajouta-t-il pour lui-même. Ces deux enfants étaient en manque d'affection et de câlins.

Quand ils décollèrent, il regarda par la vitre, cherchant Mallory des yeux, et la vit retourner dans la brousse, Shade sur les talons. Sa silhouette fut rapidement avalée par la forêt de manukas autour d'elle.

— À tout à l'heure, murmura-t-il à son intention avant de sourire à Morgan.

— Alors, c'est amusant, non ?

Il se sentait heureux d'avoir contribué à sauver les garçons. C'était une des meilleures choses qu'il ait faites dans ce pays, et il était reconnaissant à Gabriel de l'avoir convaincu de venir ici.

— Tu as besoin de changer d'air et de regarder tout ce qui t'est arrivé auparavant avec une certaine distance, lui avait-il dit quand il l'avait emmené pour la première fois sur la tombe de sa mère.

— Que veux-tu dire ? avait-il demandé. Rien n'aurait pu sauver ma mère de la drogue, si ce n'est elle-même. Et apparemment elle ne l'a pas voulu assez fort.

Le fait de voir la tombe avait ravivé des émotions enfouies en lui, lui rappelant tout ce qu'il avait manqué.

— Chacun choisit son propre chemin, lui avait rappelé Gabriel. À toi de décider comment affronter les obstacles de la vie.

— D'accord, mais en quoi le fait de m'éloigner va-t-il changer quelque chose ? avait-il demandé, amer.

— Cela pourrait t'aider à tirer un trait sur le passé. Tu pourrais percevoir le monde avec plus de légèreté et un esprit apaisé. Tu seras tellement occupé à vivre ta nouvelle vie que tu oublieras de traîner tes malheurs derrière toi.

— Et je parie que tu as une idée sur le pays où je devrais aller.

— C'est à toi de choisir, mais je verrais bien un endroit peu habité avec des montagnes, où tu pourras être toi-même. À une époque, tu parlais souvent de la Nouvelle-Zélande.

Il avait souri.

— Je me doutais que tu y avais déjà pensé…

Peu à peu, l'idée avait fait son chemin et maintenant il était là, appréciant la vie.

— Shade ne pourra plus marcher si vous continuez à la gaver comme ça ! protesta Mallory pour la forme.

Son cœur fondait pour sa chienne, qui s'était allongée devant la cheminée du pub où flambait un bon feu. Aujourd'hui, elle avait prouvé une fois de plus son grand talent pour suivre la trace de quelqu'un. Et naturellement, elle était pourrie gâtée par tous les membres de l'équipe.

— Elle mérite le moindre morceau de viande qu'elle reçoit, intervint José depuis le bar, où il venait de payer une autre tournée de bière pour le groupe. Et on ne peut pas dire qu'elle soit en surpoids.

Son accent français ressortait davantage quand il était entouré de tous ces Kiwis, ce qui le rendait encore plus sexy.

— Serais-tu en train d'insinuer que j'affame ma chienne ? répliqua-t-elle en souriant.

Ils avaient été à l'unisson à chaque moment de cette journée. José avait assuré, même quand le terrain lui était étranger. Il n'avait pas hésité à passer à gué des ruisseaux d'eau glacée, ni à patauger dans la boue qui lui collait aux bottes.

— Pas ce matin, en tout cas, répondit-il.

Elle lui avait donné double ration de pâtée dès qu'elle avait su qu'ils partaient sur la piste des enfants. Shade se donnait toujours à fond quand elle cherchait quelqu'un.

La nuit de l'arrivée de José dans sa maison, Mallory avait dormi d'une seule traite, ce qui montrait combien elle se sentait en sécurité avec lui – et aussi à quel point l'accident de Kayla l'avait affectée. Au réveil, elle avait appelé la mère de son amie et avait appris qu'on lui avait implanté des broches dans la jambe droite. La fracture de l'autre jambe n'était pas aussi grave, mais la commotion cérébrale était sérieuse et il lui faudrait du temps pour s'en remettre.

Après avoir pris une douche et revêtu un pantalon et un gros pull en laine angora rouge, elle avait retrouvé José dans la cuisine, en train de siroter son café tout en conversant au téléphone avec Dean.

Elle avait été impressionnée par la façon dont il s'était proposé tout naturellement pour aider, dès qu'il avait entendu qu'une recherche s'organisait. Lui-même était passé au second plan, alors qu'il aurait pu s'installer dans la maison de Kayla et défaire ses bagages au lieu d'aller affronter le froid et la boue. Et quand ils avaient atteint le point de rencontre, il s'était aussitôt entendu avec tout le monde.

Il la fascinait avec son physique et son accent. Dès qu'il se trouvait dans les parages, elle était consciente de sa présence, ce qui ne lui était pas arrivé depuis longtemps – en fait, depuis Hogan. En tant que médecin, il n'avait pas cherché à faire preuve d'autorité avec elle. Ils s'étaient occupés ensemble des garçons, se partageant les tâches, faisant passer Timmy et Morgan avant tout le reste.

Malgré ses douloureuses expériences passées, elle avait hâte d'en savoir davantage sur lui. Et pourquoi ne pas se rapprocher de lui physiquement ? Comment nier qu'elle était intéressée lorsque, d'un simple regard, il la faisait fondre ? Mais elle voulait plus qu'une aventure, et cela n'arriverait pas avec José.

En même temps, elle n'était pas obligée d'observer un strict célibat en attendant l'homme de ses rêves…

José traversa la salle, les mains chargées de verres remplis à ras bord, et elle ne le quitta plus des yeux. Il fallait qu'elle se décide : une aventure, ou rien.

Elle tenta de reporter son attention sur les hommes assis autour de la table, qui se défoulaient en racontant des histoires plus fantaisistes les unes que les autres. La tension qu'ils venaient de subir avait été plus grande qu'à l'accoutumée dans la mesure où c'étaient des enfants qui avaient disparu. Ils n'osaient imaginer le désespoir des familles si cela avait tourné au drame – le cauchemar de tous ceux qui participaient aux recherches.

Ayant posé les boissons sur la table sans renverser une seule goutte, José tendit un verre à Mallory et s'assit sur le siège vide à côté d'elle.

— Je parie que ces gamins ne vont pas se précipiter dans la brousse de sitôt, dit-il en étendant ses jambes interminables sous la table.

Elle détourna les yeux, sentant le rouge lui monter au visage.

— Cela m'étonnerait que leurs parents les laissent sortir de leur chambre avant au moins un mois, répondit-elle.

— Je croyais qu'ici les parents aimaient que leurs enfants sortent pour apprendre à se familiariser avec la nature…

Elle n'aurait pas dû le regarder de nouveau. Il avait les yeux fixés sur elle et il souriait, la taquinant visiblement. Pour le coup, elle se sentit devenir cramoisie. Comment un simple coup d'œil sur cet homme pouvait-il lui faire perdre ses moyens ? D'autres hommes séduisants venaient à Queenstown, pour faire du ski ou pratiquer des sports extrêmes. Il devait y avoir autre chose. Le fait qu'il soit français ? Son accent ?

— C'est la même chose en France ?

— Pour ceux qui ont la chance d'être à la campagne ou à la montagne. Je suis né en ville, mais en grandissant je suis allé à la montagne dès que j'ai pu. J'avais lu beaucoup de livres sur des alpinistes du monde entier et je voulais comprendre la fascination qu'exerçaient les montagnes. J'étais attiré par le grand air, la liberté et la faible densité de population. Je trouvais excitante l'idée de pouvoir marcher pendant un kilomètre sans rencontrer âme qui vive, mais je n'ai jamais eu envie de faire de l'alpinisme. Je regardais les falaises abruptes et rien qu'à la pensée qu'ensuite je devrais redescendre, je me sentais mal.

Elle ne put s'empêcher de rire. Cet homme lui faisait vraiment de l'effet. Il parlait de lui avec simplicité, comme s'il n'avait rien à prouver, contrairement à certains hommes qu'elle croisait dans son travail, qui bombaient le torse dès qu'ils voyaient qu'une femme était aux commandes de l'hélicoptère.

— En ce qui me concerne, je me fie aux rotors de mon appareil plutôt qu'à mes jambes, répondit-elle. J'ai transporté assez d'alpinistes blessés pour savoir où je préfère être.

— D'accord avec toi, dit-il. Inutile de rechercher les extrêmes pour apprécier la montagne, même ici où les touristes sont nombreux. Mais il paraît qu'il y a encore de nombreux endroits où il est possible de leur échapper.

— En travaillant au département des urgences, tu vas rencontrer des gens qui te les indiqueront.

— Et toi ? lui demanda-t-il. Est-ce que tu bouges souvent ?

— Grâce à mon métier je parcours toute la région depuis les airs. C'est avec l'équipe de sauvetage que je vois tout le pays que j'aime. Lorsque j'étais plus jeune, mon père m'emmenait souvent en excursion avec lui et on passait la nuit dans des cabanes. Cela fait longtemps que je n'y suis plus retournée.

— Tu voudrais bien m'en montrer une ou deux ?

Naturellement, la demande de José était accompagnée d'un sourire craquant.

— Je pense que ce sera possible si nous obtenons des jours de congé en même temps.

C'était tellement tentant ! C'était ridicule, elle ne s'était jamais emballée pour un homme aussi vite. Il était beau, sexy et d'une compagnie très agréable, mais il partirait bien avant Noël. Et depuis Hogan, elle était plutôt du genre très prudent.

— On pourra faire des excursions de jour, mais pas y passer la nuit, dit-elle.

Pas question de se retrouver seule avec José, si le simple fait d'être assise à côté de lui dans un groupe suffisait à lui chauffer le sang.

Il lui jeta un regard déterminé.

— Pourquoi pas ?

Était-il intéressé par elle ou par les balades ? Elle sourit intérieurement. Quelle importance, si elle voulait juste qu'ils passent un peu de temps ensemble ? Tout lui plaisait chez lui. Mais ses erreurs passées lui avaient démontré qu'elle était incapable de porter un jugement correct sur les hommes. Elle n'avait eu aucun flair en ce qui concernait Hogan et Jasper.

Tous les hommes auraient dû être comme son père : francs, loyaux, sincères. Elle travaillait dans un environnement masculin, mais ne comprenait pas toujours leur manière de penser et s'attendait à ce qu'ils soient ouverts et honnêtes comme son père l'avait été. Maisie disait toujours en riant qu'une femme qui comprenait les hommes les nourrissait, les aimait et les laissait faire ce qu'ils voulaient.

La voix de José s'éleva au-dessus du brouhaha ambiant.

— J'ai commandé du poulet et des frites pour tout le monde, annonça-t-il à la cantonade.

— Et ne donnez plus rien à Shade ! ordonna-t-elle.

Se laissant aller contre le dossier de sa chaise, Mallory sirota sa bière et se détendit. Ses jambes lui faisaient mal et sa tête devenait de plus en plus légère – sans doute l'effet de la boisson combiné à l'excitation et au soulagement d'avoir sauvé ces enfants. La fatigue physique était en train de prendre le pas sur le reste. C'était une sensation plutôt confortable, qui s'accompagnait du sentiment d'avoir accompli quelque chose de bien au sein d'un groupe de gens œuvrant tous dans le même but.

Des plats chauds arrivèrent, remplissant l'air de délicieuses odeurs de grillades et d'épices, et tout le monde mangea de bon appétit.

— Tu es devenue bien calme, murmura José à son oreille.

Rien d'étonnant à cela.

— Je suis plutôt quelqu'un qui observe.

Voilà qu'elle regardait un peu trop ses jambes… Est-ce qu'un jour elles seraient mêlées aux siennes, dans son lit ?

Elle se secoua mentalement et le regarda droit dans les yeux. Des yeux marron foncé où brillaient des paillettes dorées. Un regard joyeux, généreux et sensuel. Une brève aventure avec un homme qui l'attirait modérément, c'était ce qu'elle recherchait d'ordinaire. Cette sensation lancinante de vouloir davantage avec José la déstabilisait. Elle avait l'intuition qu'avec lui il n'y aurait pas de demi-mesure. Il s'emparerait de son cœur, de son esprit, et elle s'enticherait de lui. Ce qui aurait été très bien, s'il n'avait pas dû repartir bientôt.

José était différent. Dans leurs discussions, il ne cherchait pas à prendre le dessus ni à faire passer ses propres intérêts avant les siens. Il avait l'air sincèrement intéressé par ce qu'elle faisait ou pensait. Et par-dessus tout, elle se sentait bien avec lui, et presque aussi proche qu'elle l'était de Kayla et Maisie – comme si elle l'avait connu toute sa vie et pas seulement depuis la veille.

Mais elle ne voulait pas être amie avec lui. Ce désir qui faisait vibrer tout son être n'avait pas grand-chose à voir avec de la camaraderie. Elle avait envie de faire partie de sa vie et de s'ouvrir à lui.

— Bon sang…

— Un problème ?

Oh ! oui.

— Aucun.

Du moins, tant qu'elle ne céderait pas à l'intensité des sentiments qui s'emparaient d'elle. Elle se raidit sur son siège avant de se tourner vers José et se perdit aussitôt dans le regard intense fixé sur elle. Prenant son verre pour se donner une contenance, elle avala de travers. Naturellement, il lui tapa dans le dos et même le contact dur de sa main lui plut. Il était grand temps qu'elle rentre chez elle et aille se coucher après une bonne douche. *Froide, de préférence.*

Quelque chose se posa sur sa cuisse et sa main trouva la bonne grosse tête de Shade.

— Comment ça va, ma fifille ?

Une paire d'yeux humides la regarda avec amour. Comment les chiens pouvaient-ils aimer ainsi, sans réserve et sans condition ? Ils se contentaient de donner et de demander quelques caresses en retour. *Et du steak et des frites.*

— Tu l'as depuis combien de temps ? demanda José en grattant le haut du dos de Shade comme si tout était normal – ce qui devait être le cas pour lui.

— Depuis un an et demi, lors d'un sauvetage animal. Je n'ai pas pu résister à son regard, ajouta-t-elle.

Shade poussa doucement sa cuisse du bout de son museau.

— D'accord, j'ai compris. On sera de retour dans une minute, dit-elle en reculant sa chaise.

Une fois dehors, elle enfonça les mains dans ses poches et suivit à pas lents sa chienne qui allait rendre visite aux arbres du parking.

— Décidément, je suis trop attirée par lui, marmonna-t-elle entre ses dents.

Shade ne tarda pas à la rejoindre et elle lui gratta la tête entre les oreilles.

— Est-ce que José te plaît ? lui demanda-t-elle. Tu l'aimes bien, pas vrai ?

Cela ne changeait rien à la situation. Si elle avait été ici avec elle, Kayla l'aurait incitée avant tout à prendre du plaisir. Ce qui ne serait pas difficile, il était si charmant ! Tout à fait craquant. Mais il n'y avait pas que son physique qui l'enchantait. En même temps, elle ne voulait pas risquer de se laisser emporter trop loin.

Sortant son téléphone de sa poche, elle appuya sur le numéro de Maisie.

— Salut, as-tu eu des nouvelles de Kayla ?

— J'ai parlé à sa mère. Elle a eu une journée difficile après avoir passé des heures en chirurgie. J'ai encore du mal à réaliser ce qui lui est arrivé.

— Moi aussi, bien que j'aie participé au sauvetage. C'est si injuste. Figure-toi qu'hier soir j'ai cru que tu étais venue me rendre visite.

— Désolée, ce n'est pas possible en ce moment, j'ai trop de travail. Et alors, qui est venu te voir ?

— Un Français. Un beau mec, tu peux me croire.

Elle lui résuma la situation.

— Parfait, commenta Maisie. Il est temps que tu rencontres quelqu'un d'intéressant.

— Mais il ne va pas rester longtemps.

— Alors profites-en au maximum pendant qu'il est là !

— Merci du conseil. Il se pourrait que je le suive, bien que je…

— Je ne veux pas entendre tes excuses pour ne pas t'amuser. Et qui sait ? Il pourrait changer d'avis s'il se rend compte à quel point tu es une fille super…

— Il est temps que je retourne à l'intérieur, la coupa Mallory en riant. À plus !

Que deviendrait-elle sans ses amies ?

3.

José bavardait avec les hommes de l'équipe restés autour de la table, tout en guettant le retour de Mallory.

C'était vraiment une femme peu ordinaire, dotée d'un cœur d'or et de l'envie de venir en aide aux autres. Elle possédait aussi un caractère bien trempé, comme elle l'avait montré en s'engageant sans hésiter dans la brousse néo-zélandaise à la suite de sa chienne, à l'aise dans une situation qui aurait été pénible pour beaucoup de monde. Dean lui avait raconté la mésaventure d'un Canadien parti faire une promenade d'une heure derrière son motel, et que l'on avait retrouvé trois jours plus tard, complètement désorienté et déshydraté. D'après ce que José avait vu, cette histoire n'avait rien d'exagéré.

La porte d'entrée s'ouvrit enfin. Shade trottina jusqu'au tapis et s'allongea devant le feu. Mallory s'arrêta en chemin pour parler à une femme qui l'avait appelée.

José l'étudia du coin de l'œil, tout en écoutant Scott qui racontait un sauvetage survenu dans la région des fjords. Des mèches blondes rebelles s'étaient échappées du nœud serré qu'elle avait fait sur sa nuque et se répandaient sur ses épaules, caressant ses joues rosies par le froid et mettant en valeur ses yeux verts qui semblaient tout voir autour d'eux. Ses lèvres pulpeuses étaient très tentantes.

Il n'avait certes rien contre ce genre de distraction, si les deux personnes étaient d'accord. Il réprima un soupir. Cela faisait déjà quelque temps que son aventure avec une infirmière de Wellington s'était terminée. Ils avaient eu de bons moments et s'étaient quittés sans regrets, peu attachés l'un à l'autre.

Cela ne serait pas possible avec Mallory, étant donné qu'il se sentait déjà lié à elle. Pourtant, il imaginait difficilement pouvoir trouver une femme dont il tomberait amoureux, après les échecs qu'il avait connus. Sa mère ne l'avait pas aimé assez pour se sortir de son addiction et l'élever elle-même. Les familles d'accueil ne lui avaient guère apporté. Gabriel et Brigitte l'avaient aimé plus tard, et c'était la chose la plus merveilleuse qui lui soit jamais arrivée. Mais ils étaient particuliers.

Une femme pourrait-elle l'aimer pour toujours, avec ses défauts et son passé ? Et saurait-il lui rendre la pareille ? C'était peu probable.

Jamie s'approcha de lui.

— Alors, José, as-tu rencontré des difficultés aujourd'hui ?

— Pas du tout. Une fois que Shade a eu repéré les garçons, tout s'est bien déroulé.

Il n'oublierait pas de sitôt la sensation de soulagement qu'il avait éprouvée, ni l'expression de Morgan regardant Shade comme si elle était une apparition magique. Il s'était discrètement essuyé les yeux en les rejoignant, et avait vu Mallory faire la même chose avant de s'agenouiller près d'eux.

Il sentit l'air vibrer autour de lui. Mallory était de retour et se rassit sur la chaise près de lui. Il lui avait semblé que quelque chose s'était passé entre eux un peu plus tôt, mais il s'était peut-être trompé.

Si seulement ses craintes se dissipaient, il pourrait passer une nuit avec elle. Si elle était d'accord, bien sûr.

— Shade a l'air contente, dit-il.

Mallory sourit.

— Shade est toujours contente, sauf quand elle estime que c'est l'heure de son repas. Elle est capable de prendre l'air le plus malheureux du monde.

Il aurait aimé avoir un chien, mais comment le pourrait-il, s'il bougeait tout le temps ?

— Est-ce que tu fais du ski ? demanda-t-il.

Peut-être pourraient-ils passer une journée ensemble à Coronet Peak ?

— J'adore ça, et le snowboard encore plus. J'en fais chaque fois que je peux.

Il étendit les jambes sous la table et surprit le regard de Mallory qui suivait ses mouvements. Elle l'intéressait, et c'était réciproque. Mais pas question qu'il se conduise comme un rustre et précipite les choses !

Prends ton temps, Jo. D'abord apprendre à la connaître.

Il la vit avaler une gorgée de bière tiède et faire la grimace.

— Tu veux boire autre chose ?

— Je vais prendre une limonade, il faut que je conduise pour rentrer.

Il se leva aussitôt, malgré ses protestations.

— Mais tu as déjà payé la tournée…

— Aucune importance. Veux-tu manger quelque chose avec ?

Elle avait à peine touché au poulet frites.

— Je vais prendre un hamburger avant de rentrer et me doucher. Mais, José, tu n'as pas besoin de faire ça.

Il adorait sa façon de prononcer son prénom. Très sexy.

— C'est pour te remercier pour la nuit dernière, dit-il. Mais ce sera ton tour la prochaine fois, si tu insistes.

Le sourire qu'elle lui décocha le fit fondre. Il était si spontané, si confiant ! Au moment de s'éloigner vers le comptoir, il se retourna.

— Tu ne voudrais pas boire quelque chose de plus fort si c'est moi qui nous ramène à la maison ? Je veux dire… chez toi.

Le sourire de Mallory s'élargit. Elle fouilla dans sa poche et en sortit ses clés de voiture.

— Alors une vodka citron, merci.

Troublé, il fourra les clés dans sa poche et se dirigea vers le bar. Appuyé sur le comptoir en attendant sa commande, il l'observa de loin pendant qu'elle discutait avec les hommes de l'équipe. Elle les connaissait bien et était visiblement à l'aise avec eux. Son attitude avec lui était la même – comme s'il était déjà un ami. Sauf que les sensations de son corps n'étaient pas celles que l'on éprouvait dans ce cas-là.

En dehors du sexe, il ne ressentait pas le besoin impérieux d'une relation avec une femme. Pourtant il voulait soudain tout savoir sur Mallory, ce qu'elle aimait prendre au petit déjeuner, la couleur qu'elle préférait…

Elle avait tant de choses pour elle. Elle faisait un métier dur, sans concession, ce qui ne l'empêchait pas de garder toute sa féminité.

— Pourquoi as-tu choisi de voler ? lui demanda-t-il en allant se rasseoir près d'elle.

— Pour la liberté. Ce qui peut paraître en contradiction avec le côté strict du pilotage. C'est comme partir à l'aventure chaque jour de ma vie. Ce métier prend en compte plusieurs facteurs : le temps, le terrain, et les gens.

Mallory était sûrement sincère, pourtant il sentait qu'elle ne disait pas toute la vérité. Il y avait encore plus derrière ses mots, dans les profondeurs de son regard qui s'était légèrement assombri et la soudaine raideur de son corps.

Lui-même ne se confiait pas sur tout ce qui le concernait.

— On dirait que tu as vraiment trouvé ta place.

L'expression pensive de son visage s'évanouit.

— Je le crois aussi.

Il aurait surtout aimé savoir ce qu'elle ne disait pas. Pourquoi voulait-il tant la connaître ? C'était nouveau pour lui, et plutôt inquiétant.

Contente-toi donc d'apprécier sa compagnie plutôt que de te triturer les méninges…

Mallory entra dans la maison la première.

— Te revoilà au même point qu'hier, dit-elle à José qui la suivait.

Elle fut de nouveau chamboulée par son rire grave et sexy.

— Rien de nouveau pour moi. De toute façon, je ne suis pas du genre à échafauder des plans et à m'y tenir absolument.

De son côté, elle était plutôt prudente et centrée sur ses objectifs. Si elle avait eu sa vie davantage sous contrôle à l'adolescence, elle ne serait pas tombée enceinte et n'aurait pas perdu son bébé, gardant la crainte de ne jamais devenir mère. Elle serait devenue infirmière, pas pilote. Pour ça, aucun regret. Voler était le meilleur des métiers. Mais la perte de son bébé avait laissé un vide jamais comblé dans son cœur. Lui – ou elle – aurait eu quatorze ans le mois dernier et aurait été à son tour un(e) adolescent(e) commençant à chercher sa voie dans le monde.

Comme elle aurait aimé pouvoir revenir en arrière et corriger ses erreurs ! Même si elle savait qu'elle n'aurait rien pu faire pour sauver le bébé, il lui arrivait encore de passer des nuits sans sommeil et elle avait gardé le réflexe de se protéger.

— Allô, Mallory ? Où es-tu ?

José la regardait d'un air interrogateur. Elle secoua la tête pour éloigner la tristesse qui la gagnait.

— Moi, j'aime savoir où je vais et comment y arriver.

— Tu ne parles pas seulement de balades dans la nature, n'est-ce pas ?

Elle le regarda à son tour. Il semblait la comprendre mieux que la plupart des gens, et ils se connaissaient depuis à peine vingt-quatre heures.

— Viens, on va prendre un café.

Il la prit par le bras pour l'emmener dans *sa* cuisine.

— Du thé pour moi, marmonna-t-elle. Ne devrais-tu pas aller voir la maison de Kayla ?

Et me laisser seule gérer mes émotions.

— J'ai toute la soirée pour ça.

Il avait pris les choses en main et commença à préparer leurs boissons comme s'il avait toujours été là.

Étrange, tout de même. Seules ses amies proches avaient le droit de se comporter ainsi. La maison était son sanctuaire à l'écart du monde, le lieu dans lequel elle s'était toujours sentie protégée. Entre ses murs, personne ne pouvait lui faire du mal. Mais José s'était intégré dans ce cadre, presque aussitôt. Il l'avait amenée à s'interroger sur sa vie afin de voir si elle pouvait lui faire une place – pour un temps.

— Du lait avec ton thé ?

Une question banale, de tous les jours.

— Oui, merci.

Elle alla fermer tous les rideaux.

José posa un mug pour elle sur le comptoir.

— Est-ce que ça va ?

— Je vais très bien, répondit-elle en le regardant droit dans les yeux. Vraiment.

— Tant mieux.

José la rejoignit et resta debout près d'elle, son café à la main, regardant les photos accrochées au mur.

— Quand je les ai vues hier soir, j'ai été un peu envieux de tout cet amour que l'on sent entre vous. Ce sont tes parents ? Ou peut-être tes grands-parents ?

Elle était habituée à cette question.

— Papa et maman. Ils se sont mariés quand elle avait quarante ans et lui cinquante. Et je leur ai fait la surprise d'arriver peu de temps après.

— À l'évidence, ils étaient plutôt contents.

— Comme j'étais leur seul enfant, ils m'ont beaucoup choyée. J'ai l'impression que j'ai mûri plus vite que la moyenne. Et Kayla et Maisie sont comme mes sœurs. Peut-être même mieux, car nous nous entendons très bien.

— Tu as beaucoup de chance.

C'était vrai. Il lui sembla qu'il y avait de la tristesse dans sa voix. N'avait-il pas dit qu'il avait regardé ses photos de famille avec envie ?

— Et toi, tu n'as pas eu une enfance entourée d'amour ?

— Non.

Il sirota son café, l'air songeur.

— Ne sois pas désolée pour moi, mais… j'ai grandi dans des familles d'accueil. À l'âge de quinze ans, alors que je commençais à mal tourner, j'ai rencontré un policier qui m'a pris sous son aile et m'a aidé. Et il n'a plus jamais cessé de veiller sur moi.

José esquissa un sourire désabusé.

— Je suis censé être un adulte à présent, mais j'apprécie toujours d'avoir Gabriel dans ma vie. Il est toujours de bon conseil.

Glissant un bras sous le sien, elle le serra brièvement contre elle.

— Nous avons tous besoin de quelqu'un auprès de qui déposer notre fardeau. Cela n'a pas dû être facile de grandir dans des familles d'accueil. En as-tu trouvé une qui était agréable ?

— J'ai été placé dans quatre familles au total et il n'y en a pas une seule avec qui ça s'est bien passé.

Pour elle, être entouré d'une famille aimante était *la* condition nécessaire pour grandir harmonieusement. Mais comme elle n'avait rien connu d'autre, elle avait tendance à trouver cela normal.

— Et Gabriel, est-ce qu'il est tout seul ? demanda-t-elle.

Il resta un instant silencieux, comme perdu dans ses souvenirs.

— Sa femme, Brigitte, m'a pour ainsi dire adopté dès le début, et elle n'était pas aussi stricte que Gabriel. Comme ils n'avaient pas eu d'enfant, ils étaient très pris par leur carrière. Pourtant ils avaient toujours du temps pour moi, ce que j'avais toujours cherché. J'ai eu de la chance de les avoir, même si je ressens encore les effets du rejet de mes familles d'accueil.

— Cela n'a rien d'étonnant. Je n'arrive pas à imaginer ce que ça a dû être…

Posant son mug sur le comptoir, il l'entoura timidement de ses bras, son menton reposant sur sa tête.

— Nous nous comprenons si bien… Je ne m'étais pas du tout attendu à ça.

— Moi non plus, murmura-t-elle, tandis que son cœur battait plus fort.

Ce sentiment de communion entre eux faisait monter en elle une douce chaleur. Elle se blottit contre son torse, respirant son odeur. Les mains de José bougèrent dans son dos et il se mit à tracer de petits cercles du bout des doigts, éveillant en elle des sensations comme engourdies.

Elle leva la tête et rencontra ces yeux brillants qui voyaient tant de choses et dans lesquels il y avait de l'intérêt pour elle et… de la bienveillance.

Il laissa échapper un long soupir.

— Je ferais mieux d'aller voir la maison de Kayla.

— Certainement.

Pourquoi était-elle si déçue ? Mieux valait ne pas précipiter les choses en se jetant sur lui pour l'embrasser, et attendre de le connaître davantage. Mais cette sensation dans la poitrine était toujours là.

— Avant de partir…

José pencha la tête, ses lèvres cherchant les siennes, et s'empara avec douceur de sa bouche. Elle ne pensa plus à rien et, sans hésiter une seconde, lui rendit son baiser avec ardeur, goûtant ces lèvres qui la tentaient depuis leur première rencontre. Les pointes de ses seins se dressèrent contre son torse tandis qu'elle sentait ses muscles tendus onduler sous ses mains.

Soudain il releva la tête.

Non. Reviens.

— Je te verrai demain, marmonna José d'une voix légèrement éraillée.

— D'accord.

Elle ne put en dire davantage, tant elle était submergée par la déception.

— Encore un baiser, murmura-t-il, sa bouche réclamant la sienne.

Prenant son visage dans les mains, il chercha son regard.

— Mallory ?

— José…

Elle sentit son corps fondre sous le feu du désir qu'elle lisait dans ses yeux, égal au sien. Tout se passait très vite, et c'était bien ainsi. Cela avait commencé la veille, quand elle était sortie de la salle de bains avec son pyjama et son peignoir et avait vu le regard de José s'éclairer, faisant naître le même désir en elle. Elle avait tout de suite remarqué que son attitude était différente. Il la regardait comme si elle était quelqu'un de précieux, et maintenant il la touchait comme s'il n'avait encore jamais touché une femme – prudemment mais fermement, et presque avec révérence, la faisant se sentir très sexy.

Ce baiser fut plus profond et plein de passion. Elle donnait autant qu'elle recevait. Les lèvres de José étaient à la fois douces et avides, comme s'il cherchait à mieux la connaître à travers leur échange.

Tout en promenant les mains sur son torse, il lui semblait que sa bouche ne pourrait jamais se rassasier de lui. Elle était déconcertée par le désir qui avait pris possession de son corps, et c'était bon.

Était-elle en train de s'approcher du paradis ? Il était possible que ce nouveau lieu et cet homme qu'elle venait de trouver, elle ne veuille plus les quitter.

Elle se figea et la bouche de José s'éloigna de la sienne.

— Mallory ? Est-ce que ça va ?

Il lisait en elle si facilement.

— Veux-tu que j'arrête ? murmura-t-il.

— Non. S'il te plaît…

Elle l'embrassa à son tour et ses lèvres sourirent sous les siennes.

— Merci.

Glissant les mains sous son T-shirt, elle sentit la chaleur de sa peau. Quand il entoura sa taille de ses larges mains tout en continuant à l'embrasser, elle perdit tout contrôle.

Elle avait envie de lui. Maintenant. Sans hésiter, elle

déboutonna son pantalon tandis qu'il faisait glisser le sien jusqu'à ses chevilles…

Lorsqu'ils furent nus tous les deux, il posa les mains sur ses fesses et elle noua naturellement les jambes autour de ses hanches. Appuyée contre le mur, elle s'abandonna à ses baisers et à ses caresses.

Cette chaleur, ce désir bouillonnant dans ses veines et cette impression de vivre un rêve éveillé, c'était ce qu'elle avait toujours recherché.

— Viens, murmura-t-elle.

Il la pénétra lentement, puis, à mesure qu'il allait et venait en elle, elle sentit la vague de plaisir enfler, jusqu'à l'explosion finale qui lui fit découvrir des sensations qu'elle n'avait encore jamais éprouvées avec une telle intensité.

Où étaient passées ses résolutions de prendre les choses sans hâte, d'en apprendre plus sur Mallory avant de la connaître plus intimement ? Le bras enroulé autour de sa taille, José se lova contre elle tout en écoutant sa respiration régulière. Elle l'avait entraîné dans son lit, la veille…

Il ne devait pas oublier que cette aventure ne pouvait être que de courte durée. Ce pays n'était pas le sien et il repartirait bientôt.

Pourtant, dès qu'il avait mis le pied en Nouvelle-Zélande, il avait eu l'impression de trouver quelque chose qui lui avait toujours manqué. À mesure qu'il découvrait le pays, il se sentait de plus en plus chez lui, comme si le fait de s'être éloigné de son ancienne vie l'avait libéré. Mais la constance et la stabilité ne faisaient pas partie de son ADN. La seule chose qu'il faisait constamment, c'était bouger.

Mallory blottit son beau corps contre lui. Elle était vraiment différente. Forte, déterminée, elle avait l'air de savoir ce qu'elle voulait dans la vie. Malgré tout il y avait chez elle un besoin inassouvi. Il n'avait aucune idée de ce que c'était, mais cela l'intriguait. Et sa façon de se donner à lui tout en exigeant son dû l'avait fait craquer. Chaque fois qu'il respirait, une mèche de cheveux blonds lui caressait le visage. Sentir sa peau douce contre la sienne l'apaisait.. Avec elle, il lui semblait que pour une fois il pouvait tenter sa chance en amour.

Alors qu'il ne la connaissait que depuis un peu plus de vingt-quatre heures ?

Décidément cela allait trop loin, trop vite. Il allait bientôt rentrer en France et devait faire machine arrière.

Mais en même temps qu'il tentait de se raisonner, il sentait sa chaleur contre son ventre, une intimité qui le bouleversait.

— José ?

— Oui ?

— *Merci.*

Comme Mallory se retournait dans ses bras et étendait sa jambe sur lui, il s'enfonça davantage dans le lit, s'étendit de tout son long en souriant, heureux, sans se poser de questions.

— Ne me remercie pas, répondit-il, avant de se rendre compte à sa grande stupéfaction que c'était vrai : il se sentait incroyablement heureux.

Et, en même temps, il se sentait rempli d'appréhension. Pourtant ses bras se resserrèrent encore autour d'elle.

Mallory se souleva sur un coude et plongea son regard dans le sien.

— Un problème ?

Oui, toi. Elle lisait en lui un peu trop facilement. Et elle le rendait heureux naturellement, sans même le vouloir. Une vague de tristesse le submergea à la pensée de devoir repartir.

Elle le fixait toujours de ses grands yeux verts, attendant sa réponse.

— Pas du tout, dit-il.

Ce n'était pas tout à fait un mensonge. Tout serait parfait s'il ne pensait pas à ce qui se passerait après cette nuit et dans les jours à venir. Prenant doucement sa tête dans les mains, il l'attira à lui pour l'embrasser.

Mais comme la première fois, le baiser se prolongea et devint de plus en plus intense, jusqu'à ce que leurs corps brûlants de désir fusionnent de nouveau. La tenant par les hanches, il se perdit en elle et oublia tout, excepté elle et lui. Ils atteignirent ensemble le sommet du plaisir avant de retomber haletants sur le lit, bras et jambes entremêlés, comblés.

4.

Mallory sourit toute seule. Elle avait des courbatures, et cela n'avait rien à voir avec les pénibles recherches de la veille dans la brousse. Le responsable était en train de chanter à tue-tête sous la douche, au bout du couloir.

Elle avait fait la même chose un quart d'heure plus tôt et chanté aussi faux que lui. C'était quelque chose qu'elle ne faisait jamais lorsqu'elle n'était pas seule, depuis que ses amies s'étaient plaintes qu'elle leur cassait les oreilles. Mais ce matin elle s'était laissée aller, d'humeur plus joyeuse que d'habitude, même si elle pensait que José allait s'installer dans la maison de Kayla et qu'elle ne le reverrait plus chez elle.

Au réveil, il n'était pas rare qu'elle bondisse hors du lit, mais ce matin elle avait pris son temps. Quelle nuit ! José était l'homme rêvé : séduisant, tendre, passionné, il avait fait passer son désir à elle en premier quand ils avaient fait l'amour.

La veille, elle l'avait vu agir avec les enfants perdus dans la brousse ; il s'était montré plein de bonté et de sollicitude, sans parler de ses compétences médicales. Il s'était tellement bien intégré dans l'équipe de sauvetage qu'on aurait cru qu'il avait toujours été là. Et il était tout sauf égocentrique. Certes, on sentait qu'il avait envie d'être accepté, mais il ne cherchait pas à se mettre en valeur. C'était quelqu'un de très attachant, et elle craignait que ce ne soit pas simple de se séparer de lui le moment venu.

Si elle avait déjà croisé d'autres hommes présentant les mêmes qualités, ils n'avaient pas su la faire vibrer comme lui. Mais elle savait qu'elle était encore dans l'euphorie d'une merveilleuse nuit, et que le doute finirait par s'insinuer en elle, l'amenant à se demander si elle ne s'était pas trompée et si José n'avait pas les mêmes défauts que les autres. La seule certitude était qu'il ne resterait pas, et elle devait se rappeler de ne pas s'impliquer sentimentalement si elle voulait passer encore du temps avec lui.

Cela ne l'empêchait pas d'être là, à sourire béatement, si légère qu'elle avait envie de danser. Elle se sentait bien avec José, détendue et insouciante. Difficile de croire que la nuit précédente, elle l'avait surpris sur son canapé. L'Intrus. Il pouvait se passer tant de choses en vingt-quatre heures ! Elle avait connu de nombreux moments d'excitation et de joie, à commencer par la découverte des enfants. Et tout cela, elle l'avait vécu avec José à ses côtés. Comme s'il était destiné à être avec elle, et qu'elle avait enfin trouvé quelqu'un qui comprenait son besoin de mettre ses capacités au service des autres.

Son estomac protesta bruyamment. Un petit déjeuner s'imposait – thé pour elle, café pour lui. Sans s'en rendre compte, elle se mit à fredonner « œufs au bacon, galettes de pommes de terre ».

— Ça me va tout à fait, dit une voix grave.

Mallory sursauta.

— Tu m'as fait peur…

José éclata de rire.

— Ce n'était pas mon intention. Tu étais complètement absorbée dans tes pensées.

Elle se retourna pour contempler celui qui lui avait donné tant de plaisir, cette nuit. Elle se sentait toute petite contre lui, et pourtant son égale. José ne cherchait pas à lui prendre quoi que ce soit, au contraire. Il se donnait pour son plaisir à elle et dans ses bras, elle se sentait plus forte encore.

Malgré son attitude décontractée, il apparaissait comme un homme solitaire et secret, ce qui n'avait rien d'étonnant pour quelqu'un qui avait grandi sans l'amour d'une famille. Il était donc peu probable qu'il s'engage sentimentalement pendant le peu de temps qu'il restait, ce qui lui convenait très bien. Vivre pendant deux mois ce qu'ils avaient connu cette nuit ? *Oh ! oui.* Mais après son départ, se retrouverait-elle une nouvelle fois le cœur brisé ? *Non, merci.*

José déposa un baiser léger sur sa joue et tendit la main vers la cafetière.

— Qu'est-ce que tu comptes faire aujourd'hui ?

Elle fut brusquement ramenée à la réalité. Aujourd'hui était un dimanche ordinaire, avec sa routine et ses tâches à accomplir.

— Faire des courses pour le repas, passer quelques heures avec maman, et mettre à jour la paperasse qui attend.

Il eut l'air songeur pendant qu'il versait les grains de café dans l'appareil.

— Et il y a aussi la pelouse à tondre.

Mais en hiver, elle pouvait attendre une semaine de plus.

— Je vais aller m'installer dans la maison de Kayla, et voir ce dont j'ai besoin pour les repas et le reste, dit José.

Il y eut un long silence. Attendait-il qu'elle lui propose de rester encore chez elle quelques jours – voire plus longtemps ? Ils pourraient passer d'autres nuits semblables à celle-ci… Pourquoi pas ? L'excitation la gagnait déjà.

Soudain, la sonnerie de son portable retentit ; elle sourit en regardant l'écran.

— Salut, Megan. Est-ce que tout va bien ? demanda-t-elle à l'infirmière de la maison de retraite tout en marchant jusqu'à la fenêtre, d'où elle pouvait voir le jardin à l'anglaise qui avait été la passion de sa mère et se retrouvait à l'abandon.

— Ça va. Vous venez voir Dorothy, aujourd'hui ?

— J'arriverai en fin de matinée. Je n'ai pas pu passer hier car il y a eu un sauvetage d'urgence.

Le personnel n'avait pas pour habitude de contrôler ses visites. Il devait y avoir un souci.

— Que se passe-t-il ?

— Rien de grave, mais nous avons dû augmenter la dose de médicaments de Dorothy et j'aimerais vous en parler.

Le cœur de Mallory se serra. Récemment, elle avait trouvé sa mère moins consciente que d'habitude.

— Jeudi dernier, j'ai dû lui rappeler qui j'étais.

— Ce n'était pas la première fois, Mallory.

— Je peux être là à 11 heures, si cela vous convient.

Une fois la conversation terminée, elle continua à regarder les mauvaises herbes qui envahissaient le jardin. À présent, seuls les moineaux et les grives s'y intéressaient. Il faudrait qu'elle l'entretienne un peu, mais à quoi bon ? Tout repousserait rapidement et sa mère ne le reverrait sans doute plus. De toute façon, elle ne reconnaîtrait pas l'endroit merveilleux où elle aimait s'asseoir pour se détendre au soleil.

— Est-ce que ça va ? appela José depuis l'autre bout de la cuisine.

Mallory prit une longue inspiration avant de se retourner.

— Oui. Une infirmière voudrait me parler quand j'irai voir maman, c'est tout.

— Ta maman n'est pas bien ? demanda-t-il en lui tendant son mug de thé.

— Merci. Non, elle n'est pas bien.

Ce n'était pas facile pour elle de parler de sa mère depuis que celle-ci restait assise pendant des heures dans son fauteuil à bascule, à fixer le mur – elle qui était une femme si exubérante, qui fréquentait tant de gens ! Maintenant elle reconnaissait à peine sa propre fille.

— Je vais préparer le petit déjeuner, ajouta-t-elle, éludant la question.

Mais José insista.

— Tu es triste, dit-il en sirotant son café.

Elle fit un effort pour se ressaisir et lui adressa un sourire tremblant.

— Ma mère est atteinte de démence.

— Cette adorable dame sur les photos ? Mallory, je suis désolé…

Sans savoir comment, elle se retrouva blottie contre le torse puissant qu'elle avait caressé pendant la nuit, et cela lui réchauffa le cœur.

— Je n'ai pas le choix, murmura-t-elle en se serrant davantage contre lui.

Elle aurait pu facilement s'y habituer.

Hélas, bientôt, il repartira…

— Tu es quelqu'un de solide, dit gravement José. Allez, occupons-nous de ce petit déjeuner pour que tu puisses commencer ta journée !

Ses bras retombèrent et elle se sentit de nouveau très seule – ce qui était ridicule car deux jours auparavant, chacun ignorait l'existence de l'autre. La dernière fois qu'elle était tombée amoureuse, cela n'avait pas été aussi immédiat, et il lui avait fallu moins d'un an pour se rendre compte qu'elle n'avait pas vraiment aimé cet homme et qu'ils avaient finalement très peu en commun. Alors, comment croire que cela marcherait avec José au bout de deux jours ?

Elle ne devait pas perdre de vue que sa mère avait besoin qu'elle s'occupe d'elle, au lieu de craquer pour un homme qui vivait à l'autre bout du monde. L'appel de Megan lui avait rappelé que sa vie était ici, près de sa mère, à piloter des hélicoptères et aider l'équipe de sauvetage…

Sentant un poids familier sur sa cuisse, elle baissa la tête et rencontra une paire d'yeux couleur chocolat. Elle reprit aussitôt ses esprits et caressa sa chienne.

— Oui, Shade, je m'occupe de toi dans une minute.

— Elle attendait près de la porte. J'espère que j'ai bien fait de la laisser entrer ?

— Bien sûr. Elle a faim, c'est l'heure de manger.

José prit le sachet de Shade et en sortit une poignée de biscuits pour chien.

— Combien ?

— C'est parfait.

Il les déposa dans le bol de la chienne.

— Comment aimes-tu tes œufs ? demanda-t-elle.

Le petit déjeuner fut silencieux, comme s'ils craignaient de trop en dire. Elle savait par expérience que le charme de la nuit pouvait vite être rompu. Sa dernière aventure s'était terminée sur un désaccord à propos de Shade, parce que l'homme en question lui reprochait de laisser entrer sa chienne dans la maison. Pathétique…

Posant son couteau et sa fourchette, elle but une gorgée de thé et regarda José par-dessus son mug.

— As-tu eu de nouveau Dean au téléphone ?

— Pas encore. Je vais le rappeler bientôt. Et j'ai l'intention de passer à l'hôpital pour me présenter.

— Et tes projets de découverte des meilleurs endroits pour skier ?

Hier soir au pub, elle l'avait entendu parler avec enthousiasme de saut à l'élastique et de parapente.

— Je ne les oublie pas. Ce n'est pas comme si je travaillais sept jours par semaine.

Elle crut voir une lueur d'espoir dans ses yeux. Qu'attendait-il exactement ? Elle n'allait pas lui proposer de continuer à rester ici. Pas après la nuit qu'ils venaient de passer. Sinon elle n'arriverait plus à le sortir de sa tête – ni de son lit. Elle était habituée à vivre seule dans son espace et à avoir sa tranquillité. Bien sûr, à d'autres moments, elle appréciait la compagnie et aimait bavarder et partager un repas.

Se calant sur sa chaise avec son thé, elle regarda José. Sans le vouloir, il l'avait plongée dans une telle confusion qu'elle ne cessait de se poser des questions sur ce qu'elle voulait vraiment. Pourquoi ne pas les laisser de côté et prendre du bon temps avec José ? Ce serait super, aucun doute là-dessus.

Elle céda.

— On pourrait aller skier le week-end prochain, si tu veux.

Elle lui montra par la fenêtre le sommet enneigé qui dominait le lac Wakatipu. Elle ne se lassait jamais de cette vue, avec la montagne qui paraissait presque à portée de main et dont le sommet immaculé se reflétait dans l'eau du lac, limpide comme un miroir. Ayant grandi ici, elle avait la montagne dans le sang. En comparaison, les paysages australiens secs et plats qu'elle avait découverts pendant les mois passés avec Hogan lui avaient fait penser à la planète Mars.

— On peut aller skier où tu voudras, dit-elle.

José lui répondit par un sourire dévastateur.

— À Coronet Peak, en premier. J'ai déjà hâte d'y être.

En premier ? Il y aurait donc d'autres fois ? Elle se sentit heureuse malgré elle.

— Espérons que nous ne serons pas appelés pour un sauvetage.

Le sourire de José ne faiblit pas.

— Sinon, on ira skier une autre fois.

— Il faut que je sois à la maison de retraite pour 11 heures…

— Je vais te laisser, dit José. On se voit plus tard ?

Il aurait été facile de répondre oui et de passer une autre merveilleuse nuit. Trop facile.

Elle inspira profondément.

— Je ne sais pas combien de temps je passerai avec maman ni quand j'aurai fini mes autres tâches de la journée. Peut-être une autre fois ?

Elle appréhendait sa visite à sa mère. Par chance, pour l'instant sa personnalité paisible n'était pas devenue plus agressive, mais les médecins l'avaient prévenue que cela pourrait arriver. La dernière chose qu'elle pouvait imaginer était de voir sa mère devenir violente. Pas une fois dans sa vie elle ne l'avait vue se mettre en colère, à plus forte raison en agressant verbalement ou physiquement quelqu'un.

— Oui, bien sûr, répondit José.

Son sourire avait disparu, en même temps que la lumière qui brillait dans ses yeux. Il se dirigea vers la porte d'une démarche raidie.

Elle l'avait blessé.

— José ?

Il lui fit un signe de la main sans se retourner.

Non. Quoi qu'elle ait fait, ce n'était pas intentionnel. Elle avait juste cherché à se protéger. Elle le rattrapa à la porte.

— Attends. Je voulais te dire que la nuit dernière… c'était merveilleux.

Il hocha la tête sans répondre.

— Je… n'avais jamais fait cela auparavant, poursuivit-elle. Et je n'ai aucun regret.

Nouveau hochement de tête.

Avait-il interprété sa réponse comme un rejet ? C'était en partie vrai, parce qu'elle avait peur de la suite.

— Il est encore tôt, José. On ne se connaît pas très bien, mais j'ai confiance en toi et j'aime le peu que j'ai vu de toi.

Tu peux faire mieux que ça, Mallory Baine.

— Tout va bien, Mallory. Je comprends.

Il laissa courir un doigt le long de sa joue, si doucement qu'elle fut parcourue d'un long frisson.

Comment se sortir de cette situation ?

— Ce n'est pas que je veuille tout arrêter, mais j'ai besoin de prendre les choses lentement.

Cette fois il sourit.

— Pour ça il est un peu tard, non ?

Elle se sentit rougir.

— En effet. J'ai des activités que je ne peux pas toujours mettre en attente. Et puis, tu n'es pas ici pour très longtemps, José.

— Habituellement, je ne reste nulle part très longtemps.

Son regard s'était assombri et elle prit cela pour un avertissement. Elle aurait dû être satisfaite, puisqu'il la rejoignait dans ses réflexions. Ils pouvaient continuer à se voir sans rien attendre l'un de l'autre. Mais elle sentait que rien avec José ne serait éphémère. Déjà, elle avait décelé son côté sensible, qui l'incitait à s'ouvrir à lui et à l'encourager à se confier en retour.

— Merci pour ton honnêteté, dit-elle.

Venait-elle de se mettre encore plus dans l'embarras ? Rien ne pourrait se résoudre aujourd'hui en discutant. Mieux valait vivre au jour le jour et réfléchir tranquillement. Mais elle ne pouvait pas juste s'en aller en niant le fait que José lui faisait de l'effet, et qu'elle voulait davantage ?

Se dressant sur la pointe des pieds, elle l'embrassa sur la joue.

— Cette nuit a *vraiment* été magique. Mais…

Mais quoi ?

Elle ne termina pas sa phrase.

Une fois seul, José s'interrogea. La nuit dernière avait été l'une des expériences les plus extraordinaires qu'il ait vécues avec une femme. C'était sans doute parce que, avec Mallory, il se sentait *chez lui*. Il avait l'impression d'avoir trouvé sa place. À aucun moment elle ne lui avait fait sentir qu'il allait trop loin et quand ils avaient fait l'amour, elle avait été aussi prête à donner qu'à recevoir.

Pas une seule fois il ne s'était demandé quelles étaient ses attentes. Était-ce juste pour une nuit ? Ou bien avait-elle envie d'une aventure ? Ou d'une relation ? Non, cela n'arriverait pas. Tous deux finiraient par souffrir.

Il n'eut pas à rouler longtemps, la maison de Kayla apparut presque aussitôt dans son champ de vision. C'était vraiment tout près. Mais il n'avait aucun regret, car il n'aurait pas connu Mallory si vite s'il était arrivé jusque-là. Sans compter qu'il n'aurait pas participé au sauvetage de la veille, puisque personne n'était au courant de son arrivée.

Après s'être garé dans l'allée, il jeta un coup d'œil à la pelouse fraîchement tondue et au jardin entretenu avec soin. À l'évidence, Kayla consacrait plus de temps à sa maison que Mallory – ou bien elle payait quelqu'un. Aucune mauvaise herbe n'aurait osé pousser entre les arbustes. Donc, le même ordre devait régner à l'intérieur, qui était sûrement tout aussi impersonnel.

Mais après tout, son propre appartement n'était pour lui rien d'autre qu'un toit sur sa tête, et il n'avait fait aucun effort pour le rendre agréable à vivre. C'était sans doute pour cela qu'il s'était senti si à l'aise chez Mallory, avec ses photos encadrées et ses étagères couvertes de livres. C'était à la fois douillet et convivial. Le panier de Shade, sa couverture et ses jouets complétaient le tableau. L'atmosphère y était chaleureuse et familiale – d'après le peu qu'il savait de la famille.

Il trouva la clé dans le boîtier du compteur électrique et entra. Comme il s'y attendait, il n'y avait pas une poussière à l'horizon. Il ne lui restait plus qu'à espérer que Kayla employait une femme de ménage, sinon il allait devoir s'activer autant ici qu'au service des urgences pour maintenir la maison en état…

Riant tout seul, il fit le tour des lieux et trouva la chambre qui lui était destinée : une pile de serviettes propres était posée sur la commode et il y avait des oreillers supplémentaires au pied du lit. Tout était trop parfait, mais il n'allait pas se plaindre. Il n'aurait pas du tout aimé trouver un endroit crasseux et mal tenu. En fait, c'était la chaleur de la maison de Mallory qui le rendait critique envers celle-ci.

Sors de ma tête, Mallory Baine.

Durant toute sa vie il avait vainement recherché l'amour, surtout auprès des parents de ses familles d'accueil. Il s'était fait deux amis proches à l'école de médecine, mais une amitié virile n'admettait pas les démonstrations d'affection. Il aurait voulu tomber amoureux, mais en même temps n'avait cessé de s'interroger sur sa capacité d'aimer et d'être aimé, repoussant les deux femmes avec qui il avait eu une relation sérieuse parce qu'il doutait de pouvoir s'engager vraiment. Il les avait fait souffrir toutes les deux – et lui aussi – à cause de son manque de confiance en lui.

Maintenant, il venait de faire la connaissance de Mallory, et les mêmes questions recommençaient à le hanter. Mais cette fois, il y avait une différence. Il n'avait éprouvé avec personne cette sensation de chaleur et d'évidence qu'il éprouvait avec elle.

C'est pourquoi tu l'as prévenue que tu ne te fixais jamais nulle part. Il ne voulait surtout pas lui faire du mal. Serait-il capable de s'éloigner d'elle comme il l'avait toujours fait, si rien ne le rappelait à Nice ?

Avant qu'il s'envole pour la Nouvelle-Zélande, Gabriel lui avait recommandé de s'ouvrir à toutes les opportunités, et de voir ensuite où elles le conduisaient. Comme s'il avait pressenti ce qui allait se passer…

Mais il allait maintenant se concentrer sur ce qu'il était venu faire ici, et il verrait Mallory lorsque leurs chemins se croiseraient – pendant le travail ou les opérations de sauvetage. Quand elle lui avait dit qu'elle n'était pas disponible ce soir, il ne l'avait pas crue. Elle était en train de mettre de la distance entre eux et il aurait dû lui en être reconnaissant, au lieu d'éprouver de la déception. Elle faisait ce qu'*il* faisait habituellement. Pourquoi avait-il le sentiment d'être rejeté ?

La nuit dernière avait été merveilleuse, excitante, et lui avait réchauffé le cœur. Alors pourquoi Mallory avait-elle dit qu'elle voulait avancer lentement ?

Le problème était qu'il ne savait pas ce qu'il voulait. Et pour l'instant, il avait des bagages à défaire et un directeur d'hôpital à aller saluer.

— Entre, Shade.

Le visage de Dorothy s'éclaira quand elle vit la chienne se précipiter dans sa chambre.

— Comment va ma fifille ?

Shade posa la tête sur ses genoux pour le câlin rituel, pendant que Mallory laissait sur la table les chocolats au caramel et les oranges qu'elle avait apportés. Puis elle alla serrer la vieille dame dans ses bras sans plus pouvoir s'arrêter.

— Tu vas bien, maman ?

Au moins elle s'était rappelé le nom de sa chienne.

— Je ne trouve mon pyjama nulle part. Est-ce que tu l'as emporté pour le laver ?

— Non, maman. Je vais le chercher, si tu veux.

— L'infirmière l'a déjà fait et elle n'a rien trouvé. On m'a pris aussi mes pantoufles.

Mallory réprima un soupir. Ce n'était pas la meilleure façon de commencer sa visite. Sa mère avait tout de même l'air assez lucide, aujourd'hui. Elle fouilla tous les tiroirs et ne vit aucun des trois pyjamas qui y étaient habituellement. Ils étaient probablement cachés quelque part dans la chambre, bien que Megan lui ait affirmé ne pas les avoir trouvés. Cet incident n'était pas le premier. Dorothy cachait souvent des objets, comme une paire de boucles d'oreilles ou ses livres préférés, et au bout du compte ils étaient au fin fond du placard, derrière des serviettes ou des chaussures.

— Je ne le retrouve pas non plus, dit-elle. Si on te faisait les ongles ? Je chercherai plus tard.

Megan lui avait raconté que sa mère avait aussi commencé à se promener au milieu de la nuit. On l'avait trouvée une fois dans la cuisine du personnel, et une autre dans les jardins, assise sur un banc en train de regarder les étoiles, vêtue seulement d'un léger peignoir dans le froid glacial. C'était assez courant dans les cas de démence et le personnel n'avait fait que la mettre au courant, mais elle avait reçu un choc car cela indiquait que Dorothy avait franchi une nouvelle étape dans sa maladie. Il n'y avait rien qu'elle puisse faire pour l'en empêcher et elle ne pouvait que s'en remettre au personnel qui la surveillait sûrement de son mieux.

Avec un soupir, Mallory sortit le flacon de vernis à ongles et le dissolvant avant d'installer un tabouret aux pieds de sa mère, sachant qu'elle allait lui faire plaisir.

— Quelle couleur, cette semaine ? demanda celle-ci.

Mallory lui frotta les pieds pour les réchauffer.

— Un bleu avec des paillettes, répondit-elle.

— Super. Ça me rappelle le ciel d'été.

Dorothy était décidément dans un de ses meilleurs jours. Si l'on exceptait les vêtements manquants, elle avait l'esprit plus vif et l'avait reconnue. De tous ses moments d'absence et d'agitation mentale, le plus douloureux était quand elle oubliait le prénom de sa fille. Parfois elle ne la reconnaissait même plus.

Mallory jeta un coup d'œil à sa mère, qui la regardait peindre l'ongle de son orteil. Non, elle ne quitterait pas Queenstown pour suivre José.

— J'ai fait la connaissance d'un homme qui me plaît, maman. Il séjourne dans la maison de Kayla et va travailler à l'hôpital.

— Oh ! Je suis contente pour toi.

— C'est un Français de Nice, poursuivit-elle. Et il est très séduisant.

Sa mère sourit. Elle avait dans les yeux une étincelle qu'elle ne lui avait pas vue depuis longtemps.

— Une fois, j'ai embrassé un Français, raconta-t-elle. J'avais dix-neuf ans quand je suis allée en France avec mes sœurs. Nous avons rencontré des garçons sur le terrain de camping, et je suis tombée amoureuse de l'un d'eux.

— Que s'est-il passé ? demanda Mallory, le pinceau du vernis à ongles en suspens

Elle ignorait que sa mère était allée en France – à plus forte raison qu'elle y était tombée amoureuse. N'était-ce pas plutôt son imagination qui lui jouait des tours ?

— Nous avons passé de bons moments, et puis je n'ai plus été amoureuse, poursuivit celle-ci, d'un air nostalgique.

Elle gardait de bons souvenirs, à en juger par le doux sourire qui flottait sur ses lèvres. Ce même sourire qu'elle avait adressé tant de fois à son père durant toute sa vie. Mallory s'attendrissait toujours quand elle pensait à l'amour que ses parents avaient partagé pendant leur mariage. Et voilà qu'elle apprenait qu'il y avait eu un autre homme à qui sa mère avait souri de la même manière. Un Français…

Mais celle-ci disait qu'elle avait cessé de l'aimer. Comme cela s'était passé pour elle avec Hogan, quand il avait commencé à devenir trop exigeant sur sa façon de faire le ménage ou de tenir un volant.

Et si je ressemblais plus à maman que je le pensais ?

Peut-être qu'elle aussi, il y avait quelque part quelqu'un qui l'attendait, comme son père avait attendu sa mère. José ? Non, il ne l'attendait pas. Et même si tous deux se rapprochaient au point de vouloir être ensemble et qu'elle soit libre de le suivre en France, elle ne pourrait pas y travailler. La barrière de la langue l'empêcherait de faire reconnaître là-bas sa licence de pilote et elle se retrouverait sans emploi, contrainte de faire des petits boulots qui ne la satisferaient pas. Pour la même raison, elle ne pourrait pas exercer en tant qu'auxiliaire de vie. Le temps qu'elle parle français couramment, cela pourrait prendre des années.

— Mallory, le vernis est en train de sécher sur le pinceau.

— Je rêvais, répondit-elle en souriant. Comment s'appelait-il ?

Dorothy la fixa de ses yeux clairs, l'air étonné.

— Qui ça ? Parle-moi de ton homme.

— Maman, ce n'est pas mon homme.

Il était son amant, tout au plus. Jusqu'à ce qu'il reparte et qu'elle retrouve sa vie normale – mais pas solitaire. Elle avait des amies, et elle avait sa mère.

Alors pourquoi se sentait-elle brusquement abattue ? Elle adorait son métier et ce qu'elle faisait avec l'équipe de sauvetage. Sa maison était confortable, bien qu'il y ait toujours quelque chose à y faire. À présent que Kayla habitait tout près et que Maisie ne tarderait plus à rentrer, elle était heureuse.

Mais il était temps pour elle de trouver un homme avec qui s'installer, se poser. José ne rentrait pas dans ses critères. Il bougeait beaucoup, alors qu'elle était stable. Son cœur serait mis à rude épreuve si elle s'attachait à lui. Elle était déjà passée par là deux fois et ne voulait pas commettre une troisième erreur.

— Mallory Baine, quand tu es distraite comme ça, c'est que quelque chose te tracasse. Alors vas-y, parle. Qui est cet homme ?

Sa mère semblait aller mieux que jamais. Elle se comportait de la même façon quand Mallory était adolescente et qu'elle cherchait à lui tirer les vers du nez pour savoir où elle en était avec les garçons.

Elle se mit à rire.

— Il s'appelle José. Et il est charmant.

— Je suis contente que tu aies rencontré cet homme et qu'il te plaise. Il était temps.

— Tu vas un peu vite en besogne, maman.

Cela ne lui ressemblait pas. Était-il possible qu'elle ait envie de voir sa fille engagée dans une relation sérieuse pendant qu'elle avait encore des moments de lucidité ?

Mallory eut un pincement au cœur.

— Je ne suis pas amoureuse, assura-t-elle.

Si seulement c'était aussi simple ! Mais ses parents lui avaient toujours dit que rien de ce qui était vraiment important n'était simple. Jusqu'à présent, elle avait eu une grossesse qui s'était terminée de façon désastreuse et l'avait laissée avec la crainte de ne jamais avoir d'enfants. Sa relation avec Jasper, le père du bébé, avait mal fini, ainsi que son aventure avec Hogan.

Mieux valait changer de sujet, avant que sa mère pose trop de questions.

— Veux-tu qu'on aille faire du shopping à Frankton, maman ? Megan est d'accord. On pourrait t'acheter un autre pull pour aller avec ton pantalon bleu marine.

— Je n'ai plus d'argent en ce moment, répondit Dorothy. Je crois que quelqu'un me l'a volé.

— Pas de problème, maman. J'ai mon porte-monnaie.

— Alors, qu'est-ce qu'on attend ? Allez, Shade, on y va…

5.

— S'il y a une chose qui ne me manque pas, c'est bien ce satané froid.

Maisie était recroquevillée sur elle-même sur le siège passager, emmitouflée dans un manteau de Mallory et coiffée d'un bonnet. Elle avait atterri la veille en fin d'après-midi en provenance de Tauranga pour rendre visite à Kayla chez ses parents aujourd'hui, et avait passé la nuit chez Mallory.

Elles avaient bavardé pendant des heures pour rattraper leur retard, sans oublier de parler du Français qui occupait la maison de Kayla.

— Cela fait au moins dix fois que tu me répètes la même chose depuis ton arrivée, dit Mallory d'un air faussement excédé. Tu as intérêt à faire attention sur la route en conduisant ma voiture, avec tout ce verglas !

Elle souffla au creux de ses mains jointes en attendant que le chauffage se mette en route. Malgré les deux épaisseurs de laine qu'elle portait sous sa parka fourrée, elle ressentait encore le froid en sortant de sa maison bien chauffée. Le thermomètre indiquait moins neuf.

La semaine qui venait de s'écouler avait été longue et froide – pas seulement à cause du temps. Cela n'avait pas été facile d'éviter délibérément José. Elle se réveillait la nuit en pensant à lui, et impossible pour elle d'y voir clair à travers le fatras de questions, de désirs et de craintes qui se bousculaient dans sa tête.

— Je n'ai pas perdu la main à ce point-là, marmonna Maisie. Ce n'est pas comme toi avec les hommes…

— Tu tiens vraiment à faire le trajet à pied jusqu'à Wanaka ?

Maisie éclata de rire.

— Pas étonnant qu'à chacun de mes séjours ici j'attrape le mal du pays. Personne ne sait me bousculer comme toi.

— Alors tu devrais peut-être penser à revenir. Tu ne peux pas laisser cette histoire d'escroquerie te gâcher la vie éternellement.

L'ex-mari de Maisie faisait de la prison pour avoir dépouillé de vieilles dames de leurs maigres économies.

Maisie resta silencieuse pendant quelques secondes.

— J'ai posé ma candidature pour un poste à l'hôpital, lâcha-t-elle. On y crée un nouveau département qui ne s'ouvrira qu'au printemps prochain.

— Enfin ! s'écria Mallory. Mieux vaut tard que jamais.

Elle défit sa ceinture pour serrer son amie dans ses bras.

— Le trio va bientôt pouvoir se reformer, se réjouit-elle. Il y aura des pétales de rose répandus sur toute l'allée à ton retour. Tu pourras venir chez moi.

— Sauf s'il y a un Français installé dans ta maison entre-temps…

Mallory démarra la voiture pour sortir de l'allée. Les paroles de Maisie avaient ravivé ses doutes. Devait-elle continuer à éviter les contacts avec José ?

Elle étouffa un bâillement, ressentant les effets de la nuit dernière. Elle était déjà fatiguée avant d'avoir ramené Maisie.

Sur la route, elle jeta un coup d'œil sur la maison de Kayla et repéra le 4x4 de José garé dehors. Aussitôt, le souvenir de la nuit passée dans ses bras resurgit à sa mémoire, et elle secoua la tête pour se concentrer sur la route. Ce n'était pas le moment de rêvasser ! Il fallait rouler prudemment à cause du verglas.

— Attention, dit-elle tout haut en voyant deux véhicules se diriger l'un vers l'autre à vive allure.

Les roues arrière de l'un des véhicules dérapèrent.

— Ne freinez pas ! cria-t-elle comme s'ils pouvaient l'entendre.

Elle vit les feux rouges des freins s'allumer juste avant le choc violent entre les deux véhicules, le 4x4 heurtant l'autre voiture côté conducteur.

— On n'a jamais le temps de s'ennuyer quand on est infirmière ! grommela Maisie en détachant aussitôt sa ceinture.

Mallory se gara sur le bas-côté, sortit son téléphone et appela le numéro le plus récent ajouté à ses contacts. À son grand soulagement, José lui répondit aussitôt.

— Peux-tu venir au coin de la rue ? demanda-t-elle sans préambule. Il y a eu une collision frontale entre deux véhicules.

— J'arrive.

Des badauds commençaient à sortir sur le pas de leur porte, certains avec un portable à l'oreille.

— J'ai appelé un médecin, leur dit-elle. Et Maisie qui est avec moi est infirmière.

— Et moi, j'appelle les pompiers et une ambulance, répondit un voisin. Vous avez vu ce qui s'est passé ?

— Le 4x4 a dérapé sur le verglas.

Mallory s'approcha de la berline enfoncée sur l'avant et le côté en se frayant un passage parmi la foule.

— Excusez-moi…

Un 4x4 s'arrêta tout près et José en descendit, une sacoche à la main.

— Est-ce que quelqu'un a appelé une ambulance ? demanda-t-il.

— Oui. Et mon amie Maisie est ici, elle est infirmière.

Elle se dirigea vers le côté passager, où une femme était évanouie.

— Mallory, peux-tu évaluer la passagère pendant que je m'occupe de la conductrice ? demanda José.

Elle se sentit flattée qu'il lui fasse confiance. Il savait qu'elle en était capable.

Quelqu'un avait apporté un pied-de-biche et tentait d'ouvrir la portière de la conductrice. Au moins, celle de la passagère n'était pas bloquée.

José appela Maisie qui avait rejoint l'autre véhicule.

— Est-ce qu'il y a des blessés dans le 4x4 ?

— Ce sont deux touristes, répondit Maisie. Ils se plaignent de douleurs diverses.

— Les pompiers sont en route, annonça quelqu'un.

Mallory s'accroupit pour être à la hauteur de la passagère.

— Bonjour, je m'appelle Mallory et je suis secouriste. Est-ce que vous m'entendez ? Quel est votre nom ?

Les yeux de la femme s'ouvrirent lentement.

— Pam. Que s'est-il passé ?

Elle essaya de regarder autour d'elle mais referma rapidement les yeux.

— Vous avez eu un accident. Pouvez-vous bouger les jambes ?

D'après ce que Mallory apercevait sous l'airbag, la jambe gauche de Pam était coincée.

Ses yeux s'ouvrirent de nouveau, reflétant la souffrance.

— Je peux bouger un peu la droite, mais ça me fait mal si j'essaie de tirer.

— Je vais prendre votre pouls et examiner vos blessures. D'accord ?

Pam acquiesça lentement.

— Je crois que je me suis cogné la tête sur le côté de la voiture. J'ai senti la ceinture de mon siège appuyer fort contre ma poitrine.

Elle avait du sang qui coulait sur la tempe.

— José, est-ce que tu as des compresses stériles ? demanda-t-elle à travers le pare-brise éclaté. Nous avons une blessure à la tête.

— Oui. Dans la sacoche, sur le capot. J'y jetterai un coup d'œil dès que je pourrai.

Il n'avait pas quitté sa patiente des yeux et lui soulevait les paupières pour vérifier ses pupilles.

La blessure allait du front de Pam jusque derrière son oreille.

— Avez-vous la tête qui tourne ? Est-ce que vous voyez bien ?

— Ma vision est un peu floue et j'ai des élancements dans la tête.

Elle s'exprimait d'une voix ferme et claire, malgré le choc qu'elle avait subi. Elle n'avait donc pas de commotion cérébrale. Mallory absorba le sang sur le front à l'aide d'une compresse avant d'en disposer une seconde sur la blessure.

— Bien. Voyons comment va votre pouls, dit-elle en prenant le poignet de sa patiente.

— Le camion de pompiers est arrivé et l'ambulance sera bientôt là, annonça quelqu'un derrière.

Mallory continua de compter les pulsations, le regard sur sa montre.

— J'ai besoin de toi ici, Mallory, appela José.

Il y avait une urgence dans sa voix qui n'augurait rien de bon pour la femme qu'il soignait. Elle reposa le poignet de Pam sur sa cuisse et s'adressa à la personne la plus proche.

— Tenez-lui la main et parlez-lui, merci.

Puis elle se précipita de l'autre côté de la voiture, où la porte avait été arrachée pour permettre d'accéder à la femme blessée. Elle retint une exclamation en voyant la scène qui s'offrait à ses yeux. José maintenait son poing fermement appuyé sur l'intérieur de la cuisse de la femme, toujours inconsciente. Il y avait du sang partout.

— Il faut la sortir d'ici pour que je puisse appliquer une meilleure pression. Le fémur s'est fracturé et l'artère est endommagée. Demande aux hommes dehors de venir t'aider pendant que je continue à appuyer.

Mallory vit arriver les pompiers et appela Jamie.

— Par ici ! Nous devons sortir cette femme d'urgence, et José ne peut pas la lâcher pour l'instant.

Jamie donna aussitôt des ordres tout en évaluant la situation du regard.

— Ryan, va chercher un brancard. Joe, avec moi. On prend

les épaules et la tête. Nick, tu t'occupes des jambes. José, je te dirai quand tu peux te déplacer et comment. Mallory, tu restes à côté de José et tu glisses tes bras sous la taille de la blessée.

— Allez-y doucement, avertit José. Si je relâche la pression, on aura un problème.

— OK, dit Jamie. Tout le monde est prêt ? On soulève lentement.

Mallory se raidit et appuya sur ses jambes tandis qu'elle soulevait le torse de la blessée, José s'efforçant de maintenir la pression sur la cuisse dans l'espace confiné.

— Continuez à lever, ordonna Jamie, supervisant la scène. Plus haut, Nick, il faut contrecarrer la pression de José. C'est ça. Bon, tout le monde fait un pas vers l'extérieur. Encore un. Encore un. Ça y est, elle est libérée. Ryan, le brancard !

— Il est là.

— Bien. À trois, tout le monde la dépose sur le brancard.

Quelques secondes plus tard, Mallory s'agenouilla à côté de la femme allongée.

— José, veux-tu que je prenne le relais pour que tu puisses t'occuper des autres blessés ?

— Oui. Cela ne va pas être facile d'échanger nos places. On ne peut pas interrompre la pression. Ferme les deux mains pour former un poing bien serré. C'est ça. Maintenant, colle-les contre les miennes et appuie en même temps tout en suivant mon mouvement, pour me remplacer. Bien. Continue… parfait. Stop. À présent, maintiens la pression là où tu es et ne la relâche pas un seul instant. Compris ?

— Oui.

Elle avait appris à faire ces gestes pendant sa formation intensive, mais c'était beaucoup plus impressionnant quand on avait la vie d'un vrai blessé entre les mains.

— Tu es super, dit doucement José.

Qu'entendait-il par là ? Qu'elle avait super bien travaillé ? Peu importait. C'était un compliment, et elle se sentait valorisée.

— Toi aussi, répondit-elle sur le même ton.

Il esquissa un sourire et se redressa pour regarder autour de lui.

— Où est l'ambulance ?

— Elle est arrivée et deux autres sont en route, répondit Jamie.

José éclaira les yeux de la femme avec une lampe.

— Elle doit être héliportée d'urgence à Dunedin.

— Scott attend à l'aéroport.

— Qui l'appelle ?

— Tu peux le faire ? Mon téléphone est dans ma poche.

Mallory retint son souffle lorsque José lui toucha la hanche pour prendre le téléphone.

— Il y a un numéro direct dans les contacts, sous Sauvetage d'urgence.

— Je l'ai, dit-il en appuyant sur le numéro.

— Dis à Scott qu'il y a un espace libre à cinquante mètres de l'intersection. La police empêchera tout le monde d'approcher pour qu'il puisse se poser.

— OK. Scott ? C'est José Bisset. Nous avons une urgence à l'angle de la rue de Mallory.

Il expliqua la situation pendant qu'elle se concentrait sur la pression, puis posa la main sur le cou de la patiente et regarda sa montre, comptant les pulsations de la carotide.

— Le pouls est faible, dit-il au bout d'une minute, les sourcils froncés. Et elle n'a aucune réaction quand je dirige une torche sur ses yeux.

— Une blessure à la tête ?

— Il y a une zone qui manque de fermeté sur le front, ça ne me plaît pas.

Il posa les mains sur le crâne de la blessée, le palpant prudemment du bout des doigts. Mallory jeta un bref coup d'œil à Pam, qui était maintenant entre les mains des auxiliaires médicaux de l'ambulance.

— Son pouls était normal il y a cinq minutes, leur dit-elle en élevant la voix.

Un bruit de rotors de plus en plus fort emplit l'air, annonçant l'arrivée de Scott.

— Enfin ! marmonna José en enroulant une bande Velpeau autour de la tête de sa patiente.

Il ne fallut que quelques minutes pour monter la blessée à bord de l'hélico, Mallory maintenant toujours la pression sur sa cuisse. Puis, José prit la relève pour le vol jusqu'à Dunedin. Les autres ambulances étant arrivées, un auxiliaire médical allait l'accompagner.

— Tu es super, répéta-t-il en prenant sa place.

Elle sourit en se redressant. Le courant passait tellement bien entre eux qu'elle sentit une douce chaleur se diffuser en elle. C'était un excellent médecin – s'il n'avait pas été là, les chances pour cette femme de s'en sortir auraient été beaucoup plus minces.

— Nous travaillons bien ensemble.

Il y avait aussi d'autres choses qu'ils faisaient bien ensemble…

— On se voit ce soir ? demanda-t-il.

Une lueur de désir brilla dans ses yeux, vite remplacée par un air faussement désinvolte dont elle ne fut pas dupe.

— Avec plaisir, répondit-elle.

Après s'être retenue de l'appeler pendant toute la semaine, elle avait soudain hâte de passer de nouveau du temps avec lui.

— Je t'enverrai un texto, ajouta-t-elle.

Puis elle sauta de l'hélicoptère sur le sol et rejoignit le lieu de l'accident sans se retourner.

José se gara devant la maison de Kayla et s'appuya sur le repose-tête avec soulagement. Tu parles d'un jour de congé ! D'abord, il y avait eu l'appel de Mallory alors qu'il était sur le point d'aller se coucher après une longue nuit de travail, puis le vol jusqu'à Dunedin où sa patiente avait été immédiatement admise en chirurgie. Malgré un bref arrêt cardiaque dû à la perte de sang et à une chute de tension, elle avait survécu jusqu'à présent. Les chirurgiens avaient promis de l'appeler plus tard dans la journée pour faire le point sur son état.

Il avait été déposé chez lui par l'auxiliaire médical après leur retour à Queenstown. *Chez lui ?* Il était vrai qu'il se sentait bien dans cette ville et avec les gens qu'il côtoyait dans son travail – en particulier Mallory. Il avait presque un sentiment d'appartenance, alors qu'il n'était attaché à aucun endroit – excepté Nice. Même là-bas, il avait tendance à rester un peu en retrait du cercle d'amis qu'il s'était faits pendant ses études de médecine et en travaillant dans divers hôpitaux. Malgré son désir d'aimer et d'être aimé, dès qu'il devenait proche de quelqu'un ses anciennes peurs recommençaient à le hanter.

Aurait-il laissé une partie de ses blocages derrière lui en arrivant dans ce pays ? Comme personne ne le connaissait, peut-être pouvait-il davantage se détendre et se sentir accepté, en oubliant ses craintes d'être rejeté.

Avec Mallory, il avait l'impression d'avoir trouvé quelqu'un avec qui créer des liens. Comme avec Dean, il s'était senti proche d'elle dès le début. Mais avec elle, il y avait beaucoup plus que de l'amitié. Elle était sexy, magnifique, et il sentait ses veines palpiter rien qu'en pensant à elle.

Elle ne pouvait tout de même pas être *la* raison pour laquelle il se sentait bien à Queenstown, comme il ne l'avait jamais été nulle part ? Difficile de croire qu'à peine une semaine auparavant elle l'avait réveillé sur son canapé, le fusillant du regard. Pendant les deux premiers jours, il avait apprécié sa compagnie autour d'une pizza ou d'un café, au beau milieu de la brousse ou tout contre elle, dans son lit.

Ensuite il n'avait plus posé les yeux sur elle jusqu'à ce matin. Elle était aussi belle que dans son souvenir, et aussi compétente avec les victimes de l'accident qu'elle l'avait été avec les enfants samedi dernier.

Il poussa un soupir. Elle lui avait tant manqué ces derniers jours, surtout pendant son temps libre ! Par deux fois, il avait pris son téléphone mais s'était contenté de fixer son numéro.

Pourquoi l'appeler alors qu'il savait que bientôt il repartirait ? Il ne voulait pas se conduire avec elle comme avec Colette et Liza. Elle ne méritait pas ça.

Pourtant, son cœur avait bondi de joie ce matin, quand il avait proposé qu'ils se retrouvent ce soir et qu'elle avait accepté sans hésiter. Le soulagement l'avait envahi, vite remplacé par de l'excitation. Cette impression de connaître Mallory tout comme elle le connaissait et de vouloir continuer à la découvrir était nouvelle et excitante pour lui, mais aussi inquiétante.

Il restait deux heures à attendre avant qu'il retrouve Mallory. Il ne lui fallut que quelques minutes pour retirer les vêtements qu'il portait sur les lieux de l'accident et les jeter dans la machine à laver.

— Et maintenant ?

Il parcourut du regard la salle de séjour immaculée. C'était bientôt le soir et le froid tombait rapidement. Il n'avait vu aucun signe de Mallory à l'aéroport quand il était revenu en hélicoptère. Elle pouvait être n'importe où, peut-être sur un vol pour touristes. Quel merveilleux métier que de faire découvrir des paysages de montagnes et de lacs somptueux, et de survoler des pentes enneigées !

Une idée lui vint. Mallory n'avait-elle pas parlé de tondre sa pelouse ce week-end ?

Il envoya un texto à Kayla.

OK pour que j'utilise ta tondeuse pour la pelouse de Mallory ?

Elle répondit presque aussitôt.

Sers-toi. C'est celle de Mallory de toute façon. Tu deviendras son ami pour la vie.

Il rit tout seul. Une amitié amoureuse ? Devenir son ami après avoir été son amant ? Il avait envie de recommencer, de l'embrasser partout et de caresser sa peau satinée…

Il était temps d'attaquer la pelouse.

La tondeuse qui se trouvait dans la remise de Kayla était

autoportée et dotée d'autant de gadgets que les hélicoptères que Mallory pilotait. D'après ce qu'il savait d'elle, il n'était pas surpris. Il devait y avoir chez elle un gène de la mécanique, en plus de l'aspect très féminin qu'il avait pu observer dans ses vêtements quand elle ne travaillait pas - chemisiers de soie et jeans moulants – sans parler des dessous sexy qu'il avait eu le plaisir de lui retirer.

Après avoir vérifié que la tondeuse marchait, il s'assit sur le siège et démarra, roulant sur le bord de la route jusqu'à la pelouse de Mallory.

Le soleil était en train de se coucher derrière la montagne quand il rapporta la tondeuse dans la remise et coupa le moteur. L'air était glacial, ce qui laissait présager de nouvelles gelées en matinée. Mais il avait chaud après avoir travaillé dehors, heureux d'avoir épargné une corvée à Mallory pendant le week-end. Il se sentait un peu plus chez lui après ça.

Le petit pub aux murs de pierre avait une grande cheminée ouverte et il y avait déjà plein de monde quand Mallory et José se dirigèrent vers le bar.

— Bonsoir, Julie, comment ça va ? demanda-t-elle à la serveuse qui préparait une bière pression.

— Très bien. J'ai entendu dire que tu avais participé au sauvetage des deux jeunes garçons, le week-end dernier. Beau résultat.

— En effet. Je te présente José Bisset, qui était aussi sur cette opération.

— Bonsoir, José. Je termine cette commande et je m'occupe de vous.

José salua de la tête et lui jeta un coup d'œil désabusé.

— Partout où tu vas, tu connais quelqu'un…

— C'est ce qui arrive quand on grandit dans un même quartier, où on va à l'école et où on travaille ensuite.

— As-tu déjà voyagé à l'étranger ?

— Une fois.

Ce n'était pas son sujet de discussion favori.

— Si je prenais une table pendant qu'il y en a encore de disponibles ?

José plissa légèrement les yeux avant d'acquiescer.

— Que veux-tu boire ? demanda-t-il.

— Une vodka citron, merci.

Elle se fraya un chemin à travers la foule et repéra une table haute appuyée contre le mur.

— Merci, dit-elle quand José déposa sa vodka devant elle.

Il était si beau, et il était avec *elle* ! Après avoir garé sa voiture, il l'avait tenue par la main pendant qu'ils flânaient à travers la ville et elle s'était sentie heureuse. Il lui avait trop manqué. Plus question de faire machine arrière, désormais.

— Je n'aurais jamais pu trouver ce pub sans l'appli GPS de mon téléphone, dit-il en s'asseyant sur le tabouret à côté d'elle. Il se cache dans une allée si étroite qu'on dirait que les propriétaires ne tiennent pas à ce qu'on les trouve.

— Nous savons tous les deux que tu es très bon avec un GPS, répondit-elle avec un clin d'œil. Tout le monde arrive à le trouver, crois-moi. Et c'est le pub préféré des citadins. Certains soirs de la semaine, il est littéralement pris d'assaut.

— Je suis content que tu m'y aies amené, mais je serai incapable de revenir si tu ne me montres pas le chemin, dit-il avec un sourire malicieux qui la fit fondre, une fois de plus.

Il faisait ça trop bien.

Comment avait-elle pu résister au désir de l'appeler ? Ou même de marcher jusqu'au bout de la rue pour le voir ?

— Je t'y ramènerai, promis.

— *Merci.* Je n'ai même pas eu besoin de supplier, dit-il en riant. Est-ce que tu voles demain ?

— Je travaille demain, mais pas dimanche. À cette période de l'année, je fais des sorties pour les touristes six jours sur sept ou je les emmène sur les pistes de ski, pour ceux qui peuvent se le permettre et préfèrent ne pas conduire. Et toi ?

— J'ai aussi mon dimanche.

— Je voudrais aller voir Kayla et lui apporter des affaires qu'elle m'a demandées. Est-ce que tu aimerais venir avec moi et faire sa connaissance ? Au retour, je te ferai découvrir la région.

Il était temps qu'elle cesse de se priver de passer du bon temps avec José. Elle avait déjà perdu une semaine. Autant tirer le meilleur parti du temps qu'il passerait à Queenstown et en subir les éventuelles conséquences, car elle ne pouvait plus prétendre qu'il ne l'intéressait pas.

José se pencha et effleura sa joue des lèvres.

— Raconte-moi ton voyage.

Son après-rasage avait un léger parfum d'épices. Elle prit une profonde inspiration.

— Je suis allée une fois en Australie et j'y suis restée six mois. À part quelques jours à Brisbane qui étaient intéressants, j'ai passé presque tout mon temps dans l'arrière-pays, au nord, dans des stations ou des fermes.

Il eut l'air étonné.

— Qu'est-ce que tu faisais là-bas ?

— Je pulvérisais des produits en hélicoptère sur des cultures. Les domaines sont immenses. La chaleur y est insupportable et il y a beaucoup de poussière. Les mouches me rendaient folle…

José secoua la tête et se mit à rire.

— Tous les gens que j'interroge sur leurs voyages à l'étranger me racontent les villes et les sites historiques qu'ils ont visités, sauf toi. Mallory, tu es vraiment quelqu'un à part.

Il se pencha pour l'embrasser, cette fois au coin de la bouche. Elle rit avec lui.

— Peut-être qu'un jour j'irai voyager dans ta partie du monde et je serai une touriste comme les autres avec un appareil photo autour du cou.

— Ce jour-là préviens-moi, je serai ton guide. Mais je suppose que tu ne peux pas trop bouger, avec ta maman…

Elle posa la main sur sa cuisse et la serra. Il la comprenait si bien.

— En effet. Je n'irai nulle part tant que maman sera ici. Et pour être honnête, je n'ai jamais eu très envie de voyager.

— Alors, pourquoi es-tu allée en Australie ?

Elle prit le temps de réfléchir, faisant tourner son verre sur la table entre ses doigts. N'était-elle pas décidée à laisser plus de place à José dans sa vie tant qu'il serait là ? Dans ce cas, elle pouvait lui parler de Hogan. Jusqu'à présent, seules Kayla et Maisie étaient au courant de tout, y compris de la trahison de son ex.

— J'ai suivi mon petit ami.

José pencha légèrement la tête.

— Voilà qui est intéressant.

Elle se surprit à sourire.

— Hogan est venu travailler l'été en Nouvelle-Zélande, sur les bateaux à moteur qui naviguent sur la rivière. On s'est très bien entendus et quand il m'a proposé de le raccompagner en Australie, j'ai trouvé un travail là-bas grâce à ses parents et je l'ai suivi. C'était bien au début, mais ce n'est pas un endroit où je voudrais vivre pour toujours.

José posa une main sur la sienne.

— Même pas par amour ?

— C'est vrai, j'aimais Hogan. Mais une fois de retour chez lui, il n'a pas pu obtenir l'emploi dont il rêvait sur la côte, malgré de nombreuses tentatives. Sa frustration n'a fait qu'augmenter et je suis devenue la cible de ses critiques. Je ne cuisinais pas correctement son plat préféré, je faisais mal le lit, j'étais toujours en train de travailler quand il avait besoin de moi… Peu à peu j'ai cessé de l'aimer, et j'ai décidé de rentrer.

— Il y a autre chose, n'est-ce pas ?

Comment avait-il deviné ? Après tout, autant tout lui dire. Peut-être qu'en parler dédramatiserait cette histoire et qu'elle finirait par pardonner à son ex.

— Hogan n'a pas très bien réagi quand je lui ai annoncé

que je partais. Lorsque je suis retournée à notre appartement pour faire mes bagages, j'ai découvert qu'il avait vidé mon compte en banque jusqu'au dernier cent.

— Il avait tes coordonnées ?

— On était dans une relation de confiance, sinon à quoi bon ? Mais je ne recommencerai pas, j'ai été stupide.

Elle lui avait donné sa confiance en s'attendant à la même chose en retour. La leçon avait été dure et difficile à oublier, au point qu'elle doutait d'être capable de se fier de nouveau à quelqu'un au point de lui ouvrir son cœur.

José lui prit la main, mêlant ses doigts aux siens.

— Pas du tout. Tu as fait ce que tu croyais être juste.

— Je n'ai rien vu venir, alors que j'aurais dû. Il se plaignait toujours de ne pas avoir assez d'argent pour réaliser ses projets, tout en dépensant allègrement ce qu'il gagnait.

Elle sourit à José, soulagée de lui avoir parlé. Pour le coup, elle ne se sentait plus du tout amère à propos de son passé. D'ailleurs elle avait peu à peu regagné toutes ses économies en travaillant de longues heures, ce qui lui avait procuré beaucoup de plaisir.

José se pencha et déposa un baiser sur ses lèvres.

— Pourquoi suis-je le premier à qui tu en parles ?

Elle secoua la tête, stupéfaite.

— Comment fais-tu ça ? On dirait que tu lis en moi comme dans un livre ouvert.

Mais cela ne l'inquiétait pas. Elle acceptait cette faculté qu'il avait de la comprendre. Est-ce que maintenant elle acceptait aussi l'idée d'avoir une aventure avec lui ? Et pourquoi cela ne l'effrayait-il pas plus, alors qu'il l'avait déjà prévenue qu'il repartait ?

— Franchement je n'en sais rien, répondit José, l'air un peu embarrassé. J'ai l'impression de te connaître, et c'est comme ça depuis le début.

Se rendait-il compte en disant cela qu'elle se rapprochait davantage de lui ? Elle en avait assez de penser au départ de

José. À présent, elle voulait juste profiter de sa compagnie et partager son temps libre avec lui en faisant ce qu'ils aimaient tous les deux.

— Tu veux une autre bière ?

Ensuite ils dîneraient, feraient une balade à pied en ville, puis rentreraient se coucher. Un plan parfait, qui lui faisait battre le cœur.

Doucement, Mallory...

— Je crois que je vais prendre un verre de vin et commander un steak, dit-il. Puis on ira flâner jusqu'au quai, avant de rentrer prendre un peu de repos et se détendre…

Elle riait encore de sa faculté de lire dans ses pensées quand il revint avec les boissons.

6.

Après quatre semaines de jours et de nuits partagés, de rires et de conversations sur tous les sujets excepté celui qui les concernait – pour savoir où cela les mènerait – José était toujours sous le charme, et même encore plus. Il lui semblait qu'il ne pourrait jamais se lasser de Mallory.

Ils se trouvaient maintenant en haut d'une piste réservée aux skieurs expérimentés, et elle était magnifique dans sa combinaison rouge vif assortie à ses gants et son casque. Elle étudiait le paysage qui s'étalait à ses pieds avec une jubilation évidente.

Il tapota sa main du bout de ses doigts gantés.

— Le dernier arrivé en bas offre le dîner.

Et il démarra sans attendre sa réaction et sans se retourner.

— Sale traître ! l'entendit-il crier derrière lui.

— C'est bien moi, répondit-il sur le même ton, filant toujours.

Il n'avait pas passé une aussi belle journée depuis longtemps. Ils savaient s'amuser ensemble, tout en se rapprochant l'un de l'autre.

Ses skis glissaient dans un bruissement régulier et il appuya sur ses bâtons pour augmenter sa vitesse. Pas question de payer le dîner ce soir. Ici rien d'autre ne comptait que l'air froid sur son visage et le scintillement des cristaux de neige sous le soleil. C'était magique, d'autant plus que Mallory était avec lui.

Il contourna un groupe de skieurs et jeta un rapide coup d'œil en arrière. Il était toujours en tête, mais l'écart se réduisait. Il accéléra l'allure et ne vit un petit rocher qui affleurait qu'au tout dernier moment. Se projetant sur le côté pour l'éviter, il perdit l'équilibre et tomba durement sur le sol, bras et jambes écartés, tandis que ses skis se détachaient.

— José ? Est-ce que ça va ?

Mallory était déjà près de lui, le regardant d'un air inquiet. Il se redressa aussitôt et fixa ses skis à ses chaussures.

— Je vais bien.

— Tu en es sûr ?

— À part deux jambes cassées et un poignet foulé, plaisanta-t-il en récupérant un de ses bâtons. Tu veux bien m'aider ?

Elle lui tendit l'autre.

— Tu peux déjà commander les pizzas, répliqua-t-elle en repartant en direction du jalon de fin de parcours, situé à moins de deux cents mètres.

Il la rattrapa et la dépassa juste avant qu'ils franchissent la ligne.

— Pour moi ce sera une hawaïenne avec double ration d'ananas, s'il te plaît.

— Ce penchant pour le sucre finira par causer ta perte, marmonna-t-elle en reprenant sa respiration.

— Mauvaise perdante ? dit-il avec un sourire jusqu'aux oreilles.

Lui-même ne s'en était pas mal tiré. Cela aurait pu tourner beaucoup plus mal.

— Tu t'es plutôt bien débrouillé, pour un vieux bonhomme rouillé comme toi, admit-elle.

— Un bonhomme rouillé *et* blessé, rectifia-t-il en riant.

Elle redevint sérieuse.

— Tu es certain de ne pas t'être cogné quelque part ?

Passant un bras autour de ses épaules, il l'attira contre lui et l'embrassa sur la joue.

— Je doute d'avoir un seul bleu à te montrer.

— Si on rentrait ? suggéra Mallory. Un bol de soupe chaude et des petits pains nous feraient peut-être plus de bien qu'une pizza.

L'air se refroidissait rapidement, le soleil disparaissant peu à peu derrière la montagne. Autour d'eux, les skieurs se dirigeaient vers la pente la plus basse pour rejoindre les bâtiments principaux et le parking.

— C'est super d'avoir eu une journée entière pour nous, sans être appelés pour un sauvetage.

— Et sans urgences à traiter à l'hôpital, renchérit-il. Oui, vraiment, une journée parfaite.

Il l'entoura de ses bras.

— Et elle n'est pas encore terminée…

Il aimait tant être avec elle ! Pourtant, il ne tarda pas à la lâcher.

Attention, Jo. Ne t'implique pas trop.

Mallory se blottit contre lui, le regard brillant.

— Et si on se dépêchait de partir d'ici ?

L'enlaçant de nouveau, il l'embrassa longuement, passionnément, s'enivrant de son contact. Et tant pis pour le reste. À cet instant, dans l'air glacé, sur le flanc d'une superbe montagne, il était très heureux.

Mallory leva les yeux vers lui.

— J'aime te voir ce sourire, comme si tu ne te souciais plus de rien.

— Moi aussi.

Un cri retentit derrière eux. À contrecœur, il rompit le contact avec elle et se retourna. Il retint sa respiration en voyant un skieur descendre trop vite sans se servir de ses bâtons. Soudain il dérapa et, perdant ses skis, tomba la tête la première et dévala la pente en roulant sur lui-même, avant de s'enfoncer profondément dans la neige et de s'immobiliser sur le dos.

Ils se précipitèrent tous deux vers le skieur et s'accroupirent près de lui. L'homme était conscient et se plaignait de douleurs aux jambes. Il avait un morceau de bâton de ski planté dans un muscle, et s'était probablement cassé une cheville. Pendant que

José l'examinait, une monitrice, Jane, le rejoignit et proposa ses services.

— Nous allons avoir besoin d'aide pour le descendre jusqu'au bâtiment principal, et de là il faudra le transporter à l'hôpital.

Déjà elle était repartie, et revint sur un quad avec une barquette d'évacuation attachée à l'arrière.

— Une ambulance attend en bas, annonça-t-elle.

Rapidement tout se mit en place. Le blessé fut installé avec l'aide d'un de ses amis et José resta avec lui.

— On se retrouve en bas ? dit-il à Mallory.

Dix minutes plus tard, après un briefing à l'auxiliaire médical, l'ambulance emmenait le blessé.

Peu après Mallory rejoignit José, et il lui prit la main.

— Quelle journée !

Elle sourit en l'embrassant.

L'alarme sonna à 5 heures et demie. Un lundi matin de plus, et une autre semaine qui s'était écoulée avant le départ. Mallory se retourna pour arrêter la sonnerie qui commençait à lui taper sur les nerfs et s'étira. Il y avait eu de nombreuses nuits avec José, des réunions le soir avec l'équipe de sauvetage et des repas au pub. Sa vie déjà bien remplie l'était encore davantage et elle adorait ça.

Une large main se posa sur sa hanche et se mit à la caresser doucement, tandis que leurs jambes se mêlaient. Encore une nuit merveilleuse. Après la première elle avait cru que cela ne pourrait pas être mieux, mais à chaque fois c'était encore meilleur.

— Cet après-midi j'ai ma visite de contrôle annuelle, marmonna-t-elle d'une voix encore ensommeillée. C'est la règle pour les pilotes.

Difficile de croire qu'une année s'était déjà écoulée depuis la dernière visite. Elle rejeta les couvertures et s'assit sur le côté du lit.

— Il fait froid ! grommela José en tirant les couvertures sur lui.

Elle se mit à frissonner, maintenant qu'elle n'était plus blottie contre son corps.

— Brr… Je vais prendre une douche.

D'abord, il fallait mettre la bouilloire à chauffer. Dans la cuisine, Shade leva la tête de son tapis et remua la queue.

— Allez, va dans le jardin pendant que je me prépare à aller travailler !

Maintenant la porte arrière ouverte, elle fixa sa chienne sans rien dire jusqu'à ce qu'elle se décide à sortir. C'était le rituel du matin, mais en hiver Shade se faisait un peu prier.

Une fois dans la douche, elle resta debout sous le jet d'eau bien chaude, la tête penchée en arrière. La porte s'ouvrit et José vint la rejoindre. Il avait décidément un corps de rêve, tout en muscles et sans un gramme de graisse.

Il la regarda avec une telle tendresse qu'elle se sentit fondre. C'était ce qu'elle avait toujours cherché. Elle leva les yeux, éperdue d'amour.

C'était certes rapide, mais avec lui cela ne se passait pas comme lors de ses expériences précédentes. Ils s'entendaient très bien au travail et dans leur désir d'aider les autres, et à la maison il savait se détendre tout en partageant les tâches ménagères avec elle. La liste des points positifs était interminable.

Bien qu'il l'ait avertie de son départ prochain, elle n'avait pas pu s'empêcher de tomber amoureuse de lui.

— José, murmura-t-elle, laissant courir ses doigts sur son torse.

Il pencha la tête vers elle, et il lui sembla qu'il lisait dans son cœur. Oui, c'était bien de l'amour, entre eux. Et ensuite ? Elle n'osa pas poser la question de crainte de gâcher cet instant. Elle s'était doutée que cela pourrait arriver et avait choisi d'en accepter les conséquences.

— Mallory…

Il posa les mains sur ses bras.

— Tourne-toi.

Elle le fixa sans répondre. José signifiait tant pour elle. Oui, c'était arrivé vite, et alors ? Ils continueraient jusqu'au bout, profitant au maximum du temps qu'ils passaient ensemble.

Lentement elle se retourna, et il se mit à lui savonner la peau en douceur, commençant par les épaules, dénouant les tensions de ses muscles. Puis il descendit le long de son dos jusqu'aux fesses.

Peu à peu elle se détendait sous ses doigts. Voulait-il ainsi lui montrer combien elle comptait pour lui ? Le montrer sans le dire ? Avait-il lu dans ses yeux qu'elle l'aimait, ou bien refusait-il de le voir ?

Les mains sur sa taille, il l'amena à se retourner vers lui. Ses yeux brillants se posèrent sur ses seins, puis il se pencha pour l'embrasser. Mais quand elle avança la main vers son sexe durci, il sourit et secoua la tête.

— On n'a pas le temps.

— Tu crois ?

José se gara sur le parking de l'hôpital et poussa un long soupir. Les sentiments qu'il avait pour Mallory devenaient de plus en plus forts, et ressemblaient de plus en plus à de l'amour. Non pas qu'il en ait déjà fait l'expérience, mais s'il devait tomber amoureux, il aurait voulu que ce soit comme ça. Était-il prêt ? Comment le savoir ?

Pendant qu'ils étaient tous les deux sous la douche, il y avait eu un moment où Mallory l'avait regardé longuement, comme si elle s'apprêtait à lui révéler quelque chose d'important. Mais elle était restée silencieuse, et il avait été à la fois déçu et soulagé.

Et s'il s'était mis à compter pour elle ? Peut-être même l'aimait-elle ? Il sentit son cœur battre plus vite. Cela dépasserait ses rêves les plus fous…

Puis elle avait souri, les yeux brillants, et elle avait posé la main sur son torse. Ce geste d'amour et de confiance l'avait touché. Après qu'il lui avait savonné le corps, ils avaient fait l'amour et une fois de plus il s'était senti très heureux avec elle. Ils s'entendaient si bien avec Mallory qu'il pouvait presque croire qu'il avait trouvé sa place, donnant autant qu'il recevait.

Il n'y avait pas que l'amour qui était merveilleux avec elle. Les gestes de tendresse, les activités du quotidien, les compétitions comme la veille, sur la piste de ski… Curieusement il avait l'impression d'avoir trouvé ce qu'il avait cherché toute sa vie.

Jusque-là, il avait cru qu'il n'était pas quelqu'un de fiable, qu'il ne serait pas capable d'apporter de la stabilité dans une relation. Et maintenant ? Il n'en avait aucune idée, mais il avait envie d'essayer – de croire qu'il pouvait être là pour Mallory, et pour traverser avec elle les obstacles qui jalonneraient leur vie.

Il faisait froid quand il sortit de son 4x4. Son téléphone appuyé sur l'oreille, il se dirigea vers l'hôpital.

« Bonjour, ici Mallory Baine. Merci de me laisser un message et je vous recontacterai. »

— Salut, c'est moi. Passe une bonne journée. À plus tard…

— Vous êtes en avance, José, lui dit John, le directeur de l'hôpital, qui se tenait derrière le comptoir d'accueil. Vous n'avez pas dormi la nuit dernière ?

— Non. Je me suis réveillé tôt et je me suis dit que je ferais aussi bien de me rendre utile.

— Vous avez bien fait. Un café ?

— Quelle question !

De quoi John voulait-il lui parler à cette heure-ci ? Il le suivit dans son bureau où il y avait toujours une cafetière allumée.

Le directeur remplit deux mugs et lui en tendit un avant de refermer la porte.

— Asseyez-vous.

Apparemment, cela avait l'air sérieux.

— Qu'y a-t-il ?

— Cela restera entre nous, n'est-ce pas ?

— Oui.

— Jason a un cancer.

Il avait trouvé ce médecin d'âge mûr un peu fatigué pendant le mois qui s'était écoulé.

— Oh… Je suis désolé de l'apprendre.

— Cela a été un choc pour ceux qui sont au courant. Le diagnostic est sévère et Jason a décidé de prendre sa retraite et de passer du temps en famille.

John sirota son café d'un air pensif.

— Je vous offre donc un poste permanent, poursuivit-il. Je sais que vous envisagez de retourner en France le mois prochain, mais vous avez mentionné que votre visa courait pendant encore un an. Si vous acceptez, et voulez rester au-delà de cette année, nous vous aiderons à obtenir un visa de résident.

José sentit sa poitrine se serrer. Lui, occuper un poste permanent ? Il aimait travailler dans ce petit hôpital où il s'était intégré facilement, s'entendant avec tout le monde. Le travail était stimulant, alors que voulait-il de plus ? S'il acceptait, ce serait pour au moins une année, et peut-être davantage.

Il sentit l'excitation le gagner, mais se calma presque aussitôt. Cela voulait dire s'installer, rester dans une ville où Mallory vivait, même s'il mettait fin à leur relation. C'était ce qui lui avait permis de se sortir sans trop de dommages de ses aventures : la possibilité de partir quand il le voulait.

Et s'il saisissait sa chance et laissait Mallory entrer dans sa vie ? Si elle lui disait qu'elle l'aimait, ce serait inespéré. Elle était tout ce qu'il désirait. N'était-ce pas ce qu'il avait essayé de s'avouer à lui-même ? Il l'aimait, c'était certain.

John avait les yeux fixés sur lui, attendant visiblement une réponse. Il devait rentrer en France pour l'opération de Gabriel, mais il pouvait revenir ensuite et faire une tentative avec Mallory – s'il avait su lire en elle, et jusqu'à présent il ne s'était pas trompé.

La douleur dans sa poitrine se fit plus aiguë.

— José ? Est-ce que ça va ? lui demanda John.

Pourquoi l'idée que Mallory était l'amour de sa vie lui

semblait-elle soudain sensée ? Tout ça était trop pour lui. Il ne pouvait pas se concentrer ni prendre de décision tout de suite.

— Je suis surpris, répondit-il enfin.

Ce qui était loin de résumer tout ce qu'il ressentait. Il était bouleversé, reconnaissant, heureux… et terrifié. Non pas par le poste, mais à l'idée de finalement tomber amoureux.

Il fallait qu'il sorte d'ici.

Ne rien précipiter.

— Merci beaucoup pour votre offre. Mais je dois retourner à Nice le mois prochain.

— Êtes-vous intéressé par un poste permanent ?

— Il y a beaucoup d'éléments à prendre en compte…

Il aimerait beaucoup rester, s'il pouvait surmonter ses peurs.

Essaye, au moins !

Son cœur y résisterait-il ? Mais tout ce qui en valait la peine demandait des efforts et de la détermination. C'était ce que Gabriel lui avait appris.

— Et si vous preniez le reste de la semaine pour y réfléchir ? proposa John. J'aimerais vraiment que vous montiez à bord. Vous vous êtes bien intégré dans l'équipe et vous êtes adapté sans difficulté à notre mode de fonctionnement.

José hocha la tête.

— Je suis très intéressé, mais je dois considérer plusieurs aspects.

Lance-toi. Tu réfléchis trop.

Il vida sa tasse. Il aurait beau réfléchir, il n'aurait pas de réponses. Seule une conversation avec Mallory pourrait lui en apporter, et il ne se sentait pas prêt à ouvrir son cœur et à lui parler de cette offre. Avant de prendre sa décision, il avait besoin de digérer toutes les informations qui venaient de s'accumuler en peu de temps.

La prudence qu'il observait toujours lui avait évité bien des ennuis. Pour commencer, était-il réellement amoureux de Mallory ? Si c'était le cas, il voulait le job. Sinon, il devait s'en aller rapidement pour qu'ils ne souffrent pas tous les deux. Mais n'était-il pas déjà trop tard pour ça ?

Une fois sorti du bureau de John, il sentit son téléphone vibrer et sourit en voyant s'afficher un message de Mallory.

Réunion de l'équipe d'intervention ce soir. On mange d'abord dehors ?

Comment avait-il pu oublier cette réunion ?

Oui. Je passe te prendre à 18 heures.

Il aurait eu besoin de temps pour récapituler tout ce qui venait de se passer, mais il avait répondu trop vite. S'il admettait son amour pour Mallory, il ne pourrait pas s'engager à moitié, il devrait se donner corps et âme. De toute façon il rentrerait en France pour soutenir Gabriel. Il lui devait tant ! Mais une fois là-bas, serait-il capable de revenir auprès de Mallory, ou se laisserait-il de nouveau envahir par ses anciennes peurs et resterait-il dans son pays ?

Il étouffa un juron.

— José, nous venons de recevoir un appel, dit une infirmière en le rattrapant dans le couloir. L'ambulance est en train d'amener une femme qui a reçu un coup de sabot de cheval dans le ventre.

Il était temps de s'intéresser à la raison première de sa venue à Queenstown : son travail.

— J'arrive ! dit-il en rangeant son téléphone et ses préoccupations dans sa poche.

— Tout est en ordre, conclut Sara en repliant le tensiomètre. J'aimerais que tous mes patients soient comme vous.

— Dans ce cas vous n'auriez personne, répondit Mallory avec un sourire. Contente d'avoir réussi le test. Cependant…

Elle hésita. Après tout, ce n'était qu'un peu de fatigue. Sauf que c'était devenu assez fréquent ces derniers jours, et elle commençait à s'inquiéter.

— Je vous écoute, dit Sara en rentrant ses notes dans l'ordinateur.

— Je suis tout le temps fatiguée, et ça ne fait qu'empirer. Je n'arrive pas à sortir du lit le matin. Je suis allée skier hier et la plupart du temps, cela m'a demandé un effort.

Sauf à la fin, quand elle avait essayé de dépasser José.

— Avez-vous d'autres symptômes comme des douleurs, des nausées ou des maux de tête ? Est-ce que vous mangez bien ?

— Oui, en général. Mais je n'ai pas pris de petit déjeuner ce matin et je n'ai presque rien avalé hier soir. Et maintenant que j'y pense, j'ai eu mal au cœur hier pendant le trajet jusqu'à la montagne.

— De quand datent vos dernières règles ?

Elle écarquilla les yeux en regardant Sara.

Quoi ? Mais non !

— J'ai la nausée, dit-elle pour toute réponse.

— Respirez profondément…

Les poings serrés sur les cuisses, elle inspira, puis expira lentement, et sa tête se mit à tourner. Quand José était-il arrivé ? Cela faisait maintenant plus d'un mois. C'était possible, mais ils avaient pris des précautions… sauf la première fois.

Elle s'affaissa sur sa chaise. Cela n'était pas possible…

— On ferait bien de vérifier d'abord si vous êtes enceinte, ne croyez-vous pas ? demanda Sara.

Mallory hocha la tête en silence, sentant le désespoir l'envahir. Elle ne pouvait pas avoir un enfant toute seule, ce n'était pas ainsi qu'elle avait envisagé les choses… Que dirait José ? Si cela ne l'intéressait pas de rester avec elle, ce n'était pas un bébé qui le retiendrait.

— Faisons le test urinaire et voyons s'il est positif, dit Sara.

Il l'était. Mallory fixa longuement le trait bleu, incrédule. Un bébé. *Son* bébé.

— Est-ce que c'est réel ? murmura-t-elle.

Elle avait rêvé de ce jour, redoutant qu'il n'arrive jamais.

Sauf qu'elle n'était pas dans une relation durable et que José allait partir.

— Tout à fait réel, affirma Sara. Je vais prélever un échantillon de sang pour confirmer le stade.

— J'ai eu une grossesse extra-utérine quand j'avais dix-huit ans…

— Cela ne veut pas dire que vous ne mènerez pas celle-ci à terme, si c'est ce que vous voulez. Il est très rare qu'une femme ait deux grossesses ectopiques, et vous n'avez mentionné aucun symptôme laissant supposer que celle-ci n'était pas normale. Vous auriez su que quelque chose n'allait pas bien avant, si vos dates sont correctes. Je vais quand même réserver une échographie pour vous dès que possible. Vous devrez aller à Invercargill.

Elle se sentait étourdie. C'était arrivé si vite ! Elle était venue passer une visite médicale de routine et se retrouvait enceinte. En quelques minutes, tout avait changé radicalement pour elle.

— Je vais me faire beaucoup de souci tant que je ne saurai pas avec certitude que ma grossesse se déroulera normalement.

Enceinte ? Elle ?

— Je n'arrive toujours pas à croire que je vais avoir un bébé.

Sara sourit.

— C'est une bonne nouvelle ?

— Oui…

Elle n'avait même pas besoin d'y réfléchir, c'était la vérité. Mais c'était inattendu et elle était dans l'incertitude. Dans l'idéal, son rêve incluait un homme qu'elle aimait – et non un homme qui se croyait incapable de se fixer quelque part et d'être heureux. Si elle devait élever son enfant toute seule, elle le ferait. Elle sentait déjà grandir en elle un instinct de protection très fort. En l'espace de quelques minutes, sa vie venait de basculer.

José. Elle eut un pincement au cœur. Comment allait-elle lui annoncer la nouvelle ? Elle savait qu'elle comptait pour lui, même s'il ne l'avait jamais admis. Mais l'arrivée d'un enfant changeait complètement la donne. José prendrait-il le prochain avion pour son pays, la laissant comme Jasper l'avait fait à sa première grossesse ? Ayant lui-même grandi en famille d'accueil, peut-être ne voudrait-il pas que son propre enfant connaisse les mêmes angoisses ? D'un autre côté, devoir rester au même endroit en permanence était sûrement beaucoup lui demander.

Elle se redressa sur son siège. Il lui fallait trouver le moyen de le convaincre de rester, de recevoir l'amour qu'elle lui donnait et d'accepter de devenir père.

Et si c'était une autre grossesse extra-utérine ? Serait-il soulagé comme Jasper l'avait été, se sentant libéré de ses responsabilités ?

— Mallory, doucement, dit Sara. Je peux presque voir les questions se bousculer dans votre tête. La nouvelle est encore toute récente. Je vais faire votre test sanguin, puis je vous suggère d'aller prendre l'air et de marcher un peu, le temps d'assimiler la nouvelle. Chaque chose en son temps.

Cela semblait si facile…

Il faisait un froid glacial dehors et après à peine quelques minutes de marche, elle avait le bout du nez tout engourdi.

Un bébé. Instinctivement, sa main se posa sur son ventre. *Coucou, qui es-tu ? Est-ce que tu es bien, là-dedans ?* Au moins, il y était plus au chaud que dehors.

Comment allait-elle le dire à José ? Ce serait un énorme choc pour lui. Elle-même commençait à peine à s'en remettre. Il pensait éviter les problèmes par la fuite. La véritable question était de savoir comment l'amener à faire une pause. Elle n'en avait aucune idée.

Elle savait seulement qu'elle avait besoin de lui à ses côtés. Et elle avait besoin qu'il l'aime – pour elle-même, et pas juste en tant que mère de son enfant.

Je suis enceinte. Je suis enceinte…

C'était le début d'une nouvelle vie qui n'avait pas du tout

été planifiée. Allait-elle cesser de s'agiter dans tous les sens, maintenant qu'elle avait quelque chose – quelqu'un – sur qui focaliser toute son attention ?

Oui, ce bébé était un événement miraculeux qu'elle ne pensait plus pouvoir vivre un jour, n'ayant pas trouvé l'homme qu'elle aimerait et avec qui elle pourrait partager son existence. Elle avait finalement connu José, et elle l'aimait. Le reste était plutôt flou pour le moment.

Elle devait lui parler. Une fois qu'elle-même se serait habituée à l'idée d'avoir un bébé…

Il y eut une bourrasque de vent et un frisson glacé la parcourut. Et si sa grossesse *était* ectopique ? Elle n'avait pas senti de douleurs au ventre comme la première fois, cela ne devait donc pas être le cas.

Ne tire pas de conclusions trop hâtives ou tu pourrais bien tenter le sort.

Elle se dirigea vers sa voiture et décida d'aller voir Kayla après être passée prendre Shade en chemin. Sur son téléphone, elle trouva trois textos de son amie.

Je suis en route.

Elle prit la direction de Wanaka, où elle pourrait annoncer la nouvelle à Kayla et avoir une bonne discussion avec elle.

Cela n'arriva pas. Kayla n'avait qu'une envie : sortir de la maison, se plaignant que ses parents ne la laissaient pas faire le moindre geste pendant sa convalescence. Sa commotion n'était plus qu'un mauvais souvenir, mais sa jambe gauche la faisait souffrir et elle avait des élancements dans la jambe droite, si bien que ses parents insistaient pour qu'elle reste sur le canapé.

— Je ne fais que me reposer depuis des semaines et je ne vais pas tarder à me transformer en statue si je ne bouge pas un peu. Sors-moi de là, par pitié !

Après avoir calé son amie et ses béquilles à l'arrière du véhicule, les jambes surélevées, elle laissa Shade chez les parents de Kayla et conduisit celle-ci jusqu'à un bar du centreville. Là elles purent s'installer et boire un jus de fruits. Kayla déroula sa litanie et elle s'efforça de l'écouter sans penser à José et au bébé.

Soudain son téléphone sonna et elle vérifia le numéro. Que devait-elle faire ?

Elle répondit à contrecœur.

— Salut, José.

— Mallory, enfin ! Où es-tu ? J'attends devant chez toi mais il n'y a personne.

Elle laissa échapper un juron. *La réunion de l'équipe de sauvetage.* José avait été d'accord pour aller d'abord manger.

— Je suis désolée, je suis avec Kayla. J'avais complètement oublié la réunion.

— Tu as oublié ? Qu'est-ce qui ne va pas ?

Tout.

— Rien. Kayla n'allait pas bien et je suis venue la réconforter. C'est tout.

— Vraiment ?

Il y eut un silence. De toute évidence il n'était pas satisfait de sa réponse.

— En fait… Je ne vais pas pouvoir assister à la réunion, ajouta-t-elle. Je vais les prévenir.

— Tu es certaine que tout va bien ?

Elle pouvait difficilement tout lui raconter au téléphone.

— José, je suis désolée. Je me rattraperai, je te le promets.

En t'annonçant que tu vas être père.

— Tu as intérêt, dit-il avec un rire forcé. Est-ce que tu rentres ce soir ?

Elle ne pourrait pas encore lui parler, elle n'était pas prête. Une fois qu'il serait au courant, pas moyen de revenir en arrière. S'il ne pouvait supporter l'idée d'être parent parce que cela signifiait qu'il devrait se fixer, il quitterait prématurément Queenstown et elle passerait encore moins de temps que prévu avec lui.

— Si je rentre, ce sera tard.

— Je vois. Alors à plus tard, pendant la semaine, répondit-il d'un ton froid.

Avec un soupir, elle posa son téléphone sur la table. Cela ne s'était pas bien passé, et ce n'était pas bon signe pour leur discussion à venir.

— Un problème au travail ? demanda Kayla. Tu étais avec José ?

— Oui. J'ai oublié qu'il devait passer me prendre pour aller dîner avant notre réunion de ce soir.

Elle avait envie de tout lui raconter, mais José méritait d'être le premier à savoir.

— C'est ma faute, dit Kayla. C'est moi qui ai insisté pour que tu viennes me voir.

— Tout à fait ! répondit-elle avec un sourire faussement désinvolte.

Elle vida son verre de jus d'orange d'un trait. Cela avait dû se passer pendant la première nuit où ils avaient fait l'amour, après la soirée au pub qui avait suivi le sauvetage des deux garçons. Dans l'euphorie du moment, elle n'avait pas pensé à se protéger.

— Quand as-tu l'intention de regagner ta maison ? demanda-t-elle à son amie.

— Dès que papa m'aura emmenée voir le chirurgien, la semaine prochaine. Je préfère boiter sur mes béquilles chez moi. J'avais l'intention de proposer à José de rester, puisqu'il ne reste plus beaucoup de temps avant qu'il reparte.

Mallory pinça les lèvres.

— Mais si cela pose un problème, je peux très bien ne rien dire et le laisser chercher un autre endroit, ajouta Kayla.

— Non, c'est très bien comme ça…

Soudain, les larmes se mirent à couler sans qu'elle puisse les retenir.

— Mallory ?

José aurait dû être le premier à savoir, mais elle avait besoin d'une épaule pour pleurer et faisait confiance à son amie pour garder le secret.

— Je suis enceinte.

— Oh… Tu le sais depuis quand ?

— Aujourd'hui.

— Viens là, que je te serre dans mes bras.

Maladroitement, Kayla s'écarta pour lui faire de la place à côté d'elle.

— José ?

— Bien sûr. Mais il repart dans quelques semaines.

— Il se pourrait qu'il change d'avis.

Ce serait trop beau !

— Cela risque de prendre du temps pour en arriver là, soupira-t-elle.

— Alors il faut t'y mettre tout de suite. Ou plutôt demain. Cette nuit, je te garde et on va parler en buvant beaucoup de thé.

7.

— Mallory, on a besoin de toi pour aller récupérer quelqu'un en hélico dans les collines d'Arrowtown, appela Pete. L'hélicoptère de sauvetage est déjà pris pour une urgence.

Laissant tomber la paperasse qu'elle remplissait après un vol effectué plus tôt dans la journée, elle se glissa dans sa combinaison jaune imperméable. Maintenant qu'elle savait ce qui la fatiguait, cela ne l'affectait plus autant.

— OK, boss. Dis-moi tout.

— Un ouvrier forestier du ministère de la Conservation du patrimoine naturel a glissé sur un sol instable alors qu'il abattait des arbres près de la rivière Kawarau, et un arbre est tombé sur lui. Il s'est aussi tailladé le mollet avec la tronçonneuse. Tu vas voler avec le médecin et Jamie pour le récupérer et l'emmener à Christchurch. Ils seront là dans cinq minutes.

Est-ce que José serait le médecin référent ? Elle l'espérait. Bien que secouée par les derniers événements, elle avait toujours besoin de sa présence – de se retrouver dans le même espace que lui.

Cette nuit, elle avait eu un sommeil entrecoupé de moments d'éveil, hésitant entre la joie d'attendre un bébé et la crainte d'une grossesse extra-utérine. Si on ajoutait à cela son appréhension de la réaction de José, son temps de sommeil avait été plutôt bref.

Plus tôt elle lui parlerait, mieux cela vaudrait pour tous les deux. Sara avait téléphoné pour la prévenir que l'échographie était réservée pour demain matin.

Mallory ne parviendrait pas à se détendre tant qu'elle ne l'aurait pas passée et serait rassurée sur les résultats.

Pour l'instant, elle devait se concentrer sur le blessé. Elle avait nettoyé l'hélico après le dernier vol, donc tout était en ordre. En quelques minutes, elle eut sur son écran les détails de son itinéraire et de la destination.

Elle appuya sur le bouton de son casque pour communiquer avec la tour de contrôle.

— Queenstown Tower, Tango Juliet Romeo !

— Parlez, Tango Juliet Romeo.

— Je vous envoie un plan de vol pour la récupération urgente d'un ouvrier forestier blessé.

Elle donna les coordonnées, l'estimation de leur départ, le nombre de personnes à bord et la destination après récupération. Aujourd'hui c'était Christchurch, où un bloc opératoire et un chirurgien étaient disponibles.

Elle venait de terminer la communication quand elle entendit du bruit dehors. On montait à bord. José passa la tête entre les sièges avant.

— Jamie et moi sommes prêts à partir, annonça-t-il.

Aussitôt elle sentit la chaleur de sa présence.

— Super, dit-elle, commençant la procédure de décollage. Tu veux t'asseoir devant ?

Elle vérifia toutes les données, la pression, la chaleur, et les rotors se mirent à tourner de plus en plus vite. D'ici, José aurait une vue fantastique sur la région qu'ils allaient traverser jusqu'aux collines, où leur patient se trouvait en mauvaise posture. Elle se réjouissait de l'avoir près d'elle, malgré le problème en suspens.

— Oui, répondit-il sans hésiter.

Il se glissa dans le siège à côté d'elle et boucla sa ceinture tandis que Jamie prenait place à l'arrière.

Avec un soupir de soulagement, Mallory se concentra sur le décollage.

— C'est parti pour un vol de trente minutes ! annonça-t-elle.

Les mains fermement posées sur les commandes, l'esprit vigilant, elle sentit son cœur se remplir d'amour pour José et fit le vœu qu'il les accepte, elle et le bébé. Elle voulait vivre avec lui. Un relation longue distance ne marcherait pas entre eux et ne satisferait personne.

Puisqu'elle ne pouvait pas quitter Queenstown, elle devrait trouver le moyen de donner à José l'envie de rester ici. Ce devait être aussi facile que de survoler la montagne en hélicoptère par temps de blizzard…

Après l'épisode de la veille qui l'avait atteint plus qu'il ne l'aurait imaginé, José eut du mal à en croire ses yeux en voyant le sourire que Mallory lui adressa quand il rejoignit son siège.

C'était la première fois qu'il volait avec elle aux commandes. Pourtant il avait la conviction que, quoi qu'elle entreprenne, elle le faisait bien et en étant parfaitement concentrée. Il n'y avait pas encore réfléchi auparavant, mais quand on était dans un avion, on dépendait de la personne qui le pilotait.

Aujourd'hui, il était entre les mains de la femme pour laquelle il éprouvait de plus en plus d'attirance et de respect, et qui comptait pour lui au point qu'il croyait en être tombé amoureux. Elle s'était rapprochée de lui comme aucune autre ne l'avait fait et son cœur avait été touché presque malgré lui. Rien ne lui plaisait autant que de passer tout son temps libre avec elle, à faire toutes ces choses du quotidien qui remplissaient une journée et la rendaient intéressante. Mais pourrait-il rester en permanence ?

Quand elle avait prétendu avoir oublié leur rendez-vous la veille, il ne l'avait pas crue. Quelque chose dans sa voix indiquait que le problème était beaucoup plus important.

— Pourquoi m'as-tu évité, hier soir ?

— Je t'ai expliqué que Kayla n'allait pas bien. Comme elle n'avait pas le moral, je lui ai tenu compagnie.

— Alors qu'on avait déjà rendez-vous pour dîner avant la réunion ?

— Je n'ai pas cherché à t'éviter, je t'assure. J'ai vraiment oublié qu'on devait se retrouver pour manger. Et j'ai oublié aussi la réunion.

Il devait reconnaître qu'elle semblait sincère. Mais Mallory était quelqu'un d'organisé et d'attentif aux choses.

— Cela ne te ressemble pas. Est-ce que tu as laissé Shade à la maison ?

— Non, elle est venue avec moi.

Posant la main sur son genou, elle le serra légèrement.

— José, je suis désolée de t'avoir froissé. Crois-moi, je n'en ai jamais eu l'intention.

De nouveau, elle avait l'air sincère. C'était ce qu'il désirait entendre. Avait-il eu une réaction excessive ?

Il lui prit la main et lui embrassa le bout des doigts.

— D'accord.

Elle sourit en reposant sa main sur les commandes.

— Merci.

Ils s'entendaient si bien que c'en était presque incroyable. Quand ils étaient allés skier, ils avaient passé une merveilleuse journée, en parfaite harmonie. C'était tellement bien qu'hier soir, il n'avait pas pu accepter son changement d'attitude envers lui – alors que cela rendait son départ plus facile.

— Est-ce que tu as eu des instructions pour cette mission ? lui demanda Mallory.

— En gros, je dois procéder à un rapide examen des blessures, évaluer l'état de conscience du patient et décider si on a besoin d'un brancard.

— C'est tout à fait ça. Espérons qu'on ne s'attardera pas trop sur place à cette heure-ci. Il fait glacial dans le noir.

José ne savait toujours pas ce qui s'était réellement passé hier soir. Mallory pensait-elle aussi qu'ils s'entendaient bien et que leur histoire allait au-delà d'une simple aventure ?

Il réprima un soupir, se sentant comme trop souvent pris

entre son désir d'elle et son incapacité à garantir qu'il serait là pour elle. Elle lui donnait l'espoir qu'il ne serait pas toujours seul, qu'il pourrait finalement se défaire de certains de ses doutes. Se cachait-il derrière le passé, l'utilisant comme prétexte pour rester seul et éviter de souffrir ? Les questions se succédaient interminablement dans sa tête et il se sentait toujours incapable d'y répondre.

Pouvait-il se risquer dans une relation qui irait plus loin que tout ce qu'il avait connu ? Arriverait-il à croire qu'il pouvait être heureux ? Si seulement il avait le cran de rejeter le passé et d'envisager les scénarios dont il rêvait étant enfant – qu'il pouvait aimer et être aimé…

— On y est presque, annonça Mallory dans son micro, lui rappelant qu'ils étaient ici pour sauver quelqu'un.

Cesse de penser à toi et secoue-toi un peu !

— Je vais passer derrière et m'équiper.

— Prépare le harnais, José. Si nous devons te faire descendre, je ne voudrais pas traîner à basse altitude.

Jamie se décala pour lui faire de la place. José se faufila dans le harnais et vérifia les attaches. Puis il prépara sa sacoche médicale, prêt à la mettre sur son dos au cas où ils ne pourraient pas atterrir. L'excitation gagnait tout son corps à mesure que le moment de passer à l'action approchait.

Il retourna devant pour scruter le paysage avec Mallory.

— Regarde de ton côté et devant toi, dit-elle.

Elle parlait d'un ton neutre et détaché qui laissait deviner son degré de concentration. Elle devait à la fois piloter et guetter les signes des hommes qui se trouvaient à terre. Cela faisait beaucoup à gérer, mais elle restait très calme.

Au bout de deux minutes, il pointa du doigt une zone rocheuse sur le devant de l'appareil.

— Là ! Juste devant, s'exclama-t-il, soulagé de voir les hommes leur faire signe.

— J'ai un contact visuel, répondit Mallory. Je ne peux pas atterrir ici. Je vais regarder s'il y a un endroit proche sans arbres.

Aussitôt l'hélicoptère vira sur le côté et se mit à former un large cercle. José put voir la rivière et le reste du paysage. La forêt était très dense et il n'y avait aucun sentier.

— Mieux vaut que tu descendes, José, dit Jamie. D'accord ?

— Absolument.

Déjà il avait rejoint l'arrière de l'appareil et se retourna pour jeter un coup d'œil à Mallory. Son cœur fondit quand il accrocha son regard : elle s'inquiétait pour lui.

Il lui fallut quelques secondes pour mettre le sac sur son dos. Jamie attacha le treuil à la boucle métallique de sa ceinture et vérifia le sac, puis il fit un signe de tête et ouvrit la porte.

— Dès que tu seras au sol, détache le crochet. Ensuite je descendrai le brancard si nécessaire. Sinon, quand tu seras prêt pour qu'on soulève le patient, lève le bras droit et je te renverrai le treuil. Tiens-nous informés tout le temps.

— Entendu.

— Prêt ?

L'hélico tourna autour de l'endroit où les hommes leur adressaient des signes avant de faire du surplace.

José prit une profonde inspiration et hocha la tête.

— Oui.

Il s'avança jusqu'à la porte ouverte et s'agrippa au bord avant de regarder en bas. L'air froid remplit ses poumons. Ce n'était pas une longue descente, mais il devait enjamber le bord et se fier au treuil – et à Mallory.

Tout se passerait bien. Une autre inspiration…

— Allons-y.

Il n'eut même pas le temps de s'attarder sur le fait qu'il était suspendu dans les airs au bout d'un câble. Tout s'enchaîna très vite.

Les collègues du blessé l'accueillirent et le conduisirent auprès de lui. Il était conscient et capable de parler. Les blessures avaient été décrites pendant l'appel au 111. La tronçonneuse avait pénétré dans la jambe et il était probable qu'elle avait coupé entièrement le pied. Fort heureusement on n'avait pas retiré sa botte – ou ce qu'il en restait. Il appliquerait des bandages serrés une fois de retour à bord avec le blessé pour réduire l'hémorragie au minium, ce que les hommes avaient déjà tenté de faire à l'aide d'un T-shirt.

— Je crois que mon bras droit est cassé et mes côtes me font mal, dit Russel, le blessé.

Sans doute une conséquence de la chute de l'arbre. José l'examina. Globalement le diagnostic n'était pas très bon, mais les chirurgiens pouvaient faire des miracles et l'homme avait l'air d'être un dur à cuire.

Il appuya sur le bouton de son casque.

— Jamie, on a besoin d'un brancard, dit-il en résumant la situation.

— Il arrive.

Pendant qu'un des hommes allait le récupérer, il sortit une seringue.

— Russel, je vais vous administrer un calmant.

— Je préférerais un whisky, grommela l'homme.

— Vous n'aurez qu'à vous dire que je vous le donne en intraveineuse, plaisanta-t-il.

Mallory entendit la voix de José qui semblait venir de très loin.

— Tu as envie de dîner ?

Elle ouvrit brusquement les yeux. Elle se trouvait dans l'hélico immobilisé à l'extérieur du hangar de Queenstown. Debout à côté de son siège, José la regardait d'un air hésitant. Dieu qu'elle était fatiguée !

— Ça me paraît bien, répondit-elle en bâillant.

Le vol jusqu'à Christchurch et retour avait monopolisé toute la concentration qu'il lui restait.

— Désolé de te réveiller.

— Ce n'est rien.

Même sourire lui demandait un effort. Elle se tourna vers lui.

— J'avais besoin de quelques minutes. Je le fais toujours après un sauvetage.

Cela lui permettait de récapituler les différentes phases de l'opération et de s'assurer qu'elle avait fait tout ce qu'elle pouvait et n'aurait pas pu faire plus.

José hocha la tête.

— Je fonctionne aussi comme ça.

— Franchement, je préférerais qu'on reste à la maison ce soir.

Mais le simple geste de sortir un plat du congélateur pour le réchauffer lui semblait au-dessus de ses forces.

Il posa la main sur son épaule et la serra légèrement.

— Pas de problème, j'apporterai quelque chose. Si on s'en allait d'ici ?

Cela voulait-il dire qu'elle était pardonnée, pour hier soir ?

— Il faut d'abord que je fasse les vérifications d'usage sur l'hélicoptère et que je signe des papiers.

— Dans ce cas, je te retrouve chez toi, dit-il avec un sourire las.

Elle sentait toujours chez lui une certaine réserve.

Une douche. Voilà ce qu'il lui fallait pour dénouer les tensions de son dos et réchauffer ses muscles fatigués.

— *Merci.*

C'était à peu près le seul mot de français qu'elle connaissait, à part *oui* et *non.* Il était temps qu'elle en apprenne d'autres, par exemple pour dire « Caresse-moi. Embrasse-moi. Je t'aime. Tu vas être papa. »

José se pencha et l'embrassa sur la joue.

— Tu as été fantastique aujourd'hui.

— Je n'ai fait que mon travail.

Elle adorait son métier et s'y investissait à fond. Avec un peu de chance, elle pourrait encore voler quelque temps avant que le bébé prenne plus de place. *S'il n'est pas dans ma trompe de Fallope.*

Son cœur se serra. La réponse, elle l'aurait demain.

— Je trouve que tu t'es très bien débrouillé pour quelqu'un qui n'avait aucune expérience de l'hélicoptère, ajouta-t-elle.

Si seulement il savait ! Il fallait qu'elle le lui dise aujourd'hui. Ce soir. Ce serait bien s'il pouvait l'accompagner pour l'échographie, mais il travaillait probablement.

On peut toujours rêver …

Elle procéda aux vérifications pendant qu'il parlait à l'arrière de l'appareil avec Jamie, tout en rangeant le brancard et en rassemblant le matériel. Le simple fait d'entendre son accent était comme une caresse. Elle se rappela les nuits d'amour pendant lesquelles il lui murmurait des mots tendres en français. Elle devait profiter de chaque minute passée avec lui pendant qu'elle le pouvait encore, et au diable tout le reste ! Inutile de se tracasser, cela n'y changerait rien.

José était quelqu'un de responsable et là il s'agissait de son enfant, mais il avait tant de peurs à surmonter. Elle ferait tout son possible pour l'y aider. L'amour servait à ça. Elle avait pu le constater avec ses parents. L'amour indéfectible qu'ils s'étaient voué l'un à l'autre leur avait permis de traverser toutes les épreuves ensemble. C'était le même amour qu'elle avait envie de connaître avec José, le même soutien qu'elle voulait lui apporter. S'il acceptait de faire partie de sa vie.

Elle croisa les doigts en étouffant un bâillement. Elle avait tellement sommeil que ce soir elle risquait de tomber endormie sur la table plutôt que de lui parler d'avenir.

8.

Shade accueillit José à la porte en remuant la queue, le museau sur les boîtes de pizzas qu'il portait d'une main.

— Non, fifille. Elles ne sont pas pour toi.

Il s'efforça d'ignorer les yeux remplis d'espoir qu'elle levait sur lui.

— Shade, sois sage, intervint Mallory au bout du petit couloir, souriante mais visiblement fatiguée. Tu as déjà mangé.

Il oublia aussitôt la chienne pour se consacrer à l'autre paire d'yeux qui le fixaient, et sentit sa bouche devenir sèche. Mallory était si jolie dans son chemisier de satin blanc ! Elle était un peu plus maquillée que tout à l'heure et son pantalon marron soulignait ses formes généreuses. Il était tellement sous le charme qu'elle aurait pu faire de lui ce qu'elle voulait.

— Tu es très belle.

Elle secoua la tête en souriant et détourna les yeux. Il y avait toujours quelque chose qui la préoccupait.

— Tu vas rester planté là toute la soirée ?

Il posa les pizzas et la bouteille de pinot noir sur la table et alla chercher des verres dans le placard de la cuisine. Il était à l'aise ici – comme s'il avait toujours fait ça. Il savait où se trouvait chaque chose, et comment Mallory aimait que la vaisselle soit disposée.

Dès sa deuxième visite, il lui avait apporté un gros bouquet de roses qu'il avait remplacé chaque semaine, parce qu'elle semblait très heureuse de son attention Il avait commencé à croire qu'il pourrait se poser, que le besoin de s'enfuir ne resurgirait pas aussi rapidement et qu'il pourrait même arriver à le contrôler.

Mais lorsque Mallory n'était pas venue hier soir, il avait eu un avant-goût de la douleur qu'il éprouverait s'il la perdait et les barrières s'étaient de nouveau dressées autour de son cœur.

S'il ne pouvait garantir qu'il offrirait la sécurité à Mallory, il pouvait faire tout son possible pour y arriver... si elle voulait de lui. Elle semblait avoir confiance dans sa propre vie.

Le problème, c'était que chez lui la peur du rejet était encore plus grande qu'auparavant, ce qui montrait bien que ses sentiments pour elle étaient plus forts que tout ce qu'il avait jamais connu. Le temps de prendre une décision ferme sur l'attitude à tenir – aller de l'avant ou faire machine arrière – approchait. Avec John, il avait essayé de gagner du temps. Depuis quand était-il aussi indécis ?

— José ?

— Allons manger, je meurs de faim.

— Moi aussi.

Mallory le regardait d'un air interrogateur.

— Est-ce que tu resteras cette nuit ?

Il était certain que ce n'était pas ce qui la préoccupait, il y avait encore autre chose.

— Oui, répondit-il spontanément, en lui frottant le dos à l'endroit qui était souvent douloureux après un vol.

Comment aurait-il pu ne pas passer encore une nuit avec elle ?

— Tu travailles demain ? lui demanda-t-elle en allant s'asseoir à table.

Elle ouvrit les boîtes de pizzas en humant l'odeur des épices. Il n'avait jamais mangé autant de pizzas dans sa vie, et ce n'était pas ce qu'il préférait. Mais il le faisait volontiers pour elle.

— J'ai deux jours de congé d'affilée, répondit-il. Tu te rends compte ?

Il s'était dit qu'il pourrait en profiter pour faire un peu de tourisme.

— Qu'est-ce que tu vas en faire ? demanda-t-elle.

— J'avais envie de me rendre dans la région des fjords pour faire une sortie en bateau. Il paraît que ça en vaut la peine.

Il s'assit en face d'elle et leva la bouteille d'un air interrogateur.

— Pas de vin pour moi, merci. Il est tard et je vais avoir du mal à m'endormir.

— C'est un peu l'idée…

Il sourit en ne remplissant qu'un seul verre, pendant qu'elle se servait de l'eau.

— Au retour, j'aimerais aussi voir la colonie d'albatros de Dunedin, poursuivit-il. Je trouve ça plus intéressant que d'aller au château de Larnach. Nous en avons des tas en France.

— Et ils sont sûrement beaucoup plus grands.

Mallory mâchonnait lentement, les yeux fixés sur les photos de famille suspendues au mur derrière lui. À quoi pensait-elle ?

— Qu'est-ce qu'il y a ?

Elle secoua la tête en mordant dans son morceau de pizza.

— Rien.

Il ne la croyait jamais quand elle disait cela, mais il n'avait pas envie de discuter. Ils finirent leur repas et débarrassèrent la table en silence.

— Je vais me coucher, dit Mallory en préparant du thé. Tu me rejoins ?

— Je crois que je vais d'abord emmener Shade faire une courte promenade.

La chienne était agitée depuis quelques minutes. Habituellement, Mallory la sortait le long de la route ou autour de la pelouse avant la nuit. Étrange qu'elle ne l'ait pas fait ce soir.

— Désolée, je suis épuisée.

Lorsque José revint à la maison avec Shade, il fut surpris de trouver Mallory assise sur le canapé, en train de boire son thé tout en feuilletant un magazine. Une douce chaleur se répandit en lui. C'était comme cela qu'il imaginait que les couples devaient être. Partageant les corvées, s'efforçant de se rendre la vie plus facile, puis allant se coucher avant de faire l'amour.

Il soupira. Il adorait Mallory, et cela ne le choquait plus de l'admettre. Le matin au réveil, la perspective de passer une bonne journée le rendait heureux. Cela, c'était à elle qu'il le devait. Il se pencha et déposa un baiser léger sur son front. Peut-être que ça pourrait marcher, entre eux ?

— Je croyais que tu étais déjà couchée.

Il remarqua alors des cernes sous ses yeux, et à la réflexion ils avaient été là toute la journée. Quelque chose lui avait-il échappé ?

— Que se passe-t-il ? demanda-t-il.

Le silence lui répondit.

— La seule fois où tu as été distante avec moi, c'était hier, quand tu as oublié notre rendez-vous.

Mallory leva lentement les yeux sur lui et le fixa.

— José, assieds-toi.

La dernière fois qu'on lui avait parlé ainsi, c'était quand il avait été viré de l'école. Croisant les bras sur sa poitrine, il s'assit dans le fauteuil à côté d'elle.

— Que se passe-t-il ?

Si seulement ils pouvaient monter dans sa chambre et faire l'amour ! Ensuite ils s'endormiraient, lovés l'un contre l'autre, et au matin ils prendraient le petit déjeuner ensemble avant que José parte voir les fjords.

Mallory poussa un profond soupir. Ça, c'était avant. Cela n'arriverait plus. Elle ne pourrait pas dormir tant qu'il ne saurait pas. Et probablement, même après. Elle ne pouvait pas souhaiter passer une dernière nuit avec lui alors que le bébé était déjà là.

Une fois que José saurait, plus rien ne serait pareil. Naturellement il serait choqué, comme elle-même l'avait été. Mais il avait tellement plus à affronter ! Son passé interviendrait pour une grande part dans sa façon de réagir. Une chose était sûre : il n'allait pas la prendre dans ses bras en lui disant que c'était la plus merveilleuse des nouvelles et que tous les trois allaient former une famille géniale – même s'il le voulait. Pas José.

Quant à elle, elle l'aimait et souhaitait qu'ils soient ensemble pour toujours avec leur enfant, qu'ils aimeraient tous les deux autant qu'ils s'aimeraient l'un l'autre.

— Mallory, dis-moi ce qui ne va pas, insista José, d'une voix méconnaissable.

Il devait être rongé par l'inquiétude. Se mordant la lèvre pour se retenir de pleurer, elle chercha son regard et fit appel à tout son courage. C'était l'homme le plus merveilleux qu'elle ait connu, et elle allait probablement le perdre pour toujours.

— Parle-moi…

Elle lui adressa un faible sourire.

— Je… Tu…

Cette fois il parut alarmé et se raidit, la fixant du regard.

— Que se passe-t-il ?

Je peux le faire.

— José, je suis enceinte.

Le silence qui suivit lui parut interminable. Visiblement choqué, il ne dit rien, ne fit pas un geste.

Elle attendit, le cœur battant au ralenti, puis il finit par articuler :

— C'est pour ça que tu étais si fatiguée ?

De toutes les réactions qu'elle avait imaginées, elle ne s'était pas attendue à celle-là. Il venait de mettre sa casquette de médecin.

— Probablement. Et puis je ne dors plus, de peur d'avoir une autre grossesse extra-utérine.

— Une autre ? Tu as déjà été enceinte ?

— À dix-huit ans. Mon petit ami m'a quittée à ce moment-là. Je dois passer une échographie demain pour vérifier que ma grossesse est normale.

José pinça les lèvres.

— Depuis quand es-tu au courant ?

— Depuis hier, à la visite médicale annuelle. C'est pour ça que j'ai oublié tout le reste.

Il la regarda fixement.

— Et tu n'as pas pensé à m'en parler tout de suite ?

Elle se rapprocha de lui pour lui prendre la main.

— Je voulais te le dire mais j'étais bouleversée, comme tu dois l'être maintenant. J'avais besoin d'un peu de temps pour y voir plus clair.

— C'est-à-dire ? demanda-t-il en retirant sa main.

Elle savait que ce ne serait pas facile, mais cela faisait mal tout de même. Comme elle, José avait sans doute besoin de temps pour s'habituer à l'idée d'avoir un enfant.

— Tout d'abord, j'ai très envie d'avoir ce bébé.

— Le contraire m'aurait étonné.

C'était plutôt un signe encourageant. Ressentait-il la même chose ?

— La famille est importante pour moi. Je suis sûre que c'est pareil pour toi.

— Comme tu le sais, je ne me suis jamais fixé assez longtemps pour devenir parent.

Nous y voilà. Ils étaient arrivés au cœur du sujet. Elle attendit qu'il parle.

— Je ne peux pas donner à un enfant ou une partenaire la vie stable qu'ils méritent. Comment le pourrais-je, puisque j'ignore ce qu'est une famille, à plus forte raison une famille aimante ?

Il passa les deux mains dans ses cheveux et se tint la tête quelques secondes.

— C'est complètement fou.

Il était en train d'accuser le coup, se dit-elle.

— Je ne savais pas piloter un hélicoptère jusqu'à ce que j'apprenne. Tu as appris à être médecin, José. Tu peux apprendre à devenir un père fantastique. Et un partenaire. Pense à tout ce que Gabriel et sa femme t'ont donné. Ils ont partagé leur vie avec toi pour que la tienne soit meilleure.

José la regarda comme s'il ne la reconnaissait pas.

— Parce que tu crois que ça a suffi à éliminer toutes les peurs et les peines de mon enfance ? J'ai tellement été rejeté étant petit que j'ai fini par faire la même chose. Cela ressemble à un partenaire ou un père idéal, pour toi ?

— Je sais que mes parents m'ont élevée avec amour, ce qui a fait de moi ce que je suis. Je ferai la même chose pour notre enfant. Nous pouvons y arriver, toi et moi.

— Non, Mallory. Tu ne sais pas ce que tu dis. Vraiment pas.

— Alors tu vas partir et nous laisser ?

Cette fois elle mettait les pieds dans le plat, mais elle avait toujours été directe. José valait la peine qu'elle se batte pour lui et elle ne le laisserait pas partir facilement. Il fallait qu'il comprenne qu'elle serait là chaque fois qu'il trébucherait, comme il pourrait l'être pour eux s'il leur donnait une chance.

— Non, Mallory. Je vais redescendre la rue et regagner ma chambre pour réfléchir. Mais je ne peux pas te garantir une vie stable.

Elle vit alors qu'il avait les yeux humides.

— José, tu n'as pas besoin de partir le mois prochain. Ton visa est encore valable un an.

— Si, Mallory. J'ai promis à Gabriel d'être là pour son opération.

Elle fronça les sourcils.

— Quelle opération ?

— Un pontage coronarien. Son chirurgien veut l'opérer tant qu'il est encore relativement en bonne santé. Après tout ce que Gabriel et Brigitte ont fait pour moi, je me dois d'être là pour eux. Je suis leur fils, tout de même !

Avant qu'elle ait pu réagir, il était debout.

— Bonne nuit, Mallory.

— Attends. Naturellement je comprends que tu sois auprès de Gabriel et Brigitte pour l'opération, mais tu peux revenir après…

— As-tu entendu un seul mot de ce que j'ai dit ?

— Oui. J'ai écouté chaque mot. Et je crois en toi.

Il lui jeta un regard sombre.

José était un homme bon qui voulait être aimé. Ne pouvait-il pas comprendre que s'il aimait le couple qui l'avait pris sous son aile il était capable d'aimer d'autres personnes – à plus forte raison son propre enfant ? Si seulement il pouvait l'aimer, elle aussi, il n'y aurait plus de problème.

— Je te verrai plus tard, dit-il en gagnant la porte, la nuque raide.

Il ne m'aime pas.

Leur conversation était en train de tourner au désastre. Pourtant elle l'avait vu se détendre peu à peu au fil des semaines.

— José ?

Elle le rattrapa sous le porche.

— Il y a une chose que tu dois savoir.

— Tu veux dire, encore autre chose ? demanda-t-il, le regard triste.

— Je t'aime de tout mon cœur, José. Toi, et toi seul.

Elle le vit hésiter et se pencher vers elle, avant de se raidir de nouveau.

— Je t'aime, répéta-t-elle en le regardant droit dans les yeux.

Cette fois, il s'éloigna pour de bon.

Je t'aime.

Les mots de Mallory résonnaient encore dans sa tête. José la croyait, même si personne ne le lui avait encore jamais dit. Pas même le couple qui lui était si cher.

Il savourait ces mots, et en même temps ils l'effrayaient. Il allait être père. *Lui.* En tant que médecin, il savait très bien changer une couche ou donner un biberon à un nourrisson affamé. En tant qu'homme, il lui aurait fallu un mode d'emploi, mais il doutait que ce soit efficace.

Il avait besoin de changer d'air. Vu les circonstances il

préférait quitter la maison de Kayla, si proche de celle de Mallory. Il trouverait bien un hôtel pour la nuit.

Une fois dans sa chambre, il se laissa tomber sur le lit, s'efforçant de réfléchir calmement. Mais à cet instant il n'avait qu'une envie : retourner chez Mallory, la serrer dans ses bras et ne plus jamais la lâcher. Ce qui était totalement irresponsable.

Avant toute chose, il devait prendre des décisions.

Il allait être papa… Incroyable ! Et cela, avec la seule femme qu'il ait jamais aimée aussi profondément.

Elle a dit qu'elle t'aimait, elle aussi.

Il devait quitter cette maison. Pris d'une frénésie soudaine, il fourra ses affaires dans son sac, ferma la porte d'entrée et rangea la clé dans le boîtier du compteur électrique.

La maison de Mallory était plongée dans l'obscurité quand il passa devant en voiture.

Je t'aime, José.

— Je t'aime aussi, Mallory, dit-il tout haut. Mais cela ne m'empêchera peut-être pas de te faire souffrir.

Une fois en ville, il roula jusqu'au bord du lac et se mit à marcher le long de la rive. C'était la pleine lune et il n'avait pas sommeil. Ramassant une poignée de galets, il les fit ricocher un à un sur l'eau calme.

Puis il revint lentement sur ses pas. Et s'il accompagnait Mallory à l'échographie ? Il serait là pour la soutenir… Pour s'en aller ensuite ? Ce serait pire que de ne pas y aller du tout.

Cet examen était important pour elle. La souffrance qu'il avait lue sur son visage quand elle avait parlé de sa grossesse ectopique l'avait touché. Si c'était de nouveau le cas, elle serait anéantie. Quelqu'un devait être avec elle, or il avait bien une relation avec Mallory, inutile de se voiler la face. Ils avaient fait ce bébé ensemble.

Si elle croyait qu'il pouvait assumer son rôle, il n'avait plus qu'à croire en lui. Quand elle lui avait dit qu'elle l'aimait, elle était au bord des larmes et il avait été si ému qu'il avait failli tomber à genoux et la supplier de le prendre tout entier, avec ses peurs et le reste.

Voulait-il cet enfant ? Oui, s'il pouvait lui garantir une vie heureuse et remplie d'amour, et promettre d'être toujours là pour le soutenir et l'encourager.

Cela n'arriverait pas. Il rendrait probablement service à Mallory et à l'enfant en partant pour ne jamais revenir.

Le lendemain matin de bonne heure, Mallory s'assit au volant de sa voiture pour se rendre à son rendez-vous médical. Pleine d'appréhension, elle ne pouvait s'empêcher de penser que c'était peut-être là sa dernière chance d'avoir un bébé.

Elle commençait à se faire à l'idée qu'elle serait sans doute seule dans cette aventure. Certes, Kayla et Maisie répondraient présentes chaque fois qu'elle leur demanderait de l'aide, mais elle devait être forte dès le début.

Elle s'était plus maquillée que d'habitude pour donner un peu de couleur à ses joues pâles et masquer les cernes sous ses yeux. La nuit lui avait paru interminable. L'espoir d'être aimée par José avait disparu et elle était maintenant confrontée à la réalité.

Quelqu'un tapota sur sa vitre et elle tourna la tête.

— José ? s'exclama-t-elle.

Il avait l'air aussi défait qu'elle. Que voulait-il ? Il était temps pour elle de prendre la route.

Elle baissa la vitre.

— Tu n'as pas l'air d'avoir dormi plus que moi, lâcha-t-il. Ce n'est pas une bonne façon de prendre soin de toi, Mallory.

Si c'était tout ce qu'il était venu dire, il pouvait repartir ! songea-t-elle, contrariée. Inutile d'ajouter qu'elle n'avait presque rien mangé depuis la veille tant elle avait la gorge nouée.

— Je viens avec toi.

— Vraiment ?

Elle fit aussitôt taire l'espoir qui ne demandait qu'à renaître.

Peut-être voulait-il juste vérifier qu'elle était bien enceinte. Elle le regarda, hésitante. Mais elle était trop fatiguée pour discuter, et il y avait un long trajet à parcourir.

— Allez, monte.

— Tu veux que je conduise ?

Ses épaules s'affaissèrent. Vouloir être forte c'était bien, mais…

— Oui, s'il te plaît.

José ouvrit la portière et l'aida à sortir de son siège pour l'installer côté passager – comme si elle était invalide.

— Où as-tu passé la nuit ? demanda-t-elle.

Elle n'avait pas vu son 4x4 devant la maison de Kayla ce matin en sortant Shade.

— J'ai déménagé.

Il partait…

— Tu as assez chaud ? s'enquit-il en démarrant.

— Oui. On va à l'hôpital d'Invercargill.

José se tut et elle s'enfonça dans son siège en fermant les yeux. Il y avait tant à dire, mais elle n'était pas d'humeur à parler. Pour le moment, elle voulait juste savoir si son bébé était bien là où il devait être. Ensuite seulement, elle se préoccuperait de ce que José allait faire.

9.

— Est-ce que tu viens avec moi ? demanda Mallory alors que José se garait sur le parking de l'hôpital.

Ils étaient restés silencieux pendant tout le trajet.

— Veux-tu que je vienne ?

Elle sentit l'exaspération la gagner.

— José, s'il te plaît, réponds-moi. Qu'est-ce que tu veux, *toi* ?

— Être là pour toi, répondit-il sans la regarder.

Ce bébé ne signifiait-il rien pour lui ? Ou bien sa peur prenait-elle le contrôle ? Puisqu'elle avait décidé de se battre pour lui, autant commencer tout de suite.

— Merci, dit-elle. J'apprécie que tu sois là. Surtout si…

Elle ne put terminer sa phrase.

— Une étape à la fois, Mallory, dit-il avec douceur.

Était-ce sa façon de gérer la situation ? Y avait-il encore une lueur d'espoir ?

Une demi-heure plus tard, elle interrogeait le médecin du regard, retenant son souffle.

— Mallory, José, tout va bien, dit-il avec un large sourire. Votre bébé se trouve là où il doit être et tout paraît normal. Je ne peux pas en dire plus à ce stade, mais vous pouvez cesser de vous inquiéter à propos d'une grossesse ectopique.

Tout va bien. Je vais vraiment avoir un bébé !

— C'est merveilleux, dit-elle, le cœur débordant de joie.

Elle allait être mère… Se tournant vers José, elle lut sur son visage un mélange de soulagement et de perplexité. Un peu déçue, elle lui prit la main et la serra brièvement avant de remercier le médecin.

— J'étais si inquiète que maintenant j'ai l'impression d'être sur un petit nuage.

— Je comprends. Une copie du résultat sera envoyée à votre généraliste.

Une fois dans le couloir, elle battit des mains.

— C'est fantastique ! s'écria-t-elle.

José resta silencieux.

— Et toi ? N'es-tu pas heureux ? Tu n'as rien dit. J'aimerais savoir ce que tu vas faire.

— Je suis désolé. Attendons d'être seuls dehors.

La prenant par le coude, il se dirigea vers l'ascenseur qui les amenait au parking. Elle attendit qu'il parle, mais il marcha d'un pas rapide jusqu'à la voiture, la main toujours sur son coude comme si elle avait besoin d'être soutenue pour avancer. Une fois dans la voiture, il mit le chauffage et roula aussitôt en direction de Queenstown, le visage fermé.

Mallory posa la main sur son ventre, sentant une vague de bonheur déferler en elle, mais elle fut de courte durée. La prochaine étape consistait à parler à José et à l'aider de tout son amour à surmonter ses difficultés.

José inspira profondément.

— On vient de m'offrir un poste permanent à l'hôpital, avec la promesse de m'aider à obtenir un visa de résident si je le désire.

Mallory en resta bouche bée. Elle n'avait rien deviné, rien anticipé. Comment l'aurait-elle pu ? Il était resté muet sur ce qui se passait dans sa vie.

— Est-ce une bonne chose ? demanda-t-elle.

— Je pars toujours le mois prochain.

— Même maintenant que tu sais pour le bébé ?

— Mallory, c'est peut-être naturel pour toi de vouloir avoir un bébé, mais moi je ne l'avais jamais envisagé.

Cependant, comment pouvait-il ne pas être ravi à l'idée

d'être papa ? D'abord il était tombé amoureux, puis on lui avait offert un poste qui lui convenait parfaitement, et maintenant ils allaient avoir un bébé ! Tout cela était si inattendu que ça lui donnait le tournis.

Mallory poussa un long soupir et se tourna vers lui.

— Que vas-tu faire ? dit-elle doucement. Rester ou partir ?

Comment répondre quand elle l'interrogeait sur l'avenir ? Il aurait tant voulu lui dire qu'il serait là pour toujours et qu'ils vivraient heureux avec leur enfant !

Si seulement il avait pu prononcer les mots « Je t'aime » sans arrière-pensée !

Pendant le trajet du retour, Mallory s'endormit. Il se détendit un peu, et la surveilla du coin de l'œil. La fatigue se lisait toujours sur son visage, mais la peur de perdre son bébé avait disparu. Elle était plus belle que jamais.

— *Je t'adore,* murmura-t-il. Mais je doute que ce soit suffisant pour entrer dans ta vie et ne plus repartir.

Une fois devant la maison, il alla ouvrir la porte et la souleva dans ses bras avant de la porter jusqu'à sa chambre. Après l'avoir déposée doucement sur le lit, il tira une couverture sur elle.

— Au revoir, Mallory. J'ai besoin d'aller faire un tour.

Elle ne fit pas un geste, et il s'éloigna d'un pas mal assuré.

Comme il n'avait pas cherché d'hôtel, il roula jusqu'au même endroit près du lac et se gara. Longtemps il contempla l'eau, immobile, puis il alla de nouveau flâner sur la rive. Le clapotis de l'eau l'apaisait, et il aimait la vue de Cecil's Peak de l'autre côté du lac. C'était un bel endroit et il pouvait s'imaginer vivre ici. Après avoir marché pendant quelques kilomètres, il fit demi-tour.

Son téléphone sonna. C'était Brigitte qui l'appelait en visio.

— Bonjour, José.

Pourquoi était-elle dans une chambre d'hôpital ? Son cœur fit un bond.

— Que s'est-il passé ?

— Tout va bien, dit-elle en riant. On a une surprise pour toi.

Elle bougea l'appareil et il vit Gabriel allongé sur un lit et relié à toutes sortes de tuyaux.

— Mais qu'est-ce que… ?

— Salut, José. Ne t'inquiète pas, je vais bien.

La voix de Gabriel était caverneuse, comme s'il avait besoin de beaucoup de liquides pour lubrifier sa gorge.

— Il a été opéré aujourd'hui et tout s'est bien déroulé, expliqua Brigitte.

— Mais c'était prévu pour le mois prochain ! Je devais être avec vous…

— Une occasion s'est présentée dans le planning du chirurgien et je l'ai saisie, expliqua Gabriel.

— Vous auriez dû m'appeler, j'aurais pris le premier avion. Vous êtes sûrs que tout va bien ?

Sur l'écran, Gabriel semblait plutôt en forme.

— Il est fatigué et endolori, mais à part ça tout va bien, assura Brigitte. Nous n'allons pas te parler longtemps mais nous voulions te prévenir, comme ça tu n'auras pas besoin de rentrer pour nous.

Il n'avait plus d'excuse pour partir.

— Je voulais être auprès de vous ! s'exclama-t-il. Vous ne comprenez pas ? Je ne peux pas rester ici.

— Pourquoi pas ? demanda Gabriel. Je croyais que tu te plaisais en Nouvelle-Zélande.

— Je m'y plais beaucoup, mais…

— Que s'est-il passé ?

— Rien. Tout. J'ai tout gâché. Je vais rentrer.

— Raconte. Et cesse de gémir.

— Vous me manquez, tous les deux.

— Ça tombe bien, on va venir te voir dès que je serai sur pied.

— Mais tu ne peux pas voyager après une opération ! Et si tu avais un malaise dans l'avion ?

— Trop tard, annonça Brigitte en riant. J'ai déjà réservé des billets pour Noël. Il aura eu le temps de se remettre d'ici là. Gab tient absolument à venir, et après l'alerte qu'il a eue je suis d'accord avec lui. Profitons-en tant qu'on le peut encore.

Soudain José eut l'impression que le monde entier s'était ligué contre lui. Une offre d'emploi. Un bébé. Et maintenant, aucune raison de rentrer en France ! Il ne pouvait pas tout assimiler en même temps.

— José ? Tu n'as pas répondu à ma question, insista Gabriel. Pourquoi es-tu dans cet état ?

— Je me suis mis dans le pétrin.

— Et tu ne sais pas quoi faire. Serait-il temps de rassembler ton courage pour aller de l'avant ?

José se racla la gorge et débita tout d'une traite, sans prendre le temps de respirer.

— Je suis tombé amoureux. Elle est pilote d'hélicoptère. Nous allons avoir un bébé. On m'a proposé un poste fixe.

— Eh bien ! s'exclama Brigitte en éclatant de rire. Je reconnais bien là notre José. Il ne fait jamais les choses à moitié !

Notre José. Ces mots le touchèrent au cœur. Gabriel et Brigitte *étaient* sa famille.

— Mais alors, quel est le problème ? demanda Gabriel d'une voix fatiguée, qui lui rappela qu'il ne devait pas s'attarder. Pourquoi veux-tu revenir à Nice ?

José regarda son mentor et, une fois de plus, vit en lui la force qui l'avait animé toute sa vie. Il vit aussi l'amour qui accompagnait cette force. Et il se décida.

— Je n'en suis pas sûr, mais j'aimerais prendre le risque avec Mallory. Rester ici et m'installer avec elle.

À peine avait-il dit ces paroles qu'il sentit le soulagement l'envahir. Une fois sa décision prise, il ne pourrait plus fuir. Il ne le voulait plus. Il était prêt à regarder vers l'avenir, et à avouer ses sentiments à Mallory.

Blottie sur le canapé, la tête de Shade sur les genoux, Mallory se sentait incapable d'affronter qui que ce soit. Elle avait appelé Pete pour lui demander de prendre le reste de sa journée, et grâce au ciel, il avait accepté. Elle avait allumé le feu, préparé le thé et regardé un film, mais elle n'aurait su dire ce qu'il racontait. La seule personne avec qui elle voulait être l'avait laissée seule.

Soudain Shade leva la tête, les oreilles dressées, et trottina jusqu'à la porte.

— Mallory, je peux entrer ?

José… Son cœur se serra douloureusement. Le moment des adieux était venu.

— Je suis dans le salon, répondit-elle d'une voix forte en éteignant la télé.

— Tu vas bien ? demanda-t-il en venant s'asseoir à côté d'elle sur le canapé.

Elle hocha la tête, incapable de parler. Il enveloppa ses mains dans les siennes, ses pouces allant et venant doucement sur sa peau.

— J'ai eu un triple choc ces derniers jours, dit-il en souriant, de ce sourire qui la chamboulait de la tête aux pieds. J'espère qu'il n'est pas trop tard, et qu'aujourd'hui est le commencement de ce dont j'ai toujours rêvé.

Avait-elle bien entendu ?

— Peux-tu m'expliquer… ?

— Je t'aime, Mallory Baine.

Ça, elle le comprenait.

— Vraiment ? répondit-elle. Il y a quelques heures encore, tu me disais que tu ne pourrais pas rester.

— Je suis désolé de t'avoir fait du mal. Je sais que tu as été trahie il y a quelques années. Mais maintenant tu peux me faire confiance. J'ai décidé d'aller de l'avant, avec toi et notre bébé. Et j'y mettrai tout mon cœur.

— Oh ! José…

Elle sentit les larmes lui monter aux yeux. Elle avait attendu ce moment si longtemps. *Un homme et un bébé.*

— Je t'aime de tout mon cœur, murmura-t-il, cherchant son regard. Je vais accepter le poste à l'hôpital, et je ne retournerai pas à Nice. Gabriel et Brigitte viendront ici pour Noël.

— Et l'opération ?

— Elle a déjà eu lieu.

Il lui expliqua ce qui s'était passé, et plus il parlait, plus il semblait détendu. Elle se rendit compte qu'il avait tout simplement l'air heureux.

— Il y a encore une chose…

Elle le regarda avec appréhension.

— Veux-tu m'épouser ? Es-tu d'accord pour vivre avec moi et notre enfant ?

— Oui… Oui ! s'écria-t-elle.

Elle s'assit sur ses genoux et noua les bras autour de son cou. Il la regardait avec tant d'amour qu'elle n'y tint plus et se pencha sur ses lèvres. Leur baiser fut tendre et sensuel. Enfin, elle avait trouvé l'amour que ses parents avaient connu.

— Je t'aime tant, José. J'ai du mal à croire que c'est sur ce même canapé que je t'ai trouvé, il n'y a pas si longtemps.

— À propos, il faudrait une meilleure cachette pour la clé. Je n'ai aucune envie qu'un autre homme vienne s'égarer un jour ici.

— Rassure-toi, il n'y aura jamais qu'un seul intrus dans ma vie, dit-elle en l'embrassant.

— Mon cœur est désormais entre tes mains, répondit-il. En sécurité.

Retrouvez prochainement, dans votre collection BLANCHE

Des jumeaux pour une pédiatre, de Juliette Hyland - N°1566

Pédiatre au Dallas Children's Hospital, Tessa mène une brillante carrière et n'a guère de temps pour la romance. Jusqu'au soir où, à la faveur de retrouvailles dans un bar, elle cède au désir entre les bras de Gabe Davis, un bel infirmier qui lui a offert autrefois son premier baiser. Seulement voilà, leur nuit supposée sans lendemain révèle bientôt ses tendres conséquences : Tessa attend des jumeaux !

L'héritage de Camilla, d'Allie Kincheloe

Huit ans, trois mois et seize jours. Après une longue absence, Danny Owens est enfin de retour à Greenbriar. Et pour Camilla le choc est immense. D'autant plus qu'ils viennent d'hériter ensemble le cabinet médical de la petite ville qu'elle aime tant ! Saura-t-elle travailler au côté de l'homme qu'elle a follement aimé ? Surtout, pourra-t-elle lui pardonner de l'avoir abandonnée, quand son cœur n'a jamais cessé de battre pour lui ?

Le Noël des retrouvailles, d'Ann McIntosh - N°1567

Il y a de cela une éternité, le Dr Elise van Hagan a attendu le retour de Rohan Khan pour Noël. Mais l'homme qu'elle aimait n'est jamais revenu, et Elise a dû élever seule leur fils. Alors, quand le vétérinaire réapparaît dans sa vie à l'occasion d'un sauvetage en plein blizzard, elle n'en croit pas ses yeux. D'abord furieuse contre celui qui l'a abandonnée, Elise découvre que Rohan, frappé d'amnésie, n'a aucun souvenir de leur liaison passée…

L'infirmière amoureuse, de Louisa George

Briana est émue de revoir le Dr Fraser Moore, tout juste débarqué à Lake District où ils se sont connus autrefois. Car durant des années elle l'a aimé en secret, avant qu'ils se querellent. Si Fraser est là aujourd'hui, c'est pour lui demander de l'aider avec Lily, sa fille adolescente qui traverse une mauvaise période, et dont Briana est la marraine. Pas question pour elle de tourner le dos à la jeune fille, même si elle redoute tout rapprochement avec Fraser…

Leur mission : sauver des vies.
Leur destin : trouver l'amour.

BLANCHE

Le baiser d'un cardiologue, de Marion Lennox - N°1568

Le sommet d'une montagne, une cascade à l'eau cristalline : Lightning Peak est l'endroit qu'Elsa préfère au monde. C'est là qu'elle vient se ressourcer dès qu'elle le peut, loin de l'agitation de son cabinet médical. Mais ce jour-là, dans son coin de paradis, elle découvre un homme tombé au fond d'une galerie souterraine. Aussitôt, Elsa rassemble ses forces pour secourir le blessé, qui se révèle bientôt un séduisant confrère...

Le rival des urgences, de Caroline Anderson

Tom Stryker ? Le cœur de Laura se met à battre la chamade lorsqu'elle le retrouve à l'hôpital de Yoxburgh Park. Autrefois amis à l'université, ils sont aujourd'hui rivaux pour le poste de chef de service des urgences. Malgré l'attirance qu'elle éprouve pour lui, Laura tente de rester la professionnelle qu'elle a toujours été. Jusqu'à ce qu'elle cède à la tentation d'une étreinte passionnée avec Tom...

Rencontre orageuse à l'hôpital, de Scarlet Wilson - N°1569

SÉRIE : DOCTEURS EN MISSION - 1/2

Pour Callie, médecin spécialisé dans les maladies infectieuses, le respect des règles est essentiel. Alors, quand le Dr Matt Sawyer, connu pour son tempérament rebelle, est associé à son équipe pour une mission temporaire, les étincelles volent immédiatement entre eux... Pas tant à cause de leurs caractères opposés qu'en raison de l'attirance inattendue qu'ils éprouvent l'un pour l'autre...

Une nuit avec toi, de Scarlet Wilson

SÉRIE : DOCTEURS EN MISSION - 2/2

Cette nuit-là, Violet s'en souviendra toute sa vie. La nuit où le baiser merveilleux qu'elle a échangé avec le Dr Evan Hunter lui a fait oublier qu'il était son chef, et que ce baiser leur était interdit... Une nuit dont ils n'ont pourtant jamais reparlé depuis. Alors, le jour où elle apprend qu'ils vont être envoyés ensemble en mission en Afrique, elle sent l'émotion la gagner : et si, là-bas, ils succombaient de nouveau à la tentation ?

HARLEQUIN

Leur mission : sauver des vies.
Leur destin : trouver l'amour.

HARLEQUIN
www.harlequin.fr

BLANCHE

Folle résolution aux urgences, de Jennifer Taylor - N°1570

Depuis deux ans, Molly croyait être guérie de Sean, l'un des médecins urgentistes du General Hospital où elle travaille, d'autant plus que leur liaison s'est plutôt mal terminée. Alors pourquoi, en cette fin d'année, le retour de son ex à Dalverston la fait-il trembler comme une feuille ? Même si Sean lui adresse des regards troublants, ce serait une bien mauvaise idée d'accorder de nouveau sa confiance à un homme qui lui a brisé le cœur… n'est-ce pas ?

De retour dans tes bras, de Susanne Hampton

Une nuit, une seule. La dernière. Voilà ce que Sara se dit en se retrouvant dans les bras de Tom, son ex-mari, qu'elle n'a pas revu depuis leur séparation, trois ans auparavant. L'amour entre eux est encore très fort, mais Sara veut à tout prix une famille – la seule chose que Tom refuse de lui donner. Seulement voilà, après cette nuit d'adieu, Sara découvre avec stupeur que Tom est son nouveau patron à l'hôpital !

HARLEQUIN

Leur mission : sauver des vies.
Leur destin : trouver l'amour.